Nachrichten aus der Anderen Welt
von einem,
den sie Rudolph nannten

Iris & Martin Magin

Nachrichten aus der anderen Welt
von einem,
den sie Rudolph nannten

Entwickle deine Seins-Kraft
2022

Band 5

Bibliografische Information der Deutschen Nationalbibliothek:
Die Deutsche Nationalbibliothek verzeichnet diese Publikation in der Deutschen Nationalbibliografie; detaillierte bibliografische Daten sind im Internet über dnb.d-nb.de abrufbar.

TWENTYSIX

Eine Marke der Books on Demand GmbH

© Alle Rechte liegen bei den Autoren

Herstellung und Verlag:

BoD – Books on Demand, Norderstedt, 2022

ISBN 978-3-740-71026-2

Innere Kraft
entsteht
aus der Verbindung mit uns,
mit der Geistigen Welt
und all´ dem,
was da existiert.

Rudolph 2022

Inhaltsverzeichnis

I. Einführung *1*
II. Übersicht der empfohlenen Übungen *2*
II. Für den literarisch anspruchsvollen Leser *3*

Die Botschaften:
Zu uns bekennen *5*
Die Vorschau *9*
Was will ich? *17*
Die Zeit rennt dahin *24*
Die notwendige Geschwindigkeit *32*
Kurz vor der Rente *34*
Von Leichtigkeit getragen *36*
Das Jetzt *38*
Die kleinen Tätigkeiten *43*
Mein Leben fließen lassen *46*
Das Große Einmaleins *49*
Die Komfortzone *55*
Eine Veränderung herbeiführen *58*
Wem kann ich vertrauen? *62*
Aus der Mitte heraus agieren *65*
Die Routine *71*

Nutze deine Stärke 74

Die kleinen Dinge 78

Heilung 83

Der Schutzwall 87

Die Freude spüren 93

Die Zeit: Ein fließendes Kontinuum 98

Schöpfer und Schöpfung 102

Der Innere Frieden 106

Den Zweifel wegschnippen 110

Nichts existiert außerhalb einer Schwingung 114

Das Zusammenspiel 117

Fühlst du oder denkst du? 122

Das Dozieren 127

Den Kopf ein wenig senken 132

Die Pinwand 137

Gesehen werden 143

Die Anspannung 147

Das Lächeln 150

Deine Wurzeln 155

Sich im Moment stärken 159

Nach Glück streben 162

Eine Erweiterung meines Bewusstseins 167

Die aktuelle Wahrheit annehmen 171

Abschalten 175

Die erste Eingebung *180*
Wir haben immer eine Wahl *185*
Bedeutsam sein zu wollen *190*
Die Verbindung halten *196*
Der Punkt des Änderns *199*
Die Einheit *204*
Die Welt auf meinen Schultern *208*
Das perfekte Universum *214*
Unsere Vorstellung *218*
Ferien *222*

Zur Beachtung *227*
Danksagung *228*

I. Einführung

Dieser Band ist eine Dokumentation der Botschaften, die zwischen Januar und Juli 2022 entweder in privaten Sitzungen oder im Rahmen unserer medialen Übungsgruppen uns von „Rudolph" vermittelt worden ist. Rudolph ist eine „geliehene Persönlichkeit", die uns als „Dialogpartner" dient, um mit dem All-Einen in menschlicher Weise kommunizieren können. Als „Rudolph" sich Martin und mir am 14. September 2019 zum ersten Mal offenbarte (siehe Band 1) ahnten wir nicht, dass er in den darauffolgenden Monaten ein liebevoller und inspirierender Freund unseres alltäglichen Lebens werden würde. Mehrmals wöchentlich „begegneten" wir uns seitdem: Martin fällt in einen Voll-Trance Zustand, Rudolph übermittelt seine Botschaften aus der Anderen Welt und Iris übernimmt die Rolle der Dialogpartnerin.

Auch wenn Rudolph in der jeweiligen Sitzung die Anwesenden mit seinen Energien und Worten beglückte, hat er schon sehr früh (siehe Band 1) klargestellt, dass die Anwesenden nur stellvertretend für all die zukünftigen Leser und Zuhörer stehen. So spricht er auch in diesem Band genau dich persönlich in deiner aktuellen Lebenslage an, die oder der du jetzt diesen Band 5 in den Händen hältst und die Texte von Rudolph liest. In diesem Band 5 seiner Botschaften richtet Rudolph noch einmal intensiver seinen Fokus auf die Art und Weise wie unser „Sein" im Hier und Jetzt uns stärken kann. Oder mit seinen eigenen Worten:

„Es geht nicht um das sich Auflösen im Außen mit anderen, sondern das Bei-dir-selbst-Bleiben und aus dieser Kraft heraus zu agieren".

II. Übersicht der empfohlenen Übungen

Rudolph gibt uns diesmal explizit einige Übungen mit, die unsere Seins-Kraft im Alltag stärken:

S. 36:	Was unterstützt dich, was hindert dich?
S. 87 ff:	Das Auflösen deiner Schutzmauern
S. 112:	Umgang mit Zweifeln
S. 135:	Die Wildschwein- oder Hunde-Wahl
S. 132:	Den Kopf ein wenig senken
S. 196 ff:	Das nicht „Nicht-Tun"
S. 197:	In Verbindung gehen
S. 200:	Erkenne dich im Tun der anderen
S. 204 ff:	Das Eins-Sein erspüren
S. 216:	Deine fünf Seins-Zustände erfahren

Viel Freude beim Entfalten Eurer Seins-Kraft!

II. Für den literarisch anspruchsvollen Leser

Die vorliegenden Texte wurden von Original-Tonbandaufnahmen abgetippt, die Namen unserer Gäste anonymisiert und gestellte Fragen bisweilen kürzt, auch um die Anonymität Dritter zu gewährleisten.

In Anlehnung an die ersten 4 Buchbände sind die Botschaften von Rudolph in kursiver Schrift gekennzeichnet worden. Alle anderen Textbausteine (z.B. Teilnehmer-Fragen oder von uns vorgenommene Wort-Ergänzungen) sind in regulärer Schrift formatiert worden sind.

Aus einem anderen Jahrhundert stammend, pflegt Rudolph einen eignen Kommunikationsstil, der aus unserer heutigen Sicht, verschachtelt und anspruchsvoll erscheinen mag. Daher haben wir uns die Freiheit genommen in besonders komplexen Textpassagen mit Klammern „()" und Aufzählungsformaten Sätze „lesbarer" zu gestalten, sowie Worte zu ergänzen „(Wort)" von denen wir annahmen, dass diese im Raum standen, aber nicht von Rudolph explizit genannt wurden oder undeutlich ausgesprochen wurden.

Rudolph hat die Angewohnheit auch „grammatikalisch" besondere Akzente zu setzen. Diesen grammatikalischen Stil wollten wir nicht verändern und übernahmen bewusst an mancher Stelle, die von Rudolph gewählte grammatikalische (Verb-)Form. Beim wiederholten Lesen der Texte und dem gezielten Setzen der Satzzeichen entwickelte sich bei uns bisweilen der Eindruck, dass Rudolph mit der gewählten Satzform und Grammatik auch über die reinen Inhalte hinaus, in Rhythmus, Verschachtelung, etc. etwas Drittes, nicht sofort Greifbares, vermitteln wollte. So geht es uns im vorliegenden Band nicht primär darum ein sprachlich lupenreines Buch zu präsentieren, sondern um die möglichst authentische Abschrift der Botschaften, die die Gruppen-Teilnehmer durch Rudolph vermittelt bekamen.

*Die Botschaften
von
Rudolph*

Zu uns bekennen

Manchmal sehnen wir uns zurück an den Anfang von etwas, das irgendwann einmal begonnen hatte mit einer Entwicklung, die wir in diesem Moment, als wir in diesem Anfangsstadium waren, nicht wirklich absehen konnten. Und dann im Nachhinein (man schaut zurück, man schaut weit zurück), scheint es der schönste Moment gewesen zu sein, den man bezüglich dieser Situation erlebt hat. Man sehnt sich zurück zu dem, was damals geschehen ist. Ich habe diese Entwicklung immer wieder bei Musikern erleben dürfen, die durch Zufall (natürlich nach langer Ausbildung) mit einem anderen Menschen zusammenkamen und mit ihm zusammen eine Musik in die Welt brachten, die einfach schön war, die stimmig war, die etwas Neues darstellte, vor allem in diesem Duett. Und dann ging es darum, aus diesem Duett heraus wieder in eine Individualität zu kommen und in der Individualität sich selbst wieder zu finden, zu erfindend, zu erkennen. Und dann waren auch die nächsten Musik-Stücke besonders und eigen und individuell und ganz speziell auch auf diesen Charakter, auf diesen Musiker, diese Musikerin zugeschnitten. Doch dann ging es nur noch darum, mehr und übertriebener und deutlicher und abgehobener etwas in die Welt zu bringen. Was aber nichts mehr mit dem ursprünglichen Erfolg dieses Musikers und dieser Musikerin zu tun hatte. Und alles verflachte, weil es wurde barock übertrieben und verfiel schließlich und letztendlich.

Zu erkennen, dass wir selbst nur wir selbst sind und dass wir nicht das sind, was wir tragen oder was wir hinaus tragen wollen in die Welt. Zu erkennen, dass wir uns zu uns selbst bekennen dürfen, weil es doch nichts anderes gibt, als das, was wir selbst sind. Und auch so hier in dieser Welt, genau das nicht nur repräsentieren, sondern auch leben, was wir sind. Und damit auch unsere Einzigartigkeit, die wir ja wirklich haben, so präsentieren, so leben, so sind, dass es nichts anderes zu erstreben gibt als unsere eigene Präsenz im Moment. Egal, was wir tun: Sei es, dass wir in der Küche stehen oder sitzen am Tisch oder uns unterhalten oder auch einmal nichts tun oder im Garten beschäftigt sind oder auf der Reise. Es ist egal. Wenn wir es zulassen, dass wir uns selbst leben, dann sind wir genau dort, wo wir selbst am Stärksten sind, am Deutlichsten sind und am Ausgeprägtesten sind, nämlich wir selbst. Und wenn es auch in einer Stress- und Streit-Situation ist oder in einer mit Liebe gefüllten Situation, wenn wir unter Anspannung sind oder entspannt annehmen können, was uns gerade gereicht wird: Sei es ein Mahl, sei es ein Getränk, seien es Worte, oder seien es Berührungen.

Wichtig ist es hier, annehmen zu können das, was gegeben wird. Und zu erkennen, dass nichts gegen uns verwendet wird oder Verwendung findet. Sondern dass der, der mit uns Streit sucht, unzufrieden ist mit sich, der Situation und dem Leben und überhaupt. Und dass wir nicht hineinfallen in diese Mulde, ausgestattet mit Selbstzweifel und mit dem Gefühl der Ungerechtigkeit, das uns nun mal wieder widerfährt. Nein, wir lassen den Streit und wir lassen den Ärger und wir lassen die Unzufriedenheit bei dem Gegenüber, der uns damit konfrontiert, weil er oder sie selbst nicht umgehen kann mit der aktuellen Situation: Selbst hängt, selbst festhängt in alten Geschichten, in dem, was einmal möglich war und jetzt nicht. Und dann auch mit dem vielen Vergessen und dem Wunschdenken, dass alles einmal besser war und jetzt nicht so gut ist, wie es gerade erträumt ist, ohne dass die Realität jener weit zurückliegenden Zeiten in ihrer Richtigkeit wahrgenommen wird.

- o *Wenn du dich fragst, ob du irgendetwas übersiehst...*
- o *Wenn du dich fragst, ob das, was du wahrnimmst, nichts mit dem zu tun hat, was gerade im Moment geschieht, womit du dich gerade auseinandersetzt, wohin du deinen Blick gerade wendest und auf dich fokussierst...*

... dann überschaue noch einmal die gesamte Situation, in der du dich gerade befindest, immer dann, wenn du glaubst, dass du irgendetwas übersiehst oder etwas fehlt in deinem Leben. Und dann sei bitte offen für all jene Empfindungen und Wahrnehmungen und auch Erkenntnisse, die geschehen in dir. Nimm wahr, was all die unterschiedlichen Perspektiven und Richtungen dir sagen wollen. Damit du entscheiden kannst, was für dich im nächsten Schritt wichtig ist, von Bedeutung ist, was dich weiterbringt. Und lass auch zu, dass der zunächst gesetzte Fokus von dir nicht der bleibt, den du einmal für den Richtigen angesehen hast. Sondern erkenne, dass es immer eine Möglichkeit gibt, eine Alternative, dass alles, ja tatsächlich alles anders weiter gehen kann, als du dir gerade eben noch vorstellen konntest, wolltest oder auch wirklich hast.

Oft hilft es mit einem breiten Lächeln die Situation neu anzuschauen und den Ernst aus der Situation herauszunehmen, ihn zur Seite zu stellen. Und damit auch zu erkennen, dass der selbstgemachte Ärger, der selbstgemachte Stress und die Anspannung nicht das bringt, was gerade förderlich ist für die Situation, in der ich mich befinde. Dass der berühmte Schritt zur Seite hilfreicher ist, als das Festhalten an einer Idee, die sich entwickelt hat, die im Moment richtig und gut und stimmig klang. Aber bei genauerer Betrachtung eben nicht die Lösung bringt, sondern dich eher laufen lässt gegen eine Wand. Und wie unangenehm ist es gegen eine Wand zu laufen. Du brauchst den Schmerz nicht zu erleben. Du kannst die Freude in dein Leben bringen und mit dieser Freude dich selbst um ein Vielfaches mehr spüren, als über den Schmerz.

So sind denn Wunden oder Fesselungen nicht das, was du brauchst, um dich selbst und deinen Körper wahrzunehmen, sondern eher das Gegenteil: die Weichheit ..., das Fließende..., mit anderen Worten, die Liebe, die dich trägt, die dich erfüllt, die dir die Kraft gibt, die du brauchst für deinen Alltag.

Und denke bitte nicht, dass irgendetwas jemals zu Ende gehen könnte. Es gibt weder Anfang noch Ende, das weißt du mittlerweile genau. Es ist ein Fluss, der weiter fließt. Es ist das Wasser in dem Flussbett, das von A kommt, nach B fließt und sich dann wieder in die Wolken verflüchtigt, aufgefangen wird, gehalten und als Wasser wieder herunter regnet, um sich zu sammeln und ein ständiger Fluss (ist). Dieses Bild des Wassers hier auf der Erde ist ein schönes Bild, das dir zeigen darf, dass es weder Anfang noch Ende gibt, sondern dass alles ein einziger Fluss ist. Und dann stell dir vor, wie du badest in diesem Bach, in diesem Fluss, in diesem Meer, in diesem Ozean. Und wie du dich benetzen lässt an einem warmen Tag im Sommer von einem Regenguss, während die Sonne scheint und dieses köstliche Nass einfach wahrnimmst.

Mit diesem Bild verlassen wir dich für heute.

Die Vorschau

Es gab immer wieder Ereignisse in meinem Leben, die ich in der Vorschau sehr genau durchdrungen bin. Ich habe mir sehr genau vorgestellt, wie das eine oder andere geschehen könnte. Ich versuchte Vorkehrungen zu treffen und schaute, dass ich mich mit einer entsprechenden Stimmung hineinbegebe in die Situation. Ich malte mir sogar aus das Mittelspiel und auch das Ende und auch den Schluss jener Begebenheit: Sei es, dass es eine Festivität war oder eine Aktivität in Bereich meiner Arbeit, ein Treffen mit Kollegen oder mit fremden Lieferanten, die ich bisher nicht kannte, aber auch bei einer Hochzeit zum Beispiel oder einfach nur ein Familien-Treffen.

Doch nahezu jedes Mal war ich überrascht dann von den unterschiedlichsten Wendungen, die mein Leben erfahren durfte in diesem Moment. Indem das stattfand, was ich mir im Vorfeld so wunderbar ausgemalt hatte, wo ich das Gefühl hatte, zu wissen und zu erkennen, was im Einzelnen zu geschehen hatte. Denn meine Vorstellung hat mich doch genau dorthin gebracht, wo ich jetzt stand. Und dann (ich musste mich umschauen) musste ich erkennen, dass sich alles verändert hatte: Menschen, die ich versucht hatte einzuschätzen, verhielten sich verglichen mit den Rollen, die ich ihnen zugeteilt hatte aufgrund meines Verständnisses ihres Lebens, die verhielten sich plötzlich anders. Als ob sie sich von einer Marionette oder wie eine Marionette geführt wurden. Aber nicht mit meinen Händen, durch meine Fäden, sondern da wirkten andere Effekte. Und ich war jedes Mal enttäuscht, wenn nicht erschien die Situation so oder ich in ihr so, wie es geplant war.

Wie schwer war es für mich zu lernen, dass äußere Umstände andere Ereignisse zeitigten als das, was ich in meiner Vorstellung am liebsten hätte. Dabei waren sie, diese Vorstellungen, positiv, unterstützend für alle. Gewiss, der Ausgang jedes Mal war anders und dennoch war er so, wie er war. Und wenn ich dann in die Gesichter der Menschen schaute, die mich wieder verließen, dann verspürte ich nicht die Enttäuschung, die in mir lag. Sondern, ich spürte etwas, was mir dann doch wieder ein Vertrauen gab hinsichtlich dessen, was das Leben ist. Dass eben jeder auf seine Weise sein eigenes Leben lebt.

Wenn ich versuchte mitten drin in einer solchen Situation das Ruder herum zu reißen und meine eigene Version der Geschehnisse entstehen zu lassen, dann musste ich in der Regel feststellen, dass es nicht möglich war. Oder es erforderte immense Energie und einen immensen Aufwand, um das zu erreichen, was ich wollte: zumindest eine Annäherung. Aber es war nicht hilfreich, denn viele andere Menschen mit ihren Geschichten waren ja involviert und so gab es ein Konglomerat, das doch unterschiedlich war, wenn auch zusammengeführt an einem Ort, an einer Zeit.

Was ich daraus lernte war schlicht und ergreifend, die Situationen so laufen zu lassen, wie sie sind. Und doch meinen eigenen Weg darin zu finden - mich selbst. Auch wenn ich dann hin und wieder einmal einen Schritt zur Seite machen musste, um im Fluss dessen, was ich da nicht kontrollieren konnte, an mir vorbei fließen zu lassen. So dass ich nicht umgerissen wurde von der Wucht der Geschehnisse. Stattdessen mich selbst gestärkt wieder einzubringen und zu schauen, wo ich mich denn nun befand und wie ich das Beste, wirklich tatsächlich das Beste daraus für mich tun konnte. Noch immer war ich Herr im Haus und auch Herr im Haus der Situation. Doch es fühlte sich leichter an immer dann, wenn ich meine eigene Position deutlich erkannte und sie auch einnahm.

Das hielt mich jedoch nicht davon ab, weitere Situationen zu imaginieren und mir vorzustellen. Manchmal hatte ich auch Freude und Spaß daran, einfach in Tagträumen, die nächste Situation, das nächste Zusammenkommen, den nächsten Ausflug mir vorzustellen Stück für Stück. Und dann abzugleichen während des Ausflugs selbst, während der Zusammenkunft, was denn nun wieder anders lief. Und ich mich dann in die Frage verstrickte, was denn Realität, was denn Traum sei und was mir besser gefiel? Bis ich dann feststellte, die Mischung hilft nicht wirklich. Die Realität ist die Realität, der Traum ist der Traum. Und doch hat der Traum eine eigene Gewichtung und darf gelebt werden, denn das Positive, das in dieser Vor-Traumwelt geschieht ist das auch, was mich an und mit Lebensenergie füllt.

Doch ich erzähle von Träumen und gibt es eine Frage?

I: Die Träume beschäftigen uns schon sehr, danke. Ich habe den Eindruck, du hast es schon beantwortet, doch nur zur Sicherheit: Martin fragt, worauf er achten soll?

Den Fokus nicht zu lenken auf das, was in dieser Welt und um uns herum an vermeintlich Negativem und Schlechtem geschieht. Stattdessen den Fokus zu lenken auf das, was nun wirklich im eigenen Dunstkreis an Umsetzung geschehen kann. Nicht zu schauen auf das Ende eines Monates und dabei in Panik zu geraten, dass der Monat ja schon begonnen hat und nahezu schon beendet ist. Denn die Arbeit, die ansteht oder anzustehen hat, ist noch nicht getan, und ob das Zeitfenster überhaupt reicht, das auszuführen, was so in dem eigenen Kopf entstanden ist, diese Vorstellung ist nicht sinnvoll. Stattdessen zu bleiben in einer Balance, die es möglich macht, mit einem Vorschuss an Vertrauen hinein zu gehen in den Tag, in den nächsten Tag, in das, was als Folge kommt. Sich nicht abhängig zu machen von Zahlen und Worten und Taten, sondern mit Zuversicht wirklich umzusetzen, was ansteht. Auch mit Freude umzusetzen, was ansteht, und auch gemeinsam zu fragen, zu hinterfragen, was denn der Partner, was denn die Menschen in der Umgebung gerade sind und greifbar sind, was sie denn brauchen, was gegeben werden kann, aber auch was angenommen werden kann von den anderen. Wichtig ist es, diese Balance zu finden, die auf der einen Seite das Fortschreiten immer wieder in Gang setzt (weil das Schreiten an sich ist das, was sowieso geschieht). Aber ohne die Anspannung, dass doch nichts verändert werden kann. Stattdessen zu erkennen, dass die Veränderung eine permanente ist und wir sind mitten drin. So ist es denn wichtig, den Fokus nicht zu klein zu setzen, sondern ihn größer aufzuziehen. Immer wieder zu erkennen: es gibt so viel zu tun, was jetzt gemacht werden könnte. Tatsächlich ist die Anzahl der Aufgaben, die an uns heran getragen wird so unendlich groß, dass es überhaupt nicht möglich ist, sie umzusetzen im Sinne dessen, was möglicherweise notwendig wäre. Und vieles, wirklich vieles muss liegen bleiben, darf sich selbst überlassen sein, weil ein Handeln von uns wäre tatsächlich eine verlorene Liebesmühe an diesem Punkt. Stattdessen zu erkennen, dass eine bestimmte Anzahl von Tätigkeiten getan werden muss mit Liebe, mit Freude, mit Hingabe und ein Großteil liegen bleiben darf. Das gibt eine Entspannung für den Alltag.

Wobei immer wichtig ist, dass wir uns wohlfühlen. Wichtig ist, dass wir unserem Partner und den Menschen, die in unserer Nähe sind, signalisieren und zeigen und sie darauf hinweisen: wir haben bestimmte Bedürfnisse, die bitte, bitte auch erfüllt werden dürfen. Sie müssen aber ausgesprochen werden. Denn ohne das Aussprechen ist es manchmal schwierig das Gegenüber zu erreichen. Ihm so auch die Möglichkeit zu geben, etwas zu erkennen, oder schlicht und einfach nur zu sehen, um dann ein Ziel zu erreichen, in dem beide eingebunden sind. So ist es denn die Bitte und die Frage: „Kannst du bitte dies..." und selbst mit dem Hinweis „... für mich tun?" ein ganz wichtiger in der Kommunikation. Denn nicht immer kann der Mensch, der gerade in meiner Nähe, das erkennen und sehen oder als wesentlich annehmen und als eines, das gerade getan werden muss. Nicht immer kann ein Mensch in meiner Umgebung es wahrnehmen. Nur indem ich darauf hinweise - darum bitte und auch Hilfestellung gebe zur Lösung, zur Umsetzung - ist es möglich, gemeinsam die Zeit so zu gestalten, wie es für uns hilfreich ist.

So ist denn das Wahrnehmen, das Sich-Austauschen, das Offen-Sein, das Darum-Bitten und teilweise ergebnisoffen in eine Handlung einzuschreiten, durchaus eine Lösung für die gestellten Fragen.

Ist noch eine Frage... ?

I: Ich habe an meinem Ellenbogen eine kleine Kugel, die sich entwickelt hat und mein Körper ist auch immer Mal wieder, wie gestern, komplett müde und ohne Energien. Kannst du hierzu bitte noch einmal was sagen?

Dein Körper, so wie er ist, ist dein Körper. Und er ist ein ganz besonderer Körper, denn es ist dein Körper und mit diesem erfährst die Welt, bist du hier in dieser Welt. Leider sind wir immer wieder unzufrieden mit dem, was wir wirklich haben und streben nach dem, was andere uns vorleben. Zumindest vorgeben, dass sie es uns vorleben, denn wir können nicht hineinschauen, in das, was wirklich im Leben der anderen passiert. Stattdessen zu erkennen, dass dieser physische Körper, den du hast (dein eigener physischer Körper, der dir das Leben hier auf dieser Erde erst ermöglicht), dass das wirklich der Körper ist, der dich in deiner Persönlichkeit hier auf dieser Erde leben lässt. Anzuerkennen, dass dieser Körper etwas ganz Besonderes ist, etwas ganz Außergewöhnliches, Individuelles, es ist dein eigener Körper. Anzuerkennen, dass alles, was an deinem Körper Körper ist, zu dir gehört und du es ausfüllst mit Leben, mit deinem Leben ist ein erster Schritt, um die Annahme deines Körpers hier auf dieser Erde zu realisieren.

Wenn du diesen Körper angenommen hast, so wie er ist, dann erkenne auch und schaue einfach auch die Natur. Sieh dir einen Baum an, einen Strauch, einen Vogel, eine Blume: Sie sind so, wie sie sind. Sie sind so gewachsen, wie es ihnen möglich war, inmitten des Waldes, inmitten des Gartens, mit jenen Verrenkungen, die sie machen mussten, um selbst Licht zu finden, damit sie weiter wachsen konnten bis an einen Punkt, bis die Schwerkraft ihnen Einhalt geboten hat und sie blieben in ihrer Größe. Doch sie veränderten die inneren Strukturen, sie veränderten ihr Geäst, sie veränderten das, was veränderbar war. Manchmal gab es (und das siehst du an vielen Bäumen auch und Pflanzen und Sträuchern), gab es

Reaktionen, die nicht so aussehen als ob sie gewollt waren. Aber sie haben sich ergeben, aufgrund einer Konfrontation, einer Situation, einer Veränderung des Umfelds.

So gibt es denn Phasen, in denen du tatsächlich müde und abgeschlagen bist. So gibt es denn Phasen, in denen du wieder sprühst vor Energie. So gibt es denn Phasen, in denen du hochsensibel und fast neurotisch reagierst, was auf deiner Umwelt geschieht, weil du unzufrieden bist mit der Situation, vielleicht auch mit dir selbst. Doch das geht vorbei und das weißt du auch. Immer dann, wenn du es zulässt, wenn du die Müdigkeit als solche zulässt und nicht sie als ein Manko ansiehst, das dich behindert. Statt zu erkennen: der Blick nach draußen ergibt im Moment nicht die Freude, nicht die Strahlkraft, nicht die Energie, die gewünscht ist. Aber schau auf die Jahreszeit und schau auf die Temperaturen und du wirst erkennen, an welchem Punkt des Lebens du dich befindest. Vielleicht ist auch der Blick in das Horoskop eine Möglichkeit (nicht im kurz gegriffenen Horoskop, sondern in den großen Wellen) zu erkennen, an welcher Stelle du dich gerade befindest. Nimm die großen Bewegungen und schaue dann auf das, was jetzt im Kleinen sich zeigt, im Alltäglichen. Damit du zuordnen kannst das, was gerade gefühlt wird zu dem, was im großen Wurf deines Lebens für dich vorgesehen ist.

Immer, wenn die medizinische Indikation dich zweifeln lässt, dir Unruhe und Anspannung verursacht, dann lass einen Fachmann, eine Fachfrau darauf schauen. Denn es gibt dir dann die Sicherheit, dass du etwas getan hast und du bist nicht ausgeliefert im Spiel deiner eigenen Gedanken und Vorstellungen. Zu wissen, dass etwas an deinem Körper eine Veränderung erfahren hat, die nachvollziehbar ist, ist in der Regel unterstützender als der fragende Blick: „Bin ich normal und ist das normal, was ich da an meinem Körper sehe?"

Aber auch hier: Nimm dich und deinen Körper als das wahr, was dein Körper, was du bist. Du bist die schönste Erscheinung deiner Selbst hier auf dieser Erde, in dieser Form, in der du dich hier der Welt zeigst. Erkenne dies, nimm es so an, wie es ist. Dein zehnjähriges Ich mit deinem zehnjährigen Körper konnte nicht annehmen, das was ihm gegeben wird, gegeben war: Der Körper in dieser Form. Die Sechzehnjährige nicht, die Dreiundzwanzigjährige nicht. Fang an endlich deinen Körper so zu nehmen als das, wie und was er ist, ohne zu vergleichen und schon gar nicht in den Hochglanzmagazinen oder in den Filmen. Sondern schau dich als das an, was du bist: jetzt. Und erkenne deine eigene nicht nur innere Schönheit, sondern auch die äußere Schönheit. Nimm dich wahr, wie du bist und nimm dich als das wahr, was du bist: Du selbst und in einem schönen Körper auf dieser Erde.

Und sollte dann von außen jemand etwas sagen über dich, gar der Partner, dann atme tief durch und erinnere dich daran, dass du das Schönste bist, was hier auf dieser Welt von dir gebracht werden kann. Und sieh dich bitte mit deinen eigenen Augen, den äußeren und den inneren. Und schicke den Zweifler und den Kritiker bitte fort.

Wenn ich mich abhängig mache von meinen Gedanken, wenn ich mich abhängig mache von meinen negativen Gedanken, die immer wieder durch meinen Kopf ziehen, dann habe ich eine große Aufgabe und muss viele Steine zur Seite schieben bis ich wieder einmal in einen positiveren Modus hineinkomme. Ich weiß, dass es immer wieder diese (nennen wir es) negativen Phasen in meiner Gedankenwelt gibt. Und ich weiß aber auch, dass hinter diesen negativen Gedanken nichts anderes steht als das Hüten und die Sorge und die Unterstützung meiner Selbst, damit ich weitergehe in dieser Welt und nicht stehenbleibe und mich nicht verstecke. Deshalb geht es darum, das Negative wahrzunehmen, es aber dort liegen zu lassen, wo es ist und hinauszuschauen mit Zuversicht nach vorne. Denn ich kann gestalten meine Zukunft. Und wenn ich dann doch einmal den Blick zur Seite lenke und weit hinaus über den Tellerrand schaue, dorthin wo es

Menschen gibt (und das ist gar nicht weit entfernt von hier), denen es (und dann muss ich realistisch sein) es wesentlich schlechter geht (zumindest aus meiner Perspektive), die zu fünft in einem Zimmer leben, die vielleicht kein Obdach, die arbeiten müssen in Situationen, die einfach unerträglich sind selbst für sie, doch erkennen es nicht, denn sie stecken darin in der Situation, dann muss und darf ich erkennen, wie es mir geht, hier, jetzt, dort, wo ich lebe. Und ja, ich nutze die negative Energie, die ich wahrnehme, um weiterzuschreiten, um voranzukommen, um einfach mein Leben zu leben. Um dann wieder, wenn das positive auf mich zukommt, wenn die Sonne wieder durchbricht durch die Wolken, dann setze ich mich in meinen Stuhl und genieße die Sonne, die mich anhalten lässt in diesem Moment. Und ich merke, dass das, was mich zuvor angetrieben hat, wichtig war, um voran und weiter zu kommen und dass ich doch auch den Jetzt-Moment mit der Sonne im Gesicht auf dem Stuhl sitzend im Garten, mit dem Gezwitscher der Vögel um mich herum, genießen darf. Und beides gehört nun einmal dazu.

Und damit verlasse ich dich für heute.

Was will ich?

Kennst du das nicht auch, dass es Tage gibt, an denen du einfach sagst, dass alles das, was geschieht, einfach zu viel ist, dass man sich selbst lieber zurückzieht und das Geschehen draußen in der Welt und das Geschehen um sich herum einfach ziehen lassen möchte. Ohne dass man selbst in seiner Präsenz dabei ist, dass man gestalterisch aktiv wird und dass es wirklich besser ist, zumindest in der eigenen Vorstellung, hier und dort mal nicht aktiv zu werden. Sondern passiv geschehen zu lassen, was sowieso geschieht, obwohl man doch mittendrin steht. Wenn das so ist, dann sind dies die Tage, an denen eine Selbstdisziplin gefordert wird, die an anderen Tagen überhaupt nicht angefragt wird. Zum Beispiel das aktive Handeln, das sich Hineinstürzen in etwas und das Gestalten einer bestimmten Situation. So ist es immer wichtig, dass beide Aspekte deines Lebens Gehör finden und nicht nur Gehör finden, sondern auch von dir umgesetzt werden. Die einen, die von dir erwarten, dass du in deiner gesamten Aktivität hineinsteigst in dieses Leben, hinein und dich zeigst und aktiv bist. Und auch die andere Seite, dass du an bestimmten Tagen eben nicht aktiv bist, sondern einfach nur in deiner Mitte und einfach nur die Ruhe zulässt. Deshalb achte immer wieder darauf, wie und was von dir gefordert wird und wie du reagieren möchtest auf das, was von dir gefordert wird. Damit du selbst für dich erkennen kannst, ob das der richtige Weg ist zu agieren, da zu sein, einfach zu handeln.

Doch es steht eine Frage im Raum?

I: Anschließend an unser letztes Gespräch haben wir die Frage, können wir X vertrauen …?

Wem kann ich vertrauen? Kann ich mir selbst vertrauen? Kann ich einem anderen Menschen vertrauen? Kann ich einer Institution vertrauen? Kann ich jemandem vertrauen, der außerhalb meines Kreises lebt und agiert und bei dem ich nicht weiß, was er tut oder was sie tut, wenn ich nicht da bin. Und über 90% der Zeit tut dieser Mensch etwas, was ich nicht beeinflussen kann. Es sind sogar wahrscheinlich 99 % der Zeit, die ich nicht beeinflussen kann, da ich nicht in seiner oder ihrer Nähe bin.

Es ist nicht die Frage des Vertrauens, es ist die Frage: Was will ich? Und hier an diesem Punkt gilt es ganz klar zu entscheiden: worum geht es? So ist es nicht die Frage, ob ich Vertrauen kann auf das, was jener/jenes Institut für mich tun kann, was ich in diesem Institut erreichen kann. Sondern schlicht die Frage, ob es der richtige Zeitpunkt ist, mich zu zeigen mit dem, was ich kann im Rahmen dessen, was möglich ist, mit Hilfe eines anderen. Und an dieser Stelle gilt es tatsächlich, dass du dich, dass ... (jetzt formuliere ich in einer ganz anderen Sprache), dass wir uns dort zeigen, wo wir sind und was wir sind und was wir tun.

Gibt es noch eine Frage?

I: Wenn wir uns zeigen im Rahmen von Trainings, was sind eure Interessen, was ist das, worauf ihr Wert legt?

Gib den Menschen das, was sie wirklich jenseits ihrer eigenen Vorstellung und dessen, was sichtbar ist, wirklich für diese Menschen wichtig ist: Das Erkennen, dass die Liebe das wichtigste Werkzeug in diesem Leben ist und die Liebe beginnt bei der Eigenliebe und sie geht hinaus die Liebe für die Menschen, für die Schöpfung, für all das, was auf dieser Erde lebt und existiert. So dass erkennbar wird, dass die eigene Liebe im Kontakt steht, in einer Verbindung aufbaut zu dem Konzept dieser Welt, dieses Universums, dass all das mit Liebe verbunden ist.

Mach klar, mach deutlich und gib das Gefühl weiter, dass wir nicht verloren sind auf dieser Erde, auf dieser Welt, in diesem Sein. Sondern dass es ein Grund gibt, warum wir hier sind, warum ihr hier seid. Dass nichts sinnlos ist, sondern alles „sinnhaftig".

Gib ihnen die Mittel und Werkzeuge zu erkennen, dass die Gegenwart das Gestaltungsprinzip ist. Denn dort, wo Vergangenheit auf Zukunft trifft, ist die Gegenwart und das ist immer. Du baust keine Konstrukte auf, keine Ideen, keine Muster oder irgendwelche Konzepte. Sondern geht auf die einfache Wahrheit, die da ist: lebe in der Gegenwart und gestalte deine Zukunft. Und achte dessen, was du bereits erreicht hast auf dieser Welt.

Gibt es noch eine Frage?

I: Erst einmal Danke für diese Aspekte*. Ja, diese Woche habe ich Kindern von Freunden etwas zukommen lassen, wo die Eltern so reagiert haben, dass ich verletzt war, auch wenn ich weiß, dass ich auch eine Verantwortung dafür trage. Und jetzt weiß ich nicht, wie ich darauf reagieren soll. Kannst du mir hierzu etwas sagen?

Jede Handlung, die aus einer positiven Intention heraus geschehen ist (und ich weiß, dass deine Handlungen grundsätzlich aus einer positiven Intention heraus geschehen), jede Handlung, die aus eben jener Grundidee heraus geschieht, ist eine, die es verdient, von dem Adressaten wahrgenommen zu werden - mit offenem Herzen. Und besonders dann, wenn man dich kennt, wenn man weiß, wer du bist, wenn man dich schon über viele Jahre hinweg kennt und dich immer wieder eingebunden hat in die Familiensituation, dann ist es umso wichtiger, dass das offene Annehmen dessen, was dich beschäftigt, was du bist, was du gibst, dass das entsprechend auf eine offene Reaktion stößt.

Wenn dagegen die offene Reaktion auf das, was du gegeben hast, ausbleibt, dann ist es ein Zeichen, dass die, dich bisher kannten, dich mittlerweile nicht mehr kennen und dass sie verblendet sind in ihrem eigenen Sein, dass sie sich nur noch selbst sehen; dass sie dich nicht mehr wahrnehmen, als die Person, die du immer schon warst, die du auch weiterhin bist. So ist es denn wichtig an diesem Punkt, an bestimmten Punkten fest zu machen und zu erkennen, dass alles seine Zeit hat. Es gibt eine Zeit dafür, dass man eine Beziehung eingeht, dass man eine Beziehung aufbaut, aber auch eine Beziehung wieder beendet.

Nicht gilt es nun in Trauer zu verfallen darüber, dass hier etwas geschehen ist, was dich überrascht hat. Sondern dass du die Möglichkeit hast zurückzuschauen und zu sehen, wie waren die schönen, schönen Momente, die du hattest mit diesen Menschen? Wenn du zurückschaust und erkennst, dass auch schöne Momente existieren konnten in diesem Leben, die so verrückt, so ungewöhnlich waren, dann gibt es dir wieder diesen Hoffnungsschimmer für das, was da noch kommen wird, aber dann eben mit anderen Menschen. Und genau das wird auch wieder geschehen.

So lass denn das ruhen dort, wo es ist. Ruhen dort, wo Unverständnis entsteht. Denn wenn du genau hinschaust, dann wirst du erkennen, dass jede Form des Hineinbringens von Aktivität und Energie und tatsächlich auch von Liebe vergebens ist und nicht das ist das, was du zur Zeit brauchst. Wichtiger ist, dass du mit Menschen in Kontakt bist, die du so nehmen kannst, wie sie sind. Ohne dass du etwas erwartest oder forderst oder einklagen kannst, weil du ja doch schon so viel gegeben hast, hinein in diese Beziehung, in diesen Menschen. Sondern lass sie doch einfach dort stehen, wo sie sind und nimm sie so, wie sie sind und erkenne dann in der Situation selbst, was alles du erhältst im Kontakt mit ihnen. Hier die Goldwaage zu nehmen ist ein zu großes Unterfangen und ist eine Aktion, die dich in größte Unzufriedenheit hineinführt. Verlangen kannst du etwas von deinem direkten Partner. Verlangen kannst du nichts von jenen, die als Familie auf dich zugekommen sind und wenn du etwas verlangst von jenen Menschen, die als Bekannte und Freunde in deinen Leben gekommen sind, dann wirst du ganz schnell erkennen, dass du auf dem falschen Weg bist.

Es ist das bedingungslose Geben im Zusammenhang mit jenen Menschen, die unsere Gegenwart kreuzen. Aber die uns auch erkennen lässt, dass wir jene Menschen wieder loslassen dürfen, wenn es nicht mehr stimmt, wenn es nicht mehr passt. Erwarten kann ich etwas von mir selbst. Und dann, wenn ich etwas von mir selbst erwarte, dann erkenne ich auch, wie schwer es ist, solch eine Erwartung zu erfüllen. Und wie enttäuscht ich bin, wenn ich selbst meine eigenen Erwartungen nicht erfülle. Wenn ich mir selbst dann aber vergebe und mich selbst so annehme wie ich bin, dann kann ich wieder Frieden finden.

Ob das schon hilft?

I: Oh ja.

Es ist noch Raum für eine weitere Frage, wenn du möchtest?

I: Ja.

Wir möchten vorausschicken, dass es ein kleines Wunder ist, dass das, was wir hier gemeinsam auf dieser Welt, dass wir uns austauschen können, dass du die Offenheit hast und auch zuhörst, den Raum gibst, die Zeit nimmst, das, was als Worte gesprochen wird und von dir an- und aufgenommen wird, einen Raum finden darf. Und doch (auch wenn du es nicht wirklich glaubst) es Menschen gibt, die sich immer wieder auch an diesen Worten, (die zwar durch uns, von uns, durch andere zu dir gesprochen wurden, dann aber auch von dir aufgesetzt und in eine bestimmte Form gebracht wurden), dass es immer wieder Menschen gibt, die erkennen, dass die Schwingungen zwischen den Zeilen, zwischen den einzelnen Worten für sie eine Bedeutung haben, weil sie offen sind für sich selbst. Und in der Auseinandersetzung mit den Worten, die manchmal schwierig sind zu verstehen, ihre eigene Wahrheit, die die universelle Wahrheit ist, erkennen, sich eben nicht durch Institutionen leiten lassen. Doch du hattest eine andere Frage?

I: Ich möchte noch einmal das Thema meiner Mutter ansprechen. Ist meine Einschätzung richtig, dass es zu früh ist, die nächsten Schritte zu besprechen oder etwas für sie tun, um ihre Situation zu verbessern, es ist das falsche Wort, aber zu stabilisieren?

Du hast bereits in deinem Leben den einen oder den anderen Setzling in die Erde gebracht. Du hast die eine oder andere Blumenzwiebel in die Erde gesetzt und dann nach wenigen Monaten durftest du erkennen, durftest du sehen, dass aus der Zwiebel heraus sich etwas entwickelte, was du in der Zwiebel selbst nicht sehen konntest. Nämlich eine Pflanze mit Grün und mit einem wunderbaren Kelch der Farben. Der lebende Setzling wiederum konnte sich verankern in der Erde mit Wurzeln und fing an zu wachsen. Und erreichte dann im Laufe der Zeit (nicht im ersten Jahr, sondern nach zwei, drei Jahren) eine Größe, dass du erkennen konntest, was irgendwann einmal aus diesem Setzling werden würde, nämlich ein Baum. Und dann, wenn du in 10 oder 15 Jahren wieder auf den Setzling schaust, dann wirst du sehen, dass er wirklich ein stattlicher Baum geworden ist, den du mit deinen eigenen Händen gesetzt hast. Wenn du dann links und rechts schaust und wahrnimmst, dass es dort Bäume gibt (Bäume die schon seit vielen, vielen Jahren, ja gar Jahrzehnten stehen), dann wirst du erkennen, dass diese Bäume in ihrer eigenen Struktur selbst gewachsen sind und sich so entwickelt haben, wie es ihnen möglich war. Im Rahmen dessen, was sie als Raum in dieser Welt, auf dieser Erde erfahren haben. Sie stehen dort, ohne dass du jemals auch nur Hand anlegen musstest, an jenen Bäumen, die groß sind, die stark sind, die stehen.

Du kannst nur in jenen Momenten mit Menschen und wenn sie noch so nah an dir sind und die eigene Mutter ist mit Sicherheit die nächste Nah-Person, die es gibt auf dieser Erde (weil sie deine Mutter ist und du geboren wurdest aus ihr) ... nicht kannst du verändern das, was dieser dir so wichtige Mensch selbst hineinbringt in die Welt. Es geht nicht den letzten Lebensweg dieses Menschen zu verändern, zu gestalten. Es gilt (und auch wenn es schwer, so schwer für dich ist), es gilt sie leben zu lassen ihr eigenes Leben. Egal, was du siehst, egal, was du erkennst, es gilt, hilfreich und unterstützend nicht direkt an der Seite zu sein, aber doch in einer gewissen Nähe zu unterstützen mit dem, was sie tut und da zu sein und sie einfach machen zu lassen.

Du bist, auch wenn es schwer ist zu ertragen: du bist die Kleine, sie ist die Große. Auch wenn sich die Vorzeichen jetzt so langsam umkehren und du mehr verstehst von dem, was das Leben von uns fordert. Doch auch hier 90% der Zeit, die du lebst, erkennt sie nicht von dem, was du tust, und du erkennst nicht, was sie tut. Denn sie tut das, was sie tut. Nichts kannst du verändern, außer dass du für dich sagst: „Getragen von der Liebe, ertrage ich das, was du tust. Ich bin da, wenn du etwas möchtest. Aber wenn ich nicht da bin, dann bin ich nicht da. Und wenn das, was du tust, mich verletzt, habe ich die Kraft das zu (nicht nur zu ertragen), sondern einfach sein zu lassen. Nicht möchte ich hineingehen in einen Kampf mit dir, sondern wünsche dir, dass du in Liebe mit dir selbst dein Lebensweg beendest. Ich selbst aber bin stark genug, um auf mich zu achten und all jene Misstöne nicht zu überhören, aber zu hören und lassen dort, wo sie sind. Nämlich bei dir, denn sie haben nichts zu tun mit mir. Ich selbst bin stark genug. Ich selbst liebe mich genug, um zu akzeptieren, dass du Du bist und ich Ich, und ich tue das, was notwendig ist. Nicht ist es hilfreich, übergriffig zu agieren. Und niemals sind die Taten, die ich tue, zu wenig." Vorausschauen geht nicht für andere, das geht nur für dich selbst. Und selbst da reichen oft die Mittel nicht aus, um etwas zu erreichen, was wir wollen.

Mit diesen Worten werde ich dich jetzt verlassen.

Die Zeit rennt dahin

Die Zeit rennt dahin, wie ein Sand in einer Sanduhr. Von oben nach unten fließt sie, verschwindet sie und das, was am Anfang wie ein großer Verlust aussieht, ist bei genauerer Betrachtung doch ein großer Gewinn. Denn all das, was geschieht, ist etwas, was immer wieder vergeht, es bleibt nichts hängen, es bleibt nichts stehen, es geht immer weiter. Wir werden nie festgehalten in einem bestimmten Moment, in einem bestimmten Gefühl. Wir können davon ausgehen, dass selbst das größte Unglück das wir erleben, dort bleibt, wo es ist: Nämlich in dem Moment, in dem es geschehen war. Und schon ist es vorbei und wir dürfen schauen, dass es weiter geht. Denn es geht weiter. Unabhängig davon, ob wir uns festhalten wollen auch an diesem schönsten Moment, den wir gerade eben erlebt hatten. Denn er ist schon wieder vorbei. Wenn wir genau hinschauen, ist es uns kaum möglich in der Gegenwart zu sein. Denn wir denken und fühlen und halten fest an dem, was schon wieder vorbeigegangen ist.

So können wir denn sicher sein, dass immer wieder alles weiterfließt. Wenn du stehst am Meer und erkennst, dass das Wasser langsam Stück für Stück zurückgeht, dann kannst du dich darauf verlassen, dass das Wasser wieder kommt. Ebbe und Flut sind Bewegungen dieser Erde auf dieser Welt, die du nicht bestimmen kannst, die bestimmt werden durch Kräfte, die du nicht siehst, die aber wirken. Und so ist das ganze Leben bestimmt von Kräften, die du nicht erkennen kannst, die dennoch vorhanden sind. Und es gibt keinen Grund, sich gegen Ebbe und Flut wehren oder zu behaupten, Ebbe und Flut wäre etwas Unnatürliches, weil sie sind, was sie sind und du es nur wahrnehmen kannst.

Und genauso ist es auch übertragen auf dein Leben. So sind auch die Fähigkeiten (die du hast, die du erworben hast, die dir gegeben sind), die du herausbringen darfst in das Leben zu den Menschen. Denn dort werden sie gebraucht. Sie würden dir nicht erkenntlich sein, wenn sie nicht gebraucht würden.

Warum sollte die Natur etwas vergeuden? Warum solltest du als Mensch und du selbst etwas vergeuden? Oder etwas bekommen, was du nicht teilen kannst? Wenn du die Fähigkeit hast, aus Mehl, aus Wasser und aus Hefe ein Brot zu fertigen, dann tue dies und gib auch Stücke davon weiter. Genauso ist es mit anderen Fähigkeiten, seien sie intellektuell, seien sie von einer ganz anderen Ebene. Manchmal ist es einfach nur das Gespräch, das wichtig ist. Dessen Inhalt anderen hilft tatsächlich und wenn es nur diesen einen Moment des Sprechens selbst ist. Deshalb halte nicht zurück das, was in dir steckt, was vorhanden ist. Und vertraue darauf, dass auch egal in welcher Ebene (sei es auf der familiären, sei es auf der beruflichen, sei es auf der medialen oder dem Intellekt), vertraue darauf, dass du das weitergeben darfst, was dir eigen ist, aber tue es auch

Gibt es denn eine Frage im Raum?

I: Gibt es Bereiche, wo ich meine Gabe nicht so weitergebe, wie ich sie geben könnte?

Als kleines Kind haben wir das getan, was wir getan haben. Wir haben nicht nachgefragt, ob es irgendwie sinnvoll ist, was wir tun. Sondern die Uhr wurde auseinandergenommen und wir konnten sie nicht mehr zusammensetzen. Es waren viele Schrauben, es waren Deckel, es waren Rädchen und plötzlich funktionierte das, was am Anfang doch noch so schön tickte, funktionierte es nicht mehr und dennoch wir hatten es getan. Als Jugendlicher hatten wir ausprobiert, wie es ist mit Beziehungen. Wie ist es denn mit einem anderen Menschen etwas gemeinsam zu unternehmen und zu schauen? Manchmal funktionierte es. Und immer wieder mussten wir auch feststellen, dass es doch nicht möglich war mit jenen Menschen längere Zeit zusammen zu sein, weil wir eben doch unseren Kopf und unsere eigenen Vorstellungen hatten. Später dann war es wichtig, sowohl im Beruf zu funktionieren als auch mit dem Partner. Und wir haben uns angestrengt und versucht das umzusetzen, was stimmig und passend ist für die aktuelle Situation.

Jetzt aber, jetzt aber ist es wichtig hinzuschauen und zu erkennen, dass wir ein ganz besonders und ganz eigenständiges Wesen sind, mit einem Charakter, mit Wissen und auch mit Wünschen und Zielen. Wichtig ist es hier, diese eigenen Wünsche und Ziele zu erkennen. Und sie dann zu kultivieren und auch entsprechend nach außen zu bringen. Dabei ist es nicht die Frage, ob das, was wir tun, das ist, was wir nicht tun sollten? Sondern die Frage ist, dass wir uns selbst leben, dass wir uns erfreuen an dem, was wir tun in dem Moment, indem wir etwas tun -gemeinsam mit anderen Menschen oder alleine. Dabei sollten wir versuchen zumindest nicht zu werten, ständig zu erklären den anderen, wie es denn nun wirklich sein sollte. Sondern ihnen einfach zuhören und auch etwas dort liegen lassen, wo es sich gerade befindet. Nicht wir haben die Weisheit mit Löffeln gefressen. Sondern wir sind mit den anderen gemeinsam auf einem Weg und diesen Weg gilt es zu beschreiten. Es ist nicht wichtig zu fragen: was habe ich nicht? Was tue ich nicht? Wo ist der Fehler, wo ist das Manko?

Wichtig ist zu erkennen, dass die vielen Fähigkeiten, die wir tatsächlich besitzen, dass diese Fähigkeiten vorhanden sind und von uns genutzt werden können. Auch im Rückblick zu erkennen, womit habe ich die Mehrheit der Menschen mit denen ich in Kontakt war, womit habe ich sie am meisten berührt? Wo habe ich Entwicklungsschritte angestoßen? Und ist es nicht das, was mich persönlich als Mensch ausmacht?

Wenn ich etwas sehe (ein Objekt, ein Haus, ein Mensch), wenn ich mich frage, was war, bevor dieses Objekt hier war (dieses Haus dort stand, dieser Mensch in meinem Leben war), darf ich immer wieder erkennen und auch anerkennen, dass es tatsächlich eine Zeit gab, bevor etwas in meinem Leben kam. Dass in dieser Zeit die Zeit auch gut war. Dann aber veränderte sich etwas und etwas kam in mein Leben. Ein neuer Gegenstand, der zuvor nicht gesucht und gewünscht und erwartet wurde, war plötzlich da und ich konnte damit etwas anfangen. Ein Haus stand plötzlich dort, wo zuvor eine Wiese war. Es gab also eine Zeit vor etwas und es gibt eine Zeit mit etwas und es wird eine Zeit geben danach. So erkenne, dass deine Fähigkeiten und das, was du ins Leben bringst, immer das Abbild dessen ist, was gerade vorhanden ist und auch was gerade gesucht wird. Und erkenne, dass die Fähigkeiten, die du jetzt wahrnimmst, bereits in dir vorhanden waren vor vielen Jahren (vielleicht Jahrzehnten), dass du sie jetzt aber wahrnimmst. Und dass es eine Zeit gab vor dem Erkennen der Fähigkeiten, die du jetzt siehst. Und es wird aber auch eine Zeit geben indem du zurückschaust und wahrnimmst, dass du in jener Zeit diese Fähigkeiten gelebt hattest. Und dann wahrnimmst, dass nun andere Fähigkeiten von dir gelebt werden, ohne dass du jene verloren hast.

Ob das ist in die Richtung geht?

I: Ich werde es wirken lassen.

Hm.

I: Du erwähntest am Anfang, dass es schwierig ist, weil alles sich so verändert, in der Gegenwart zu sein. Mich würde auch noch einmal interessieren das All-Eine, das wir in der Gegenwart erfahren können. Wir sind ja ein Teil davon?

Nimm eine Blume und schau sie dir an. Und schau sie nicht an, so als ob du alles wüsstest. Sondern schaue sie so an, dass das Geheimnis der Blume sich dir offenbart in dem Moment, in dem du dich mit ihr verschmelzen kannst, verschmelzen kannst und eins bist. Indem du vollständig in diesen Moment hineingehst.

Und dann schau ein Objekt an und verschmelze ähnlich. Und dann nimm Kontakt mit deinem Partner/mit deiner Partnerin auf und verschmelze auch hier. Und du wirst erkennen, wie schön es ist, in diesem Moment zu sein, der eben jenseits des normalen Wahrnehmens der Welt, jenseits aller Filter, jenseits aller Ängste, Sorgen und Furcht, jenseits aller Gedanken, die da hinausschweifen in die ferne, ferne, ferne Zukunft. Die du sowieso nicht bestimmen und regeln kannst im hier und jetzt. Was alles kann geschehen, in den nächsten Stunden, Tagen, Wochen und Jahren, ohne dass du die Möglichkeit hast, etwas wirklich zu regeln? Was macht es denn für einen Sinn, am Strand zu stehen und dem Wasser Einhalt gebieten zu wollen und ihm zu sagen „bleib stehen!" oder „komm her!" oder „geh weg!". Das Meer ist geduldig. Es tut das, was es tut. Und wenn du das tust, was du tust und dich dabei gut fühlst ... (weil du bist gut in dem Moment, in dem du es tust. Egal, was es ist: Auch wenn du dich ausruhst, wenn du schläfst, wenn du intensiv arbeitest, wenn du dich kümmerst um etwas oder jemanden und selbst beim Putzen und bei der täglichen Hygiene), ... wenn du das tust, was du gerade tust, dann erlebst du dich selbst.

Denn wir selbst und unser Körper genauso wie die Erde selbst von Kräften getragen und „gewirkt" werden, die wir nicht kontrollieren können. Der Wunsch nach Kontrolle ist groß, doch das Ergebnis des Kontrollieren-Wollens ist sehr gering und klein. Und anzuerkennen, dass es nicht möglich ist, etwas oder jemanden zu kontrollieren, erzeugt eine große Diskrepanz und oftmals auch eine Verneinung dessen, was gerade ist. Viele Menschen versuchen mit Kraft und tatsächlich auch mit Gewalt Widerstände zu brechen ohne zu erkennen, dass es nicht möglich ist, diese Widerstände zu verändern. Oftmals ist es ein Kampf gegen sich selbst.

Auch das ist wichtig, um uns hineinzubringen in das All-Eine, noch mehr und mehr einzubringen in das Ganze. Die gesamte Erkenntnis hinein fließen zu lassen. Die sich dann wieder reduziert im All-Einen auf die einzige Kraft, die dieses Universum tatsächlich zusammenhält: die Kraft der Liebe. Die unbeschreiblich ist in ihrer Schönheit, in ihrer Vollständigkeit, in ihrem Sein. Die Schwingung der Liebe, die Liebe selbst, ist das, was die Welt zusammenhält, ohne dass dieser Reim uns bewusst war.

- *Zu wissen, dass du ein weiser Mensch bist, der sich selbst mit sich und der Welt auseinandersetzt, hinterfragt und immer wieder nachschaut, ob das, was gerade geschieht, auch wirklich geschieht in der Form, in der du es wahrnimmst, ...*
- *Zu wissen, dass du offen bereit bist, auch jenseits dessen, was als Alltag auf dich zukommt, anzunehmen. Und auch mit anderen darüber zu sprechen und zu teilen die Erfahrungen. Ihnen die Möglichkeit zu geben, in deiner Gegenwart zu lernen, zu erfahren, auch sich selbst sein zu dürfen, ...*

... zeigt, dass du auf dem richtigen Wege bist. Und nimm dieses (nennen wir es) Kompliment bitte an. Denn nicht nur du und die du gerade das hörst, was gerade gesprochen wird, sondern auch die, denen es durch dich vermittelt wird, dürfen ebenfalls dieses Kompliment genauso annehmen. Wobei niemals irgendjemand behaupten sollte, dass nur er das Recht hat Weisheit zu sprechen.

Es fließt alles zusammen: der Dichter, der vor tausend Jahren etwas niederschrieb hat genauso Recht, wie der Dichter, der da kommen wird in zwei Jahren. Und nur indem es zusammengeführt wird (und zwar durch dich, weil du lesend wahrnimmst, was jener schrieb und dann, wenn der andere es geschrieben hat, von dir wahrgenommen wird), durch die Verbindung (also durch dich, im Lesen und im Moment, also der Gegenwart) wird etwas erzeugt, das wir die Gegenwart nennen. Und damit entsteht etwas Neues immer wieder durch das Verknüpfen unterschiedlichster Quellen.

I: Danke, auch für deine wertschätzende Worte. Du sprichst am Anfang von Verschmelzen und hast es auch immer Mal wieder in anderen Gesprächen benutzt. Magst du mir noch einmal aus deiner Sicht beschreiben, was das alles umfasst? Oder wie, wie verschmelzen mit einer Blume, mit einem Gegenstand?

Nimm eine Blume, nimm eine Rose, nimm einen Kopf einer Rose in die Hand und lenke deine Aufmerksamkeit auf die Blätter, auf die Farben, auf die Formen. Spüre das, was in deiner Hand liegt, in deinen Händen liegt, so wie es sich gerade anfühlt. Und rieche, wenn es denn eine Wild-Rose, vielleicht aus deinem Garten, vielleicht aus einem Blumengeschäft. Nutze all deine Sinne, um genau das, was wahrzunehmen, was da im Moment gerade in deinen Händen liegt. Wenn du deinen Partner/deine Partnerin umarmst, dann spüre vom Scheitel bis zu deinen Zehen, was alles gerade berührt wird, was du als Berührung erfährst in deinem eigenen Körper dadurch, dass dein Partner sich an dich schmiegt und du dich an ihn anschmiegst und du spürst dich mehr und all jenen Stellen, die berührt werden durch die Berührung, die du suchst, verglichen mit Wahrnehmungen deines Körpers, wenn du aufrecht stehst und nur durch die Berührung der Kleidung wahrnimmst, dass da ein Körper ist, dein Körper ist. Wenn du stehst unter der Dusche und das Wasser an deinem Körper perlen spürst, dann nimmst du wahr, was alles zu dir und deinem Körper gehört. Und das wird deutlich, dass du gerade jetzt im Moment in der Gegenwart bist, denn du spürst dich selbst.

Wenn du dagegen mit den Gedanken hinauseilst in die Garage, in das Auto, in die Berufssituation während du am Duschen bist, dann bist du gespalten und getrennt und keine Verschmelzungen kann stattfinden. Das Wasser perlt ab an dir, an deinem Körper. Du bist gedanklich weit, weit weg. Und dann ist es eigentlich egal, was du gerade machst (und auch vor allem Dingen), was du gerade denkst. Überflüssig sind die Gedanken, denn du bist nicht dort, wo du doch gerade bist.

Wenn du mit deinem Partner zusammen liegst im (sagen wir) im Bett oder auf dem Sofa und deine Gedanken schweifen um das Tun deiner Familie oder die notwendige Reparatur von irgendetwas, dann wird weder die Reparatur durchgeführt, nur weil du gerade daran denkst, noch wirst du wahrnehmen, was du gerade spüren könntest, wenn du bei dir wärst und verschmolzen wahrnimmst das, was du gerade spürst. Was gibt dir mehr an Wärme, an Sein, an Seins-Kraft: Der Gedanke, der hinaufschweift, weit weg von dir oder die Wahrnehmung dessen, was gerade geschieht: das Wasser, die Seife, die Berührung?

Mit dieser Frage, verlassen wir dich für heute.

Die notwendige Geschwindigkeit

Es gibt sie diese Tage, an denen wir nach einfachen Lösungen suchen und an denen es uns einfach nicht schnell genug gehen kann. Wenn wir etwas erreichen wollen, wovon wir doch eigentlich wissen, dass es in der kurzen Zeitspanne, die wir uns geben, nicht möglich ist dieses Ziel zu erreichen. Und dennoch drängen wir und dennoch schieben wir und dennoch wälzen wir uns dorthin in Richtung dieses Zieles. Wohlwissend, dass wir nicht das erreichen können, was wir erreichen wollen und dann sind wir am Ende des Tages nur noch frustriert und ausgelaugt und genervt auch von uns selbst. Nicht, dass wir nicht übersehen konnten, überschauen konnten die zu große Aufgabenstellung. Sondern, dass wir es nicht realisiert haben das, was wir wollten und so macht sich Unmut breit. Unmut, der uns auch am nächsten Tag noch belastet, bedrückt und auch wie eine Handbremse wirkt. Bis wir dann erst erkennen, dass wir uns mehr Zeit geben dürfen, dass wir mehr Zeit brauchen und dass es kein Verlust ist, mit mehr Zeit an diese eine oder die andere Aufgabe heranzugehen. Sondern dass wir tatsächlich auch mit dieser gewählten und bewusst genutzten Langsamkeit (oder positiv formuliert: der Geschwindigkeit, die die Aufgabe schlicht und ergreifend braucht), dass wir anerkennen können, dass die notwendige Geschwindigkeit uns genau das gibt, was wir brauchen, um die Aufgabe dann letztendlich umgesetzt zu haben.

Denn ist es wirklich wichtig etwas abzuschließen in einem bestimmten Zeitraum und Rahmen, den wir uns selbst geben? Oder aber können wir nicht diese Aufgabe selbst entscheiden lassen wie lang sie uns beschäftigt, wie lange wir mit dieser Aufgabe unterwegs sind hier auf dieser Welt? Muss denn wirklich alles so schnell abgeschlossen werden, wie wir es immer glauben? Oder sind das nicht doch Sätze, die wir von unseren Eltern, von der Gesellschaft übernehmen? Ist es nicht schöner ein Stück Schokolade im Mund schmelzen zu lassen und die unterschiedlichen Konsistenzen von hart und kalt am Anfang bis weich und fließend mittendrin und dann nur noch die Süße im Gaumen schmeckend? Ist es nicht besser, jede einzelne Phase wahrzunehmen, so wie sie ist? Statt sich darauf zu konzentrieren, dass diese Tafel Schokolade innerhalb weniger Minuten aufgegessen sein muss? Wo bleibt da der Genuss? Müssen wir wirklich all das Umsetzen hier auf dieser Erde, was wir uns vorstellen, dass wir es tun müssen? Können wir es denn nicht dort liegen lassen, wo es gerade liegt? Und vielleicht sogar genießen das, womit wir gerade konfrontiert sind?

Natürlich ist es schön eine Aufgabe abzuschließen, aber ist sie denn wirklich abgeschlossen? Ist das Werkzeug, das wir in den Werkzeugkasten an die richtige Stelle legen deshalb richtig an der richtigen Stelle, weil es dort liegt? Und hat es denn nicht schon das Potential für die nächste Aufgabe in sich? Die nächste Aufgabe wartet um die Ecke und wieder wird dieses Werkzeug benutzt. Es gibt kein "Abschließen", es gibt kein „Sich-Zurücklegen-Können". Wichtig ist, dass wir mit unserem Bewusstsein dort sind, wo unsere Aufgaben uns hinführen. Wo auch die selbst gewählten Aufgaben uns die Möglichkeit geben zu erkennen, dass das, was wir tun, sinnhaft ist in dem Moment des Tuns. Dass auch einmal das Ausruhen, das Nichtstun mit hinübergebracht werden darf als Information für die Geistige Welt, für uns.

So ist denn der Wechsel von Anspannung und Entspannung das erstrebenswerte Ziel und dem bitte folge. Denn nur in der Entspannung kann wieder Kraft entstehen für die Anspannung und nur die Anspannung gibt uns die Möglichkeit zu wachsen, so brauchen wir denn beide Wahrnehmungsformen.

Wir sind dankbar, dass ihr immer wieder den Kontakt zu uns sucht, euch nicht irritieren lasst, sondern mit Vertrauen und Zuversicht den Alltag lebt und ebenso die Suche und das Finden des Wissens und der Weisheit im Kontakt mit uns.

Mit diesen Worten verlassen wir dich für heute.

Kurz vor der Rente

Nicht mehr gebraucht zu werden, zum alten Eisen zu gehören, das war tatsächlich einer jener Sorgen, die ich hatte, als ich kurz vor der Rente in meinem Betrieb saß und feststellte, dass all die Menschen um mich herum wesentlich jünger waren als ich und dass es ganz andere Betriebsabläufe plötzlich in meinem (ich nannten es „meinem") Unternehmen gab verglichen mit denen, mit denen ich aufgewachsen war vor vielen Jahrzehnten. Zu erkennen, dass andere bereits gegangen sind, gegangen wurden und nun auch ich vor dieser Situation stand, dass ich nicht mehr der große Entwickler, der große Ingenieur war, sondern dass ich nun etwas Neues für mich finden durfte. Und wenn ich zurückschaute, dann war das, was ich in meinem Arbeitsleben umgesetzt hatte, ja immer kreativ, es war ja immer anders. Ich war mit Menschen unterwegs, ich hatte Ideen, die umgesetzt wurden, ich tauschte mich aus. Das gehörte einfach dazu. Mit vielen Menschen unterschiedlichsten Charakters zusammen zu sein und mich auszutauschen und im Austausch etwas Neues zu finden. Es war immer wieder etwas Neues. Und selbst wenn es nur das Gespräch war mit jenen, die in der Firma intern immer meine Kollegen waren oder jene, die als externe zu uns immer wieder einmal dazu kamen.

Und dann stand ich vor der Situation mir ausmalen zu müssen oder mir es einfach auszumalen, wie es denn dann sein wird, in den nächsten Wochen, Monaten und vielleicht sogar Jahren? Was ich dann wohl tun würde, was ich tun werde und was ich tue, wenn mein Weg, wenn meine Füße mich nicht mehr dorthin bringen, wo ich die letzten Jahrzehnte tagtäglich nahezu eine Zeit verbracht habe und den Großteil meines Lebens dort wirklich gelebt habe?

Glücklicherweise wich die Angst und die Sorge und die Furcht davor „nicht mehr gebraucht zu werden" in dem Moment, in dem ich mehr und mehr für mich erkannte, dass es nun darum ging, mich um mich selbst zu kümmern, das wahrzunehmen, was um mich herum an Lebendigkeit existiert, einen neuem Fokus aufzusetzen und auch die Langsamkeit zu genießen, auch die Ruhe, auch das Zurückgezogene, vielleicht das eine oder andere Buch zu lesen, was nicht unbedingt notwendig war, aber: Je mehr ich mich vertraut machte mit dem Gedanken, dass jetzt nicht jemand an mir herumzieht und zerrt und zuppelt, sondern dass ich die Möglichkeit hatte, das zu tun, was ich gerade wollte (und wenn es auf dem Sofa liegen war und wenn es im Garten sitzen war und wenn es einfach nur ein Spaziergang oder eine Ausflugsreise war), das durfte ich jetzt wahrnehmen, darauf durfte ich mich freuen. Und genau dies tat ich dann auch, ab einem bestimmten Zeitpunkt. Ich durfte dann aber auch immer wieder feststellen, dass doch der eine oder die andere dennoch den Rat oder das Gespräch mit mir suchte. Und selbst wenn niemand kam: Ich hörte nicht auf, meine Gedanken zu notieren, Sachen zu organisieren und mich immer mehr mit mir selbst zu beschäftigen. Auch die Auseinandersetzung mit Ideen wurde plötzlich wichtiger als das Basteln an etwas. Und so war denn für mich der Übergang, den ich erleben durfte, nicht mehr mit Schrecken besetzt, als dann dieser Übergang wirklich kam: Langsam, Schritt für Schritt, nicht mehr rennend, nicht mehr geschubst werdend, nicht mehr nur für andere, sondern ich stand im Mittelpunkt meines Lebens. Und das durfte ich annehmen mehr und mehr. Und das tat ich dann auch.

Mit diesen Worten verlasse ich euch für heute.

Von Leichtigkeit getragen

Ist es nicht schön, auch einmal die Kontrolle zu verlieren, nicht immer festzuhalten oder zu glauben, dass du selbst festhalten kannst alles das, was du um dich herum hast? Nicht nur die materiellen Dinge, sondern auch deine Liebsten, deine Ideen und auch jene Mittel, die du nicht in barer Münze direkt bereit liegen hast.

Ist es nicht schön aufzuhören, festzuhalten und zu glauben, dass wir tatsächlich mit festem Griff das bei uns behalten zu können, was wir uns im Laufe der Zeit erworben haben? Erworben haben durch unsere Arbeit. Erworben haben dadurch, dass wir uns gebildet haben, dass wir in Gesprächen waren, dass wir aber auch offen waren für das, was um uns herum (egal wo wir waren), all die Eindrücke angenommen haben und sie auch abgespeichert haben.

Wenn du dann weiter schaust nach vorne, weit, weit, weit nach vorne, dann wirst du erkennen, dass es keinen Gepäckträger gibt, keinen Dienst gibt, der dir nach dem Übergang all das mitträgt, nachträgt, an der Seite trägt, was du bereits hier auf dieser Erde an materiellen Gütern gesammelt hattest. Das, aber was du mitnimmst ist das, was du bereits eingespeist hast in das All-Eine: all die Erfahrungen, die von dir gemacht wurden. Insbesondere jene, die ohne die Kontrolle, ohne das Feste, ohne das Starre entstanden sind. Denn die, die festgehalten wurden, wurden im wahrsten Sinne des Wortes festgehalten hier auf dieser Erde. Jene aber, die von Leichtigkeit getragen, von Pulsieren, von einem Rhythmus her bewegt wurden, diese in bereits Wellenform vorhandenen Erfahrungen, Erlebnisse und Gefühle konnten umso leichter bereits nach oben zu dem All-Einen kommen. Die, die festgehalten wurden von dir, immer und immer wieder, natürlich kamen sie auch im All-Einen an, aber doch mit einer Verzögerung.

Wichtig ist es das wahrzunehmen und zu erkennen, dass die Bewegung, die Schwingung, die Welle das Transportmittel ist, nicht das Starre, das Feststeckende, das Einzementierte. Der Griff um die Stange kann fest und umschließend und final sein. Er kann aber auch leicht und nur leicht berührend sein und trotzdem hat die Hand Halt.

Spüre immer mehr hinein in den Alltag in jene Situationen, die mit Leichtigkeit und von Leichtigkeit getragen wurden, und die dich in Leichtigkeit bringen, verglichen mit jenen, die die Auseinandersetzung, die Festigkeit, das Halten, das Starre in sich tragen. Spüre hinein und nimm wahr den Unterschied der energetischen Formen. Was unterstützt dich, was hindert dich? Beides ist wichtig und dennoch ist es ein Unterschied. Und beides kannst du unterschiedlich wahrnehmen.

Mit dieser Übung verlasse ich dich für heute.

Das Jetzt

Mein Dank gilt euch, die ihr euch hier immer wieder die Möglichkeit gebt einfach verbunden, sich verbunden zu fühlen mit uns. Und einfach die Gemeinsamkeit zu spüren, gesetzt an einem bestimmten Ort, einer bestimmten Zeit. Und dann herauszufinden wie schön es ist, wie intensiv es sein kann, angebunden sein kann und das, was ihr, was du sowieso schon bist: nämlich in Anbindung mit uns. Deshalb hier an dieser Stelle nochmals der Dank dafür.

Der nicht wirklich notwendig ist, denn allein zu wissen, nicht alleine zu sein, sondern angebunden zu sein immerfort, immer, jederzeit, allein das reicht aus, um Sicherheit und Klarheit und mit innerer Stärke das zu erleben, was das Leben um uns herum uns gibt, in all den unterschiedlichsten Formen, die da existieren, allein das reicht schon aus, um in einem inneren Jubilieren zu sein. Wie unterschiedlich ist es, verglichen mit jenen Momenten, die wir immer wieder haben, in denen wir eben nicht spüren oder nicht glauben daran, dass die Verbindung existiert? Wie schön es ist zu wissen, dass es Momente gibt, in denen wir uns anbinden können? Wie schön ist es zu wissen, dass es jene Anbindung gibt? Man kann darauf hin planen, man kann sich daran zurückerinnern und jedes Mal (sei es zurück, sei es nach vorne) gibt es die Möglichkeit wieder im Jetzt zu sein.

Und was ist das, dieses Jetzt? Bei genauerer Betrachtung ist es doch so, dass das Jetzt immer ist. Es gibt keinen wirklichen Unterschied zwischen dem Vergangenen und dem Gegenwärtigen und dem Zukünftigen. Es ist immer das Jetzt. Wenn du genau hinschaust wirst du erkennen, dass du immer in der Gegenwart bist und niemals dich davon dissoziieren kannst. Du bist dort, wo du bist.

Wenn du in Gedanken bist und dich wegbewegst (sei es zurück, sei es nach vorne) bist du mit dem physischen Körper trotzdem dort, wo du bist: im Jetzt. Immer bist du im Jetzt und du darfst es akzeptieren, du darfst es annehmen, du darfst es anerkennen. Und mit diesem Bewusstsein wird dir klar und deutlich, dass es genau darum geht, dich im Jetzt wahrzunehmen, festzuhalten tatsächlich. Und auch dieses Leben dort zu leben, wo du es lebst, nämlich im Jetzt und nicht in der Vergangenheit und nicht in der Zukunft.

Die Vergangenheit ist abgeschlossen, nichts kannst du daran ändern. Außer, dass du mit Wünschen und mit Energien zurücksendest etwas zu denen, die dir möglicherweise auch etwas angetan haben (sei es zu viel, sei es zu wenig), um dich wiederum zu befreien. Das, was in der Vergangenheit geschehen ist, kann nicht von dir geändert werden, weil es ist geschehen, es ist abgeschlossen. Es geht darum, wie du damit umgehst, was du damit tust, wie du deinen eigenen Blick darauf sendest und lenkst auf das, was geschehen ist. Auf das, was dein Vater, deine Mutter, dein Großvater, deine Großmutter väterlicherseits und mütterlicherseits getan haben und deren Vorfahren. Du schaust zurück und die Frage ist, wie du zurückschaust: Mit Liebe? Mit Freude? Mit Dankbarkeit? Oder mit Hass? Je mehr du es dir möglich machst, dass du mit Freude und Liebe und Umsicht zurückschauen kannst auf das, was geschehen war damals, desto leichter wird es für dich, es liegen zu lassen und anzuerkennen, was damals geschah. Ändern kannst du es nicht, denn es ist geschehen. Punkt.

Wenn du dann nach vorne schaust und nutzt all das, was du bisher an Erfahrung gesammelt hast, nach vorne schaust und dir das ausmalst, was dir widerfahren ist (in deiner eigenen Geschichte, in deiner Vergangenheit) und du nichts anderes siehst als Mauern und Schlösser, die verschlossen sind und Brücken, die abgebrochen sind und Häuser, die zerstört sind, dann ist es wichtig, auch mit derselben Liebe, mit derselben Zuversicht, mit derselben Umarmung nach vorne zu schauen.

Denn wahrlich, du kannst nichts projizieren nach vorne. Nicht einmal die nächsten Stunden oder Tage kannst du nach vorne projizieren. Deshalb ist es so wichtig und so essentiell und wesentlich hier, jetzt, im Moment zu sein und das zu leben, was du wirklich bist: Ein liebevoller Charakter, ein Mensch mit innerer Stärke, der sich danach sehnt und es auch lebt: Freude und Ausgeglichenheit hier zu empfinden. Wenn dann doch wieder einmal etwas schief geht, dann auch zu erkennen, dass es schief gehen darf. Wir sind nicht perfekt im Sinne einer menschlichen Perfektion, einer Maschine. Wir sind, was wir sind, und das dürfen wir leben.

Wenn du hinausschaust in die Welt und wahrnimmst, was diese Welt für dich bedeuten kann und diese Welt wirklich bedeutet und ist, dann begib dich einmal auf die Reise und nimm wahr, aus einer ganz anderen Perspektive, was diese Welt tatsächlich bedeutet. Schau´ dir die Erde (so wie du sie nennst), schau dir die Erde einmal an, aus der Perspektive des Mondes oder der Sonne oder vom Mars, wie auch immer, weit weg, weit, weit, weit weg. Und dann schau auf diesen Planeten, auf die Erde. Du kennst diese Bilder, sie wurden so schon oft veröffentlicht. Und dann siehst du diesen wunderbaren Planeten, diesen blauen Planeten, deine Erde. Und wenn du weiter schaust nach links und nach rechts dann nimmst du wahr: die Erde, den Mond, Mars, Jupiter, Venus (wie sie alle heißen), jene Planeten in deinem Sonnensystem und dein Blick wird sich immer wieder wenden zu deinem Heimat-Planeten, denn er ist wunderschön. Er ist wunderschön. Warum solltest du dich abwenden von diesem wunderschönen Planeten, der, wenn man genauer hinschaut, nichts anderes ist als der Himmel selbst, das Paradies? Nimm diesen Planeten, nimm die Erde, nimm dich selbst als in dem Paradies lebend wahr. Und du wirst erkennen, wie schön und wie wichtig es ist, hier im Jetzt zu leben.

Doch ich spreche vom Paradies und es gibt Fragen im Jetzt ..?

I: Ja. Du sprachst im ersten Teil deiner Rede von dem Verhaftet-Sein im Vergangenen. Magst du mir etwas über Traumata (also Ereignisse die besonders prägend waren und dazu führen, dass wir immer wieder mit unserem Bewusstsein in der Vergangenheit sind), etwas dazu sagen?

Wenn es so einfach wäre (wie es auch wirklich ist), zu sagen: „die Vergangenheit ist die Vergangenheit, ich verabschiede mich von dem, was geschehen ist", dann wäre es wirklich ganz leicht. Und tatsächlich ist es ganz leicht zu sagen: die Vergangenheit ist vergangen und ich setze einen Punkt hinter dem, was geschehen ist. Denn weder kann ich es wiederholen, noch ist es sinnvoll es immer, immer wieder zu wiederholen das, was geschehen ist. Es ist nicht hilfreich für mich in meinem Bewusstsein, in meinem Jetzt-Zustand, mich daran zu erinnern, das wieder aufleben zu lassen das, was einmal geschehen ist.

- *Wenn ich mir ein Leben vorstelle, das Geschehenes als geschehen sein lässt,*
- *wenn ich mir vorstelle, dass das, was ich erlebt habe einmal dort liegen bleiben darf, wo es ist, ohne, dass ich Wert darauf lege all die Zertifikate, die ich erlangt habe, an der Wand sehe, darauf stolz bin, sei es die positiven, seien es die vermeintlich negativen,*

... dann käme mir mein Leben doch wirklich sehr leer vor. Aber, eines vergesse ich dabei an diesem. Was ich dabei vergesse, ist, dass ich im Jetzt lebe und nicht in der Vergangenheit. Ich bin nicht der, ich bin nicht diejenige, die geprägt ist von dem, was jemals geschehen ist: Dass ich verprügelt wurde, dass ich den Abschluss tatsächlich geschafft habe, dass ich wunderschöne Reisen erleben durfte. Das ist vergangen. Und wenn ich erkenne, dass die Vergangenheit vergangen ist und dass ich im Jetzt lebe, dass ich ich bin, jetzt und hier. Und nicht das bin, was ich einmal war. Nicht nur mich suhle in dem, was geschehen ist - damals. Sondern mich fokussiere auf das, was jetzt ist. Wenn ich erkenne dieses unglaubliche Mysterium, das ich leben darf, jetzt. Das ich leben durfte Jahrzehnte tatsächlich. Und dann dankbar sein kann und dankbar bin, dass ich jetzt lebe. Zu erkennen, dass es einfach für den menschlichen Geist unglaublich ist zu begreifen, dass ich jetzt lebe. Und all das erlebe, was möglich ist mit allem Streben in alle Richtungen, die ich möchte.

Erkenne, dass das, was geschehen war, Vergangenheit ist: die Umarmung deiner Großeltern, die Schelte deiner Eltern, der Streit mit den Geschwistern, lass sie liegen, wo sie sind. Und gehe auf das, was jetzt ist: Nimm wahr das Sonnenlicht, nimm wahr die Wolken, nimm wahr die Tiere. Nimm wahr dich dort, wo du bist: Den Lärm der Straße, das Gespräch der Menschen. Und erkenne, dass du nichts ändern kannst an dem da draußen, sondern dass du für dich selbst sorgen kannst und auch sorgst. Und dass das das größte Geschenk ist, das dir gegeben wurde hier in dieser Welt.

- *Zu wissen, dass du auf dieser Welt lebst,*
- *zu fühlen, dass du lebst in dieser Welt,*
- *dass du morgens die Augen öffnen kannst und dich wahrnimmst, so wie du bist (und so wie du bist, bist du wunderbar, bist du großartig),*
- *allein, dass das geschehen darf, dass du das erlebst,*

…ist das größte Geschenk, das du erhältst und das du dir selbst auch selbst machst, indem du es annimmst und lebst. Und dann frage dich bitte: Warum du dieses wunderbare Geschenk vergällen musst mit Gedanken, Ideen, Vorstellungen, die nichts damit zu tun haben. Und dieses Leben anzunehmen und zu jubilieren und sich zu freuen und aus deiner eigenen Perspektive heraus dankbar zu sein, dass du leben darfst!

Erkenne deine eigene Größe und lebe sie. Und sei dankbar dafür, dass du lebst, dich wahrnimmst und einfach nur bist. Denn damit bringst du so viel Leben hier in diese Welt. Dein Lächeln einem Menschen gegenüber, einem Tier gegenüber, der Natur gegenüber, ist wesentlich mehr wert als jeder Gedanke, der diese Welt in Frage stellt und deshalb bring´ dein Licht nach außen, so wie du es immer wieder tust. Lebe dich selbst, liebe dich selbst. Indem du selbst, bist, was du bist, nämlich du selbst, bringst du so viel Leben in diese Welt. Danke dafür. Und damit verlassen wir dich für heute.

Die kleinen Tätigkeiten

Anerkennen das, was ist, ist oftmals sehr schwierig für uns, die wir hier auf dieser Erde leben. Und unseren Alltag leben und nicht wirklich verstehen im Moment, da wir das tun, was wir tun, warum wir es tun, was wir tun. Obwohl es doch vollständig, logisch und nachvollziehbar ist. Oftmals ist es eine Abfolge von Tätigkeiten, die natürlich notwendig sind. Aber die wenig sinnvoll sind im Sinne des Großen und Ganzen, ohne dass wir erkennen und nachvollziehen und auch verstehen, dass das, was wir tun, einfach folgerichtig ist im Angesicht dessen, was wir gerade hier in unserem Leben, in dieses Leben auch hineinbringen.

Oftmals erkennen wir nicht, dass auch die kleinen Tätigkeiten wichtig sind, um das, was wir das Leben nennen, in dieser Form auch zu erhalten. Wir können nicht auf die Straße gehen, ohne dass wir uns die Schuhe zuvor anziehen und die Schnürsenkel binden. Natürlich könnten wir ohne Schuhe hinausgehen, aber es wäre nicht wirklich hilfreich für das, was wir vorhaben, nämlich den Weg zum nächsten (sei es) Geschäft, Bekannten oder was auch immer wir vorhaben. Wichtig ist hier, dass wir das nutzen, was wir brauchen für das, was ansteht. Und dann sind diese Kleinigkeiten das Anziehen des Schuhes, das Anziehen beider Schuhe und das Verschnüren mit Hilfe der Schnürsenkel des Leders, das unseren Fuß umfasst. Es ist so wichtig, dass der Schutz vorhanden ist damit wir die Möglichkeit haben, so entspannter und geschützter nach außen zu gehen.

So ist es denn wichtig auch, dass das Leben (so wie wir es leben und kennen auf dieser Erde) entsteht aus etwas, das ursprünglich (und ich meine den Ursprung des Ursprungs), ursprünglich gar nicht danach aussieht nach dem, was es dann letztendlich ist: Es ist das Spermatozid, es ist das Ovulum, das Ei, aus dem heraus, aus der Verbindung beider wir entstanden sind. Und dann entsteht dort ein Fötus und irgendwann nach Monaten ein Baby, ein Kind, aus dem Kind wird ein Jugendlicher oder eine Jugendliche und ein Teenie und dann steht dort ein Mann und eine Frau. Und so ist es auch in der Natur: das, was ursprünglich der Same ist einer Pflanze (sei es eine Blume, sei es ein Baum), wir erkennen nicht in dem Ursprung das, was letztendlich entsteht.

Daraus folgt schlicht und ergreifend, dass es hier auf dieser Welt nichts anderes gibt als ein ständiges, ein permanentes Aufaddieren aller Erfahrungen. Es ist immer ein Dazugeben. Es ist immer ein Weiterverfolgen. Es ist immer ein Weitergeben, ein Aufaddieren. Nichts geht verloren in dieser Welt. Nichts ist umsonst. All das, was wir erleben, sind Erfahrungen, die wir aufaddieren zu all den Erfahrungen, die wir bereits gemacht haben. Nichts geht verloren in dieser Welt. Und egal was wir tun, es ist immer ein Plus. Es ist immer ein Zusätzlich. Es ist immer ein Weiter.

So wirst du niemals vergessen können, dass du jemals von deiner Mutter umarmt wurdest, geküsst wurdest, geherzt wurdest oder auch vom Vater die eine oder andere Ohrfeige erhalten hattest. Du wirst nie vergessen den Moment, an dem du zum ersten Mal in deinem eigenen Auto gesessen bist und versucht hattest, den Motor zu starten. Du wirst nie vergessen all das, was in deinem Leben geschehen ist. All das addiert sich auf und addiert sich und geht weiter und geht weiter. Nichts geht verloren in dieser Welt. Nichts ist vergessen. Nichts wird herausgenommen oder wegradiert. Es ist immer ein Zugewinn. Jeder Tag ist anders. Jeder Moment ist anders. Jedes Gefühl gibt dir neue Empfindung, in der vieles zusammenfließt, was bisher noch nicht zusammenfließen konnte.

So geh´ denn hinaus in diese Welt und erkenne jedes Mal, dass du weder alleine bist noch alleine gelassen bist. Sondern dass immer Menschen um dich herum sind und du immer und immer wieder etwas hinzufügst zu deinem Leben, nicht nur Minuten und Stunden und Tage, sondern Gefühle, Wahrnehmungen, Gedanken. Es ist immer ein Plus, es ist immer Hinzufügung von dem, was es bereits gab. Und dann zu wissen, dass du nicht bist allein in dieser Welt. Sondern dass Milliarden von Menschen jetzt im Moment existieren, dass zig-Milliarden Menschen bereits existiert hatten vor dir und dass auch weitere existieren werden. Dass du, verglichen mit all den Lebensformen, die existieren zurzeit auf dieser Welt, nichts anderes bist als ein Aufleuchten eines (nennen wir es) „anbrennenden Streichholzes"; verglichen mit all den Zillionen von Lebewesen, die aktuell auf dieser Welt sind. Und dann erkenne, dass du genau diesen Moment gewählt hast, um hier auf dieser Welt zu sein. Und spüre hinein und erkenne wie schön, wie wesentlich, wie essenziell, wie einzigartig dein Leben hier auf dieser Welt gerade ist, und dass nur du allein das spüren kannst, was gerade von dir wahrgenommen werden kann hier in diesem Moment, auf dieser Erde, an dieser Stelle, an der du bist! Es geht nur um dich. Indem es um dich geht, geht es um alle. Denn wir sind alle miteinander verbunden. Es gibt keine Schöpfung ohne den Schöpfer und ohne den Schöpfer keine Schöpfung. So sind wir im Rückschluss verbunden mit all dem, was entstanden ist und jemals entstand durch das All-Eine. Und genau dorthin werden wir auch wieder zurückgeführt.

So nimm dich wahr dort, wo du bist und erfreue dich an dem, was du erleben kannst. Denn nur du allein kannst das hineinbringen in das All-Eine, was du selbst erlebst.

Und damit verlassen wir dich für heute.

Mein Leben fließen lassen

Die folgende Botschaft kamen während eines Fotoshootings mit unserer Photographin durch, die während „Rudolph" zu ihr sprach, Aufnahmen von Martin im Trance Zustand machte:

Immer dann, wenn ich den Fluss sehe, ...

- *wenn ich das Wasser sehe, wie es sich in dem Flussbett bewegt von A nach B,*
- *wenn ich mitbekomme, wie die Richtung vorgegeben ist im Frühjahr, im Sommer, im Herbst und im Winter,*
- *wenn ich feststelle, dass ich nichts verändern kann am Fluss dieses Wassers in diesem Flussbett,*

...dann schaue ich hinein und lasse einfach los. Ich lasse es fließen, ich lasse meine Gedanken fließen. Ich lasse mein Leben so fließen, wie ich es lerne von der Natur. Denn die Natur ist größer und stärker und dennoch bin verbunden, denn ich bin eins mit der Natur.

Und in diesen Momenten erkenne ich auch, dass es nicht wichtig ist, wann ich persönlich setze den Zeitpunkt für etwas, was ich plane in dieser Welt. Sondern ich lasse zu, dass der richtige Zeitpunkt dann sein wird, wenn ich die Entscheidung umsetze und nicht darauf warte, nicht darauf hin plane. Denn bei genauerer Betrachtung ist es so, dass sich der richtige Zeitpunkt ergibt und nicht von mir bewusst gesetzt wird. So darf ich denn im Vertrauen sein darauf, dass das geschieht zum rechten Zeitpunkt und dass es nicht wichtig ist, was sich mein Geist ausdenkt, plant und versucht in Formen zu pressen, sondern diesen Fluss nutzt. Wissend, dass es eine Quelle gibt und dass es eine Mündung gibt. Genauso wie das Leben entstanden ist, wie ich hineingekommen bin hier in dieses Leben, an einem Punkt begonnen, an einem anderen Punkt endend. Aber nicht endend im Sinne von „hier ist ein Schnitt", sondern das Übergehen, das Hineinfließen in das All-Eine.

Mit diesem Vertrauen kann ich dann auch gehen in den Alltag hinein und finde mich geborgen.

- *Immer dann, wenn ich in meiner Werkstatt saß und mich umgeben fühlte und manchmal auch bedrängt fühlte von all´ den Gerätschaften, der Technik, der Elektrizität, dem Lärm um mich herum.*
- *Immer dann, wenn ich mich bedrängt fühlte von diesem „Es ist alles zu viel, was um mich herum ist",*

...dann gab es nur einen Weg, um aus diesem Gefühl der Bedrängnis heraus zu kommen: Und der einzige Weg war es, meinen Schritt hinaus in die Natur zu richten. Und immer wieder einmal um die Werkstätte zu laufen, um das Betriebsgelände zu laufen. Und manchmal auch einfach nach Hause zu gehen.

Denn tatsächlich war es so, dass die Technik um mich herum manchmal zu viel war und ich eine Erholungspause brauchte von dem, was sonst meine Arbeit beflügelte. Denn ohne die Technik war es nicht möglich. Und dennoch hätte ich in jenen Momenten die Möglichkeit gehabt den Stecker zu ziehen (sprichwörtlich und dann auch wirklich in der Tat), es wäre eine Erleichterung gewesen, um frei zu sein von all dem, was mich umgab. Deshalb nutze das, was für dich gegeben ist in deiner Umgebung. Gehe hinaus und verbinde dich mehr und mehr mit der Natur. Setze deine Pausen und nutze deine Pausen um Kraft zu tanken für das, was wesentlich ist. Und das was wesentlich ist, sind die Menschen, die um dich herum sind.

Deshalb lasse zu, dass dein Licht, dein ganz persönliches Licht strahlt nach außen hin in der Kommunikation, im Austausch mit den anderen und sei du selbst! Und denke immer wieder daran, dass du nicht alleine bist. Selbst in den Momenten, in denen du vollständig alleine bist, selbst im Schlaf. Nutze die Anbindung zu uns mehr und mehr, tiefer und tiefer, um in das einzutauchen, was es gibt jenseits des Alltags. Und vertraue darauf, dass du die Fähigkeit hast, in der Anbindung mit uns!

Die folgende Fotographien entstanden während der Sitzung:

Das Große Einmaleins

Nicht das kleine Einmaleins ist dein Spielfeld. Dein Spielfeld ist das Große Einmaleins und das, was darüber hinausgeht. Deshalb schaue mit Weitblick dorthin, wo es einmal hingehen soll, ohne genau zu fixieren, das was du als Ziel möglicherweise für dich erkennst. Und schau´ immer wieder zurück auf das, was bereits von dir und von denen, die um dich herum sind und leben, deine Liebsten, erschaffen und erreicht wurde. Erkenne an, dass das, was als Anteil der anderen in dein Leben hineingekommen ist, auch eine Unterstützung für dich selbst ist. Und auch du daran partizipieren kannst, genauso wie diese oder jene von dir annehmen dürfen und auch immer wieder erhalten dürfen, aus deinen Händen. Doch schau´ bitte genau hin, ohne eine Wertung abzugeben, doch einfach nur wahrzunehmen, was ist. Und dann im weiten Blick nach vorne zu erkennen, dass es nicht einen einzelnen Punkt gibt. Sondern dass es eine breite Palette von Möglichkeiten und das noch viel mehr dahinter (sagen wir) schlummert, was erreicht werden kann, was nicht gesehen werden kann von dir. Deshalb sei offen für das, was da kommen wird.

Gefestigt aus der Situation, jetzt ohne die eigene Situation festzuschreiben als eine, die schwierig, die kompliziert, die anstrengend, ja sogar überanstrengend ist. Denn wenn du zurückschaust in deinem Leben (und das geben wir dir immer wieder mit und du wirst es wieder und wieder hören und wieder und wieder lesen, wenn du zurück gehst in unsere Texte, in unsere Gespräche), immer wieder standest du vor diesen Momenten, in denen du glaubtest: Das ist zu schwer, das ist zu viel, ich kann das nicht, ich will das nicht. Und dann wenige (sogar Minuten) später warst du auf einer ganz anderen Wahrnehmungsposition angekommen und konntest manchmal sogar darüber lachen. So behalte dieses Lachen, behalte diese Fröhlichkeit. Nimm dieses Lächeln immer wieder in deinem Gesicht wahr, wenn du hinausschaust aus diesen, aus deinen wunderbaren Augen, durch deine wunderbaren Augen hinaus in die Welt. Und dann bitte erkenne auch, dass die Welt, die du da draußen siehst, nicht da draußen ist, so wie es du es glaubst.

Sondern das Abbild dessen, was dort vorhanden ist, findet sich wieder innerhalb deines Kopfes, innerhalb deines Schädels, auf der Rückseite deines Augapfels und das sind Reize, die an dein Gehirn weitergeleitet sind. So ist denn niemals das, was da draußen gesehen, das Gleiche, was von einer anderen Person gesehen wird. Jeder nimmt die Realität, die eigene, so wahr, wie sie ihm gespiegelt wird. Und so ist vieles, das scheinbar gleich ist, sogar dasselbe zu sein scheint, anders und wird anders von dem anderen und der anderen wahrgenommen. Kann nur anders wahrgenommen werden, und auch das müssen wir uns immer wieder vor Augen halten (um bei diesem Bild zu bleiben): Nichts ist so wie es scheint und nichts wird so wahrgenommen, wie wir es wahrnehmen. Es ist unsere Perzeption, mit dem anderen, mit der anderen können wir darüber reden, können sprechen, können uns austauschen. Das ist wichtig. Doch nicht immer können wir dabei auf Verständnis hoffen, gar pochen.

Gibt es eine Frage?

I: Du erwähnst in deinen Büchern oder auch in euren Durchsagen, dass man im Hier und Jetzt, in der Gegenwart die Zukunft gestaltet. Wenn aber im Hier und Jetzt nichts passiert, oder nichts getan wird (aus welchen Gründen auch immer) hat dies ja auch Auswirkungen auf die Zukunft? Und ich erlebe es gerade so, dass, was mich angeht, ich so den Eindruck habe, egal was ich im Hier und Jetzt mache, dass es ist wie ein Anzünden eines Streichholzes, im Vergleich zudem was draußen alles passieren kann. Und ich fühle mich so, ja, unfrei „gestalten" zu können. Wenn ich dir dann zuhöre, heißt es einfach: „Bleib´ im Hier und Jetzt, nimm die Wahrnehmungen wahr, es kommt doch was anders als geplant. Wieso sich Sorgen machen?" Aber woher dann den Antrieb nehmen, etwas Neues zu gestalten, etwas zu tun, was einem aus der Passivität ´rausführt?

Das Leben, was du als Leben erhalten hast, als Geschenk erhalten hast von deinen Eltern, von der Natur ist nichts anderes als ein permanentes Jetzt-Sein. Es ist die Ewigkeit, die im Moment immer vorhanden ist von Anbeginn deines Lebens bis zum Ende deines Lebens hier auf dieser Erde. Wenn du genau hinschaust und wenn du dir überlegst, wie das, was du hier im Vehikel „Körper" auf der Erde tun kannst, wenn du dir anschaust, die Bedienungsanleitung deines Körpers und hinschaust und guckst, wirst du erkennen, dass du diesen dicken, dicken Wälzer nicht einmal zu einem Achtel gelesen hast. Du weißt nicht, wie dieser Körper funktioniert und doch hilft dir dieser Körper hier auf dieser Erde zu leben: Du wachst morgens auf, du schlägst die Augenlider zurück und du bist da: du kannst schauen, du kannst sehen, du kannst fühlen, du kannst riechen, du kannst hören. Dein Körper funktioniert für dich. Es ist das größte Geschenk, das es gibt.

Wenn du dann dieses Bild überträgst auf das, was um dich herum geschieht mit all´ den Milliarden von Menschen, mit all´ den Zillionen Lebewesen auf dieser riesigen Welt, die du zwar schon bereist bist und an verschiedensten Orten warst, auf Kontinenten, auf Städten, dem Land, dem Wasser, in der Luft, wann jemals hattest du die Kontrolle über das, was geschah mit dir? Im Flugzeug, im Auto, in der Bahn, einfach nur schreitend oder auf dem Fahrrad?

Die Welt, so wie sie um dich herum geschieht, geschieht wie sie geschieht. Wenn du es verstehen kannst, dass das, was du hier als Leben hast auf dieser Erde, ein Geschenk ist. Und dich dann doch einmal hineinversetzt in all´ jene, die zumindest versuchen das Leben als Geschenk wahrzunehmen. Dann wirst du erkennen, dass es nicht ein Nichts-Tun ist, dass es nicht ein Nicht-Bewegen ist. Sondern es ist das, was die Lebensform an sich ausmacht, es ist das Leben hier auf dieser Erde. Du kannst nicht einmal beeinflussen, ob der Regen ausreichend fällt auf dem Stück Land oder Fläche, Natur-Fläche, die dir in die Obhut gegeben wurde.

Dir wurde nicht nur dieses Leben in Obhut gegeben, sondern auch das, was dich umgibt. Wen kannst du erreichen? Du kannst dich erreichen, du kannst jene erreichen, die um dich herum sind. Dort kannst du wirken und du wirkst: sei es mit einem freundlichen Wort, sei es ein freundlicher Blick, ein Winken, sei es mit der Tat, dass jemand Hilfe benötigt und du in der Nähe bist und zugreifst und zupackst und hilfst und so auch etwas weitergibst.

Und zu glauben und zu erwarten, dass wir nur durch hektisches oder kräftiges oder intensives Tun unser Leben besser und stärker und deutlicher gestalten können, als dass wir mit Weitsicht, mit Übersicht, mit Vertrauen und mit Zuversicht hinausschauen in die Welt und dadurch auch Kraft gewinnen nicht nur für uns, sondern auch für die, die um uns herum sind, ist hilfreich. Auch, wenn die Worte dich im Moment nicht erreichen.

Der Aktionismus meiner Partner in der Firma: Wenn ich wieder einmal in der Werkstatt saß und sah, wie sie herum wuselten (im wahrsten Sinne des Wortes probierten, machten und taten) und ich (er lacht) *stattdessen saß an meinem Katheder, zeichnete, skribbelte, entwarf, verwarf, zeichnet erneut; am Ende des Tages und Tage später stellten wir fest, dass die Ruhe und das konzentrierte Ausarbeiten mehr brachte als das, was mehrere meiner Kollegen in ihrem Aktionismus versuchten zusammenzubasteln. Und dennoch in der gemeinsamen Arbeit dann anschließend erhielten wir ein Ergebnis, das uns alle überzeugte.*

Dennoch konnte ich weder meine intensive innere Arbeit übertragen und weitergeben an jene, die im Tun ihr Heil suchten und fanden und nur in der Zusammenarbeit war es dann möglich ein Ergebnis zu erzielen. So darf denn jeder der Form folgen, die für ihn oder für sie gerade hilfreich ist.

Dennoch kann ich nicht erwarten, dass mich alle unterstützen in der Art und Weise, wie ich die Welt sehe. Denn auch ich kann sie nicht unterstützen, denn mir fehlt das Verständnis für das, was sie tun und die Art, wie sie es tun. Oft genug ging ich völlig frustriert aus der Werkstatt heraus und konnte nur mit Kopfschütteln darüber zurückdenken an das, was meine Kollegen und auch mein Chef, was sie taten. Oft genug wollte ich den Schlüssel hinwerfen und sie alleine machen lassen das, was sie taten. Überzeugen konnte ich sie nicht. Doch ich wusste, dass wir gemeinsam über einen längeren Zeitraum das erreichen, was für uns wichtig ist. Ich versuchte dann über meinen Tellerrand immer wieder hinaus zu blicken, um zu erkennen, wo die Ansatzpunkte sind, um gemeinsam wieder zusammenzukommen, was nicht einfach war. Ob das schon hilft?

I: Du knüpfst an das Geschehen von gestern und das ist sehr hilfreich, nicht nur für mich. ...Wenn es bei mir darum geht, einen Beruf aufzubauen um davon finanziell leben zu können, wie gehe ich am besten vor?

Solange du dich in der Phase der Trauer und des „Ich bin zurückgestoßen!" findest wird es schwer sein für dich, auch den Blick hoch hinauf zu heben und zu sehen, dass es auch völlig andere Methoden und Möglichkeiten gibt, hier auf dieser Welt du selbst zu sein und dich selbst zu leben. So lange du suchst im Alten das, was dich einmal getragen hat, wird das Neue nicht auf dich zukommen. Dennoch ist es wichtig, mit dem Alten auch weiterhin die Brücken zu bauen, die Brücke zu nutzen zu dem, was da kommen wird. Es hilft nicht mit Verlustängsten oder gar mit fehlender Zuversicht im Jetzt zu leben und quasi in der Asche zu stochern und zu sehen, ob da nicht doch noch das eine oder andere glimmende Fünkchen ist, das möglicherweise das Feuer wieder entfacht, statt das Holz zu nehmen und ein neues Feuer zu entfachen. Doch sind die Tätigkeiten, die entstehen aus einem Druck heraus in der Regel nicht die, die dich nach vorne bringen. Schau´ zurück in deine (nennen wir es) eigene berufliche Karriere und erkenne, in welchen Momenten du leichtfüßig und mit Freude auch Erfolge erzielen konntest. Verglichen mit jenen Momenten, in denen du verbissen warst und auch körperlich Schmerzen erleiden musstest, die du dir zum größten Teil selbst zugefügt hattest.

Die einfache Antwort wäre: Gehe mit Zuversicht und Vertrauen weiter. Doch das ist nicht das, was dir jetzt im Moment hilft und was dir Unterstützung gibt. Und dennoch wäre es die Antwort dafür.

I: Ich spüre die Trauer nicht, von der du sprichst und das, was du zur Trauer sagst, du hast es ja schon einmal angedeutet. Ignoriere ich etwas, was ich nicht wahrnehmen will? Oder wo bin ich blind?

Wenn sich Trauer und Wut und Angst vermischen zu einem Brei, dann ist es schwierig, mit den eigenen Sensoren dort hinzuschauen und zu selektieren und unterschiedliche Gefühle und Gefühlsregungen und Emotionen einfach wahrzunehmen und sie auch entsprechend zuzuschreiben. Wenn das eine Gefühl das andere Gefühl überdeckt oder mit ihm verschwimmt, vermengt dann ist es ein einziger Brei und die Klarheit fehlt an dieser Stelle. Hilfreich wäre es tatsächlich, dich noch einmal hinzusetzen und einzeln aufzuschreiben, was im Moment wirklich dir auf der Seele brennt. Es könnte ein Prozess der Reinigung sein, der die Möglichkeit dir gibt, die Augen weiter zu öffnen für das, worauf es wirklich ankommt. Wir sagen nicht, dass du die Trauer durchleben musst, aber wichtig ist, sie anzunehmen, sie zu erkennen, zu wissen, dass sie da ist.

Und wenn du dann immer wieder (das hast du schon so oft in deinem Leben erlebt und durchlebt und weitergegeben), und wenn du dann immer wieder auf dein eigenes Licht schaust und siehst, wie du strahlen kannst, wenn du strahlst, wenn du bist, wie du bist. Wenn du dir immer wieder dieses Bild vor Augen führst, dass du eben nicht bestimmt bist von Negativität, sondern von einem hellen Schein, der all´ das für dich möglich macht. Und du dich nicht in die Abhängigkeit anderer hineinbegibst. Sondern einfach nur du selbst bist. Dann noch siehst, wer zu dir kommt und wer nicht. Du aber, du selbst bist gefestigt in dir, das wünschen wir dir. Sei so wie du bist, mit all deinen (nennen wir es) Ecken, Kanten, Flächen, dein Licht! Liebe dich so, wie du bist und dann bist du wirklich.

Die Komfortzone

- *Immer dann, wenn ich das Gefühl hatte, dass ich in meiner Komfortzone leben durfte und auch wirklich tief in ihr eingedrungen lebte,*
- *immer dann, wenn mir gerade bewusst wurde, wo ich war, wie schön es doch dort ist, wo ich gerade bin,*
- *immer dann, wenn mir das bewusst wurde,*

... hatte ich auf der einen Seite das Gefühl, dass das Schicksal es besonders gut mit mir meint, weil ich gerade das erleben durfte, was ich erlebte und das war schön, das war bequem, es war rund, es war weich, da gab es keine Störungen. Und wenn ich dann genauer und nochmal genauer hinschaute, dann wurde mir doch plötzlich klar, dass all´ das, was ich als schön und weich und rund und stimmig wahrnahm, dann doch gar nicht so war, wie es auf den ersten Blick mir erschien.

Je weiter ich wahrnahm, je tiefer ich hineinging in die Situation, desto klarer und deutlich wurde mir, dass ich mir selbst an vielen Stellen etwas tatsächlich vormachte, ich mir etwas kreierte, was gar nicht wirklich vorhanden war. Ich hatte mir eine Realität geschaffen, die jenseits der Realität außerhalb meiner Person existierte. Eine Realität, die mich abschottete von dem, was die Welt draußen für mich zur Verfügung stellte. Und ich war tatsächlich abgekoppelt und stellte dann irgendwann fest, dass dieses Abgekoppelt-Sein von der Welt außen mir die Möglichkeit gab meine Weltsicht für das, was ich gerade lebte, so wahrzunehmen, dass es einfach rund und schön und weich war.

Mit dieser Erkenntnis weiter schauend wurde für mich dann immer wichtiger zu erkennen, wahrzunehmen, zu erspüren die Momente, die Störungen für mich in mein Leben brachten. Störungen, die ich zuvor nicht wahrgenommen hatte, weil ich sie schlicht und ergreifend ausblenden konnte, ohne dass ich sie komplett auflösen konnte, denn sie waren ja vorhanden.

Nun aber mit diesem neuen Erkenntnisstand wurde mir klar, dass Störungen von außen oder das, was ich als Störung wahrnahm, auch existierte in der Welt, in der gesamten Weltsicht und nicht nur in diesem abgeschotteten Sonderraum, den ich mir geschaffen hatte. Sodass dann jene Kräfte, die von außen plötzlich deutlicher und deutlicher wirkten auf mein eigenes Leben, auf meine Schönheitsblase. Dass ich erkannte, dass von außen Kräfte wirkten, die ich aber nur deshalb als Kräfte gegen mich wahrnahm, weil ich sie aus meiner Perspektive, aus dem Weichen, aus dem Schönen, aus dem Gesättigten heraus betrachtete. Trotzdem nahm ich sie wahr. Ich nahm sie wahr als Störmomente, die mich irritierten in meinem Leben, die mich tatsächlich auch dazu brachten, mich zu bewegen, mich zu verändern, tatsächlich Neues zu erkunden und mich von A nach B zu bewegen, um jenen Störenfrieden von außen zu entgehen.

Erkannte ich aber, dass diese Störfriede von außen sowohl das Stören als auch den Frieden in sich trugen. Das heißt, sie gaben mir die Möglichkeit zu erkennen, ...

- *dass das, was ich vorher für mich aufgebaut hatte, nicht das war, was wirklich für mich bestimmt war,*
- *dass ich mich bewegen durfte, ja tatsächlich auch musste, um wieder einmal neu zu erkennen, dass es hier Orte gab, Bereiche,*
- *dass Veränderung notwendig war, um mich selbst wieder zu leben und wieder zu erkennen und mich selbst wirklich so wahrzunehmen, wie ich bin. Und zwar nicht abgeschottet vom Außen, sondern lebend dort, wo ich hingehörte, nämlich zu mir selbst, und in dem von mir geschaffenen Raum.*

So dass das, was ich als Eindringling, als Veränderungsforderung von außen wahrnahm (herangetragen an mich, ohne dass es wirklich mich als Ziel hatte), dass ich jene Geräusche, Bewegungen, jenes Klopfen annehmen konnte, um zu erkennen: ja jetzt ist der Moment mich zu bewegen, mich zu verändern, eine neue Denkrichtung einzuschlagen. Und dann in der

Bewegung, in der Veränderung erkannte ich, dass ich nun wieder bei mir (im wahrsten Sinne des Wortes) gelandet war. Nicht mehr dort umgeben von Zuckerwatte, sondern jetzt hier, dort, wohin ich wirklich gehörte, nämlich ich zu mir selbst, mit mir selbst, bei mir selbst, konnte ich endlich wieder das sein, was ich bin, nämlich ich selbst. Und aufgelöst waren auch alle jene Störungen von außen, die ich wahrnahm.

Mit diesem Rätsel möchte ich mich für heute verabschieden und Danke noch einmal sagen zuvor: Danke dafür, dass ihr immer wieder bereit seid, euch selbst zu leben, euch selbst zu sehen. Deutlich und genau hinzuschauen, was das Leben für euch als Geschenk bereithält und was ihr von dem Leben, das euch auch geschenkt wurde, annehmt und das dann auch umsetzt, für euch selbst, in Verbindung mit anderen, hineinbringend in die Welt. Und je klarer, je offener und je deutlicher dabei der Aspekt im Vordergrund steht, dass es nur darum geht, nicht nur euer Licht strahlen zu lassen, euch zu leben, euch selbst zu sein. Sondern auch hinaus in die Welt das zu bringen, was euch vorangebracht hat. Den Mitmenschen und denen, die euch umgeben, zu spiegeln, zu reflektieren, ihnen weiterzugeben, wie wichtig es ist, hier auf dieser Welt, die eigene Position einzunehmen und gemeinschaftlich, gemeinsam den Weg hier, die Zeit hier auf dieser Welt zu gestalten. Liebe hineinzubringen dort, wo Hass ist. Freude, wo Trauer herrscht. Unterstützung, wo Trennung ist und Gemeinsamkeit zu leben dort, wo Einsamkeit vorherrscht.

Nimm dich deiner so an wie du bist und schenke nach außen all das, was du geben kannst und sei sicher, es kommt mehr zurück als du überhaupt geben kannst. Und damit verlassen wir dich für heute.

Eine Veränderung herbeiführen

Gleiches mit Gleichem bereinigen zu wollen würde bedeuten, dass wir den Schmutz mit Schmutz entfernen und das (zumindest hat sich das bei mir im Haushalt immer wieder 'mal bewahrheitet) ist keine Möglichkeit, wirklich den Schmutz zu entfernen. Wir brauchen andere Mittel, wir brauchen eine andere Ebene um es zu verändern, wenn es darum geht, etwas aus unserem Leben heraus zu befördern, was nicht in dieses Leben hineingehört. Das wir möglicherweise hineingetragen haben, so wie die Erde, so wie der Schmutz in unserem Haus, das aber nicht dorthin gehört, es gehört nach außen, es gehört vor die Tür. Also greift man dann zu dem Besen, zu der Schaufel, zu dem Lappen, dem Wischmopp und entfernt das, was hineingetragen wurde. Genauso ist es mit der Medizin und auch auf anderen Bereichen und in anderen Bereichen unseres Lebens. Deshalb schau´ immer genau hin, bevor du irgendetwas verändern möchtest: Woher kommt das, was du gerade erkannt hast, als etwas, das nicht zu dir gehört? Wohin gehört es wirklich? Und wie kannst du es wieder dorthin zuführen? Dorthin, wo es ursprünglich herkam und auch hingehört, denn es gibt kein Grund, solche Vermischungen zuzulassen.

Und ähnlich ist es auch mit der Nahrung: Du kannst nicht das essen, was unmittelbar und direkt von dir erworben wurde, sei es beim Bauern, sei es auf dem Markt, sei es in dem Supermarkt, im Geschäft. Eine Kartoffel zum Beispiel, hineingebissen in eine rohe Kartoffel, gibt dir keinen Mehrwert. Es geht darum, etwas hineinzubringen, etwas zu verändern, eine Struktur zu verändern, so dass es möglich ist für deinen Körper, das anzunehmen, was in dieser Knolle, in dieser wunderbaren Kartoffel steckt. Es geht nicht unmittelbar, direkt und sofort. Es bedarf eines Prozesses. Und so ist es denn auch ein Prozess, der uns so oft in unserem Leben hilft, eine Veränderung herbeizuführen. Doch wir müssen genau schauen, welche Art von Prozess müssen wir oder andere oder Situationen durchlaufen um dort hinzukommen, dass für uns etwas Nährendes und Unterstützendes dabei herauskommt?

Doch genug der unklaren Worte, gibt es denn eine Frage, die im Raum steht?

I: Erst einmal danke für diesen wunderschönen Aspekt. In der Tat weiß ich nicht im Moment worauf sich das bezieht. Ich finde es manchmal schwierig zu wissen, auf welche Ebene darf ich gehen, um das Problem oder die Herausforderung zu lösen von der du gerade sprichst.

- *Wenn wir mit Wissen heran gehen an das, was wir vor uns sehen,*
- *wenn wir glauben tatsächlich zu wissen, wie wir ein vermeintliches Problem das vor uns steht, zu lösen haben,*
- *wenn wir glauben, dass „1 und 1" in der Realität tatsächlich „2" ist, so wie die Mathematik uns das vorgaukelt,*

…dann sind wir schon auf dem falschen Pfad. Nicht ist es so, dass wir hier auf dieser Erde nach vorne schauen können und das Problem mit dem Wissen, das wir jetzt im Moment haben, lösen können auf eine Art und Weise, wie es uns vorgedacht wurde von vielen anderen hochintelligenten Menschen. Statt zu erkennen, dass das, was wir tun, einfach das ist, was wir tun. Und auch genau in diesem Bereich sollten wir bleiben. Wir sollten anschauen, annehmen, anerkennen und dann in unserem Sein so verankert bleiben, dass die ganzen Stürme, die da geschehen, uns nicht umwehen, sondern wir gefestigt bleiben, dort wo wir sind. Es macht keinen Sinn sich danach zu sehnen, weit weg zu sein von dem Punkt, an dem wir gerade sind. Wir können mit unseren Gedanken spielen, in unseren Tagträumen überall sein, alles erleben. Und warum sollten wir das nicht tun? Warum sollten wir nicht träumen, Wünschen nachgehen in unserer Gedanken-Welt? Die physische Realität jedoch sieht anders aus. Und dennoch, je mehr wir träumen, je mehr wir an unterschiedlichsten Möglichkeiten in unserem Bewusstsein entstehen lassen, desto reicher wird auch die Gegenwart, die immer da ist.

Wenn ich liege in meinem Bett und Nacht für Nacht davon träume, dass ich die Königin von Saba bin (das über mehrere Tage, Wochen, vielleicht sogar Monate oder Jahre), dann bin ich die Königin von Saba, denn es sind immer mehrere Stunden, in denen ich in die Welt eintauche. Doch die Realität zeigt, dass wir nicht Tag für Tag und Nacht für Nacht und nicht über einen längeren Zeitraum einen Traum träumen, sondern immer wieder andere Schimären bilden sich in unserem nach Ruhe suchenden Geist während der Nacht.

Die Vorstellung, dass ich des Abends mich ins Bett lege und mein physischer Körper, der es gewohnt war über 10, 12, vielleicht 14 Stunden vielleicht aufrecht zu stehen, zu sitzen, der es gewohnt war, die inneren Organe an den Stellen zu finden, an denen sie sich platziert haben, während des Tages (das Blut, das nach oben gepumpt werden musste und von unten herauf geholt werden musste) und dann plötzlich liegend im Bett spürt der Körper sich selbst auf eine ganz andere Art und Weise durch die Matratze, durch die Bettdecke. Die Organe haben eine andere Lage, alles hat sich verändert. Und der Geist muss dieses erst einmal für sich realisieren und erkennen, dass es eine andere Realität ist, die des Schlafens, des Ruhens und die des Tages, die Aufrechte und die Horizontale.

I: Irgendwie stehe ich noch auf dem Schlauch. Wenn ich jetzt ein Problem habe, wie z.B. die Thematik mit dem Nachbarschaftsstreit, die sich nicht im Moment löst, wie kann ich auf eine andere Ebene gehen, dass sich es löst?

Ist es nicht schön, dass die Welt nicht genauso ist, wie wir sie uns sie vorstellen? Dass nicht all die dramatischen, katastrophalen Situationen so eintreten, wie wir sie uns ausmalen, in unserem kleinen Gehirn und immer wieder glauben, dass noch dieses oder jenes passieren müsste? Stattdessen, dass es Unklarheit immer wieder gibt, die uns die Möglichkeit gibt, hier und dort regulierend einzugreifen, aus dem Wirrwarr heraus auch ungewöhnliche Entscheidungen zu treffen und nicht genau das umgesetzt zu sehen, was wir wirklich von uns aus konstruieren. Statt uns hinzugeben und zu erkennen, dass es so, wie es ist ist. Ich kann im Moment nichts daran ändern. Ich kann mit dem Kopf gegen die Wand laufen, es wird mir nur Schmerzen bringen. Ich kann aber auch sehen, dass die Wand die Wand ist und ich mich nicht in die Situation bringe, dass ich mir unbedingt Schmerzen beifügen muss. Das, was ich nicht ändern kann, kann ich nicht ändern, ich muss es laufen lassen. Das jedoch, was ich ändern kann, ändere ich, weil ich es tue, weil ich dabei bin, weil ich es umsetze. Den Wunsch zu haben, etwas in eine bestimmte Richtung zu drängen und zu tun, dann auch die Erfüllung zu sehen, gibt uns einen kurzen Moment der Befriedigung. Aber nicht wirklich den Moment der Befriedigung, wie wir es haben möchten. Ja, es wurde umgesetzt, so wie ich es wollte, fertig. Statt zu erkennen, dass es eine andere Möglichkeit gibt, dass eine andere Wahrheit plötzlich auftaucht, dass ein anderes Ergebnis sich zeigt, das ich dann annehmen kann. Vergleiche einfach in deinem zurücklegenden Leben was dir mehr Freude, was dir mehr Erfüllung, was dir mehr Nahrung gegeben hat? Das, was du unbedingt wolltest, ist es geblieben über Tage, Wochen, Monate und Jahre? Oder hat es sich doch verselbständigt, verändert, ging in eine ganz andere Richtung?

All jenes, was geschehen ist, weil du es hast geschehen lassen. Ist es noch bei dir und wie gehst du damit um? Manchmal ist es wichtig, dass wir Verwirrung zulassen und so stiften auch wir immer wieder gerne Verwirrung, um deinen Geist in Bewegung zu halten, dir aber immer wieder die Klarheit und die Sicherheit auch zu geben, dass du genau dort, wo du bist, an der richtigen Stelle bist. Deshalb lasse zu, dass du dein Leben lebst. Dass du du bist!

Und damit verlassen wir dich für heute.

Wem kann ich vertrauen?

Wem kann ich vertrauen? Wem kann ich mein Vertrauen schenken? Wem kann ich blind vertrauen und folgen und mit ihm oder ihr gemeinsam meinen Weg gehen, ohne das Gefühl zu haben, dass ich hier etwas verschenke, weggebe und nicht das wieder zurückerhalte, was ich hineingebe in das, was uns als Gemeinschaft ausmacht? Wem kann ich vertrauen? Auf wessen Information und wessen Wissen kann ich bauen? Immer wissend, dass ich vielleicht sogar mir selbst nicht trauen kann. Kein Vertrauen in mich selbst habe, Selbstzweifel an dem, was ich denke und tue und mir wünsche.

Wenn ich selbst an mir zweifle, wie kann ich nicht an anderen zweifeln? Wenn ich selbst an mir zweifle, wie kann ich glauben, dass das, was ich tue das Richtige ist? Und nicht morgen zurückblickend erkenne, dass das, was ich getan habe, doch nicht so das Ergebnis gebracht hatte, was ich erwartet habe? Wenn ich mir selbst nicht vertrauen kann, wem kann ich vertrauen hier auf dieser Welt?

- o *Wenn ich zweifle daran, dass andere das aussprechen, was sie wirklich glauben,*
- o *wenn ich erkennen muss, dass ich nicht ausspreche das, was ich für richtig halte, sondern das, was in der Situation angemessen ist,*
- o *wenn ich verliere das Vertrauen in mich selbst und schon längst das Vertrauen in andere verloren habe, …*

… was richtet mich noch auf? Was hält mich hier an diesem Leben? Was lässt mich aufstehen des Morgens? Und was lässt mich des Abends zu Bett gehen mit dem Wunsch, der Hoffnung und Gedanken Energien zu tanken für den nächsten Tag, der da kommt auf mich zu, auf das ich weitergehe auf meinem Weg, hier auf dieser Welt?

- *Wenn ich in Zweifel stelle all das, was auf mich zu kommt, sei es als Worte, sei es als kompletter Text, in Form eines Buches, eines Beitrags, ...*
- *Wenn ich in Frage stelle alles, was von außen kommt und nur sehe die eigene Wahrheit, die ich im Moment erkenne und der ich zuschreibe, dass sie stimmig ist jetzt, die mich lässt handeln, so wie ich gerade handle; dann aber kurz danach erkennen muss bei weiterer Prüfung der Tatsachen, dass ich mich vertan hatte, dass eben nicht das, was ich gerade noch glaubte oder zu wissen glaubte, dem entspricht, was tatsächlich der Wahrheit entspricht....*
- *Wenn ich mein eigenes Ego stelle über das, was ich als Erkenntnis erfahren kann mit offenem Gemüt....*
- *Wenn ich immer im Zweifel bin, dass das, was im Außen steht, nicht entspricht der Wahrheit, die sie selbst ist...*

...statt zu vertrauen auf das, was ist: zuzulassen die Form der Erkenntnis, die nicht nur mich, sondern auch andere bewegt. Die Verbindung zwischen mir und dem Universum, zwischen dem Ich und dem Ich-Sein.

...statt zu erkennen, dass nicht das Trennen, das Abtrennen, das Abspalten, das Verlieren, das Wegradieren das ist, was mich hier am Leben hält.

...sondern statt dessen zuzulassen,
- *dass ich aufaddieren kann, hinzufügen kann und etwas positiv gestalten kann, hier in dieser Welt.*
- *dass ich nicht hilflos bin, sondern Kraft habe für mich einzustehen; aber nicht gegen all das, was ich dort als gegen mich gerichtet sehe, sondern in meiner freien Wahl erkennen kann, dass ich im Hier und Jetzt gewollt bin.*
- *dass ich das leben darf, was ich lebe und so die Kraft erhalte für das, was mich ausmacht und so auch gestalten kann mein Leben hier in dieser Welt, unabhängig von all dem, was um mich herum geschieht.*

- *dass ich das Positive sehe in der Veränderung, die mich treibt von A nach B, die mich fließen lässt, die mir Kraft gibt, nicht in der Stagnation des Moments, der Situation, sondern im Fluss, mich wahrnehmen lässt als das, was ich bin: der Tropfen im Fluss, kommend von der Quelle bis hin zur Mündung.*

Ich bin frei. Ich fließe. Und jeder Gedanke an das, was mich hält, jeder Gedanke an das, was mich zerstören könnte ist mir fremd, denn ich bin frei, frei in meinem Leben. Frei, mein Leben so zu leben, wie ich es gerade leben kann, egal wo ich bin: Sei es auf der Insel Fidschi, im Pazifik umgeben von Sand und Palmen und Strand. Das nicht das ist, was ich will, sondern dort, wo ich bin, lebe ich, spüre mich und führe mein Leben. Und sei es die Großstadt, sei es die kleine Gemeinde und sei es der Weg, sei es im Auto, im Zug, wo immer ich bin, ich lebe mich, ich bin hier, ich bin jetzt.

Meine Aufgabe ist es dort zu sein wo ich bin und nicht zu streben nach dem oder nach der Situation, die ich mir vorstelle. Sondern akzeptieren, zu akzeptieren, dass ich hier bin. Das Sein ist das Wichtige. Das Sein ist immer da, wo ich gerade lebe. Und jenseits der Furcht und der Angst vor dem, was kommen könnte, darf ich gestalten und zwar jetzt, was mein Leben ausmacht. Und das bringe ich hinein in all das, warum ich lebe, hier auf dieser Welt, dass ich spüre, dass ich erfahre, dass ich das wahrnehme, was jetzt ist und das hineingebe in das All- Eine. Aber das wisst ihr ja alles bereits.

Und damit verlasse ich euch für heute.

Aus der Mitte heraus agieren

Ist es nicht immer wieder schön aus der inneren Mitte heraus zu agieren und die eigene Stabilität zu spüren? Besonders dann, wenn ich das Gefühl habe, aus der eigenen Mitte herausgefallen zu sein, dann aber die Möglichkeit finde für mich, die Situation und damit sich selbst, und zwar mich selbst so zu drehen, dass ich genau dort bin, wo ich hingehöre, nämlich in das Zentrum meiner selbst! Dabei ist egal und völlig unerheblich, was ich tue, um diesen Zustand zu erreichen. Denn es geht letztendlich nur darum, wieder dort zu sein, wo ich hingehöre: bei mir. Und das bedeutet dann auch, dass ich aus diesem „Ich-Sein" heraus wieder agieren kann und auch die Welt so sehen kann, wie sie ist. Die kann nicht von mir verändert werden, doch ich kann mich selbst ändern.

Ich kann die Liebe fließen lassen, zunächst zu mir selbst und dann zu denen, die mich umgeben. Ich kann mich ärgern über jene, die Grenzen überschreiten, von denen ich erwarte, dass sie nicht diese Grenzen überschreiten und ich kann trotzdem meinen Weg gehen und mich selbst dort leben, wo ich bin, in der Zeit die mir gegeben ist. Auch das ist als Geschenk zu verstehen. Ansprüche von meiner Seite zu stellen, wäre nicht angemessen. Doch zu tun, was möglich ist, ist immer hilfreich.

Doch es stehen Fragen im Raum?

I: Erst einmal danke für die Einleitung. Du hast die eine Frage bereits beantwortet. Die andere ist: * XY ist noch in Moskau, in Russland, und ich habe das Gefühl, dass ich ihm eine E-mail schreiben sollte. Ich habe das Bedürfnis ihn zu bitten, Russland zu verlassen. War dann aber verunsichert, ob dieses Bedürfnis nicht aus meiner Angst herauskommt oder ob ich gar übergriffig bin? So wollte ich dich einfach fragen: Ist es nötig, ihn zu informieren, ihn darum zu bitten, Russland zu verlassen?

Ist es nicht schön, dass wir immer wieder empfinden tatsächlich Liebe und auch Unterstützung und wir uns kümmern wollen um jene, die zu unserem engsten Kreis gehören? Ist es nicht schön, dass wir glauben, ihnen damit einen Dienst erweisen zu können, sie auf den rechten Weg zu setzen? So wie eine Eisenbahn die auf der Schiene fährt, und wir sind es nicht, die die Lokomotive steuern. Sondern wir setzen die Weichen und wir glauben, dass die Weiche und die Form wie wir sie setzen, genau der richtige Weg ist.

Du darfst darauf vertrauen, dass nicht nur du Informationen bekommst und Informationen hast und an Informationen gelangst, die dir die Möglichkeit geben, Situationen einzuschätzen und aus dieser Situation heraus zu reagieren. Wieviel Millionen, ja wieviel Milliarden Menschen gibt es um dich herum, die ihren eigenen Lebensweg gehen? Die ihr Leben leben, so wie sie ihr Leben leben?

Deshalb ist es wichtig die Gefühle, die du hast, zu erleben. Die Gefühle wahrzunehmen, einfach hinein zu spüren und zu erkennen: da ist noch etwas, das mich verbindet mit jenen Menschen, die dort sind, wo sie sich gerade befinden. Es ist immer unterstützend mit einem Gruß, mit einem kurzen Fingerzeig jene Menschen wissen zu lassen, dass man an sie denkt. Dass man weiß, dass sie dort sind, wo sie gerade sind. Und ihnen so auch mitteilt: ich denke an dich und ich glaube zu wissen, was du gerade tust, auch wenn ich es nicht weiß, denn nur du weißt, warum du es tust. So folge denn deinem Impuls, wohlwissend, dass du nichts tun kannst und auch nicht auserwählt bist, um etwas hier an dieser Stelle zu tun.

Doch es ist immer wieder gut, die eigene Liebe auszudrücken und auch jene spüren zu lassen, die vielleicht schon in Randbereichen unseres Lebens sind. Ihnen einfach mitzuteilen: Ja, da ist jemand, der an mich denkt. Und ja, vielleicht denke ich noch einmal über diesen Punkt nach, auch wenn ich selbst weiß, was ich tue, zumindest glaube ich das. Ob das schon hilft?

I: Ja. Du sprachst von „Liebe senden" und „in der Mitte bleiben" in solchen Zeiten. Ich finde es in der Kommunikation mit anderen im Moment schwierig Zuversicht auszustrahlen. Kannst du mir etwas mitgeben, wie ich auf die ganzen Gespräche über den Krieg reagieren kann?

Das Leben hier auf dieser Erde, die Jahre sind ein Geschenk für dich. Es ist wirklich deine Zeit auf dieser Erde. Sie beginnt einmal und sie endet einmal. Genauso ist es mit all den anderen Menschen, die hier auf dieser Erde leben.

Wenn du genau hinschaust (und es ist immer wichtig genau hinzuschauen und abzugleichen, abzuklopfen und verschiedene Informationen zu nutzen um schließlich Wissen umzusetzen), dann erkenne, wo überall auf dieser wunder-, wunderbaren Welt zur Zeit der Krieg vorherrscht, Menschen sich töten, umbringen, sich gegenseitig Gewalt antun. Es ist nicht ein Krieg, es sind viele, viele Kriegsorte, die viele Menschenleben kosten, Tag für Tag, Stunde für Stunde. Das ist keine Entschuldigung, das ist kein Ablenken von etwas, was jetzt wirklich recht nah existiert. Und dennoch darfst du schauen mit einem klaren Blick und nicht von Emotionen getrieben auf das, was da gerade geschieht.

I: Wie meinst du das?

Was kannst du verändern in dieser Welt außer dich selbst und außer deinen Blick auf die Welt und außer dem, was direkt um dich herum geschieht? Wie kannst du glauben, dass es dir möglich ist, du allein etwas ändern zu können an einem anderen Ort, als an dem, an dem du gerade bist? Deshalb gehe mit einer inneren Stärke in jedes der Gespräche, die du jetzt führen wirst. Und auch mit Zuversicht, nicht mit einer naiven Zuversicht im Sinne von: alles nur halb so wild, sondern ja, es ist schrecklich. Was es wirklich, tatsächlich ist. Und dennoch gilt es: dich nicht in Angst verfallen zu lassen, nicht mit dem Finger auf jene zu zeigen, sondern Fakten zusammen zu reihen. Und auch in einem Gespräch mit Menschen, (die uns umgeben, mit denen wir immer wieder zusammenzukommen) wie mit kleinen

Kindern auch verständnisvoll zu sprechen. Ja, es gibt Angst. Ja, es ist schrecklich. Und wir tun das, was wir im Moment tun können.

Ob das schon hilft?

I: Wenn ich Liebe und Zuversicht ausstrahle und in meiner Mitte bleibe, ist es mir möglich andere damit anzustecken?

Selbst wenn morgen die Welt untergeht, ich würde heute noch einen Apfelbaum pflanzen.

I: Lacht

Denn das Leben auf dieser Erde ist ein Geschenk und du hast schon so viel erhalten, du hast schon so viel geben können, dem All-Einen. So gilt es nicht darum, Tage zu zählen und Tage aneinander zu reihen. Sondern das Erlebnis mit dir selbst, mit uns um so viel Qualität und Intensität zu füllen. Und scheue dich nicht davor auch einmal nichts zu tun oder etwas Banales zu tun oder etwas ganz Banales zu tun. Denn alles wird gebraucht.

Menschen, die im Mittelalter lebten, lebten ständig in der Furcht, dass irgendeine kriegerische Partei sie überrennt, dass der Lehnsherr sich nicht um sie kümmert, dass sie ausgeliefert sind, selbst der Natur ausgeliefert. Sie wussten nicht, ob die Ernte reicht, ob der Winter hart wird, der Sommer zu trocken. Verglichen mit dir und deiner heutigen Situation sind das Welten.

I: Das stimmt.

Und auch in schwierigen Zeiten (es klingt banal) geht die Sonne auf, ist der Himmel blau, zwitschern die Vögel und die Sonne geht wieder unter, so wie der Mond aufgeht.

Ob es noch eine Frage gibt?

I: Hast du mir heute Abend noch etwas mitzugeben? Ich habe dir in der Vergangenheit so viele Fragen gestellt?

Geschriebene Worte, wenn sie dann das beinhalten was du an Gefühl hineingelegt hast, an Emotionen, werden das auch entsprechend transportieren und werden auch entsprechend angenommen werden von jenen, die darauf schauen um es wirken zu lassen. Doch es gibt keinen Grund zu grämen, wenn nicht das geschieht, was wir glauben, das geschehen muss.

Allein die Tatsache, dass du dich vorbereitest, dass du bereit bist und dass du entsprechende Schritte gehst, zeigt und gibt schon so viel an Energie und Kraft (auch für dich selbst), aus denen du wieder (wie aus einer Ressource) für dich Kraft ziehen kannst.

Und glaube nicht, dass du alleine bist in dieser Welt. Selbst wenn der Kontakt und teilweise die Auseinandersetzung mit anderen, Fremden, mit Dritten größer und schwieriger ist als du angenommen hast, weil du dich auf einem neuen Fahrwasser befindest. Gehe auch hier mit Zuversicht nach vorne. Es gilt nicht den einzelnen Cent, den einzelnen Pfennig umzudrehen und zu schauen woher und wohin. Wichtiger ist es, Menschen zu erreichen auf eine Art und Weise, wie nur du es kannst. Manchmal im Team, manchmal alleine, manchmal im Duett. Wichtig ist aber, der oder die, die dann vor dir stehen, mit denen du arbeitest, die erhalten etwas von dir, was sie von anderen nicht erhalten. Der Weg dorthin ist nicht immer leicht, vor allen Dingen da neue Strukturen auf dich zu gekommen sind, die du zuvor nicht kanntest. Und auch hier wieder Angst und Sorge und auch die Furcht mehr im Raum steht als sie stehen sollten. Sie haben eine Berechtigung an einer anderen Stelle und nicht dort, wo es für dich gilt selbständig das umzusetzen, was du in die Welt bringen möchtest. Und ja, manchmal ist es nicht das, was wir in die Welt bringen wollen, wir wollen etwas anderes (aber über das „Wollen", haben wir schon so oft gesprochen).

Und selbst das Tun ist es nicht immer. Wichtiger ist das Sein, und aus dem Sein entsteht das Tun und daraus dann resultieren auch jene schönen Ergebnisse. Nimm heraus die Bewertung am Anfang, nimm heraus die Bewertung in der Mitte und schaue dann zurück auf das, was geschehen ist, mit einem gewissen Abstand. Doch Projektionen nach vorne, die das Negative befeuern: unterlasse das bitte. Du bist eine so starke Persönlichkeit, die es hier bereits auf dieser Welt so weit gebracht hat. So viele Menschen hast du schon berührt, hast du bewegt, hast du in Bewegung gebracht, hast mit ihnen Schönes erlebt; warum zweifeln?

Da du weißt, dass wir jederzeit an deiner Seite sind und du jederzeit fragen kannst und manchmal Antworten bekommst, die du hören möchtest, verlassen wir dich für heute.

Die Routine

Wenn du wieder einmal spürst, dass eine Routine dich nervt, dann schaue hin, dass du das, was du gerade tust (auch wenn es das 100ste oder vielleicht das 1000ste Mal ist), dass du es mit noch einer größeren Portion und Hingabe tust, um zu erkennen, dass im Detail der Unterschied steckt und dass es niemals dieselbe Handbewegung, niemals dieselbe Routine ist, die du gerade durchführst. Sondern dass du jetzt, da du dieses tust, was du gerade tust, von einer anderen Bewusstseinsebene, auf einem anderen Bewusstseinszustand bist und dadurch etwas Neues erfahren kannst. Denn niemals ist es das gleiche, niemals ist es dasselbe. Egal, was du tust, egal was auf dich zukommt. Du darfst wahrnehmen und annehmen, dass immer alles anders ist. Auch wenn du glaubst, dass du schon zum sovielten Male genau diese Handbewegung durchgeführt hast, wirst du erkennen, dass dem nicht so ist. Miss bitte allem, was du tust, eine besondere Bedeutung bei. Es wäre schade, wenn du das nicht tust und du irgendetwas nur tust, um es getan zu haben. Alles hat seinen Sinn, alles hat seine Bedeutung, wenn du es mit Sinn und Bedeutung ausfüllst und es verliert, wenn du es nicht tust. Auch wenn es nichts gibt, was in dieser Welt verloren werden kann.

Und wenn du dann feststellst, dass etwas in deiner Umgebung ist, womit du nicht gerechnet hattest, was du möglicherweise gekauft hattest, und es doch nicht stimmig ist oder du hast ein Geschenk angenommen. Dieses liegt nun an irgendeiner Stelle und wird nicht bewegt und liegt, liegt wie Blei dort, an dem Ort. Schau´ mit einem anderen Bewusstsein noch einmal genau hin und sei so offen für die Situation, dass du erkennen kannst, es gibt hier eine Möglichkeit, auch das so wahrzunehmen, dass es einen Sinn macht. Und vielleicht bewegt sich allein dadurch, bereits das, was gerade eben noch wie Blei dort lag, wo du es gerade wieder wahrgenommen hattest.

Es ist Zeit für eine Frage, wenn du magst?

I: Erst einmal danke für deine Worte und die wunderbaren Energien…

Hmm.

I: Ich hatte wirklich viele Fragen. Doch gerade ist auch eine Stille da, die du gerade in mir hervorrufst…. Magst du noch etwas zu mir und meinem Bruder sagen?

Wertschätze dich so auf der Ebene, auf der Bewusstseinsebene, auf der du gerade bist und erkenne, dass du (auch wenn dich dein Kopf ab und zu ablenkt, auch wenn du immer wieder weggedrängt wirst von Gedanken, von Ideen, von Vorstellungen, von Urteilen), erkenne, dass du Du selbst bist und dass du nicht alleine dorthin gekommen bist, wo du gerade bist. Sondern, du wurdest geformt und gestaltet durch die Vielzahl jener Begegnungen, die dich in deinem Leben auch ausgezeichnet haben. Erkenne, dass du alleine nicht leben kannst. Du könntest, wenn du wolltest, nicht wirklich überleben alleine in dieser Welt. Immer ist es notwendig, jemanden an seiner Seite zu haben: sei es, dass du Brot bekommst, das du brauchst, um das Frühstück oder das Abendbrot zu gestalten, sei es das Mittagessen, das mit dem Gemüse von dem Bauern aus dem Nachbarort umgesetzt wird.

Du bist nicht alleine in dieser Welt und deshalb bleibe auch nicht alleine in dieser Welt. Doch erkenne, dass es den einen oder anderen Moment gibt, in dem es notwendig ist, mit einer gewissen Neutralität einem Menschen zu begegnen, vielleicht eine Durchlässigkeit, die dir hilft, die Situation leichter zu meistern. Dieses nicht zu sehr hinein zu drängen und sich abgleiten zu lassen in die Emotionalität, die alles aufbauscht und im Moment wirklich sehr schlimm erscheinen lässt. Geh´ immer wieder diesen Schritt zur Seite, geh´ diesen Schritt mit großem und deutlichem Bewusstsein, um dir klar zu machen: dies ist nicht meine Welt, die dort gerade abgespielt wird. Sondern, ich lebe meine Welt, und meine Welt ist verbunden mit euch allen. Doch das muss ich mir nicht antun.

Erkenne auch, dass deine Gedanken dich immer wieder an Orte und Plätze führen, die (nennen wir es einmal) eine Parallel-Welt aufbauen zu der realen Welt. Denn das, was du greifen kannst in der physischen Welt (den Stuhl, den Tisch, die Tassen, die Gabeln, vielleicht auch den Löffel), kannst du in deiner Vorstellung und in deiner vorgestellten Welt nicht greifen. Dann entscheide, was für dich einen höheren Grad der Realität hat? Das, was du direkt greifst und dort wo du bist, oder das, was du dir vorstellst? Natürlich ist das, was du dir vorstellst, auch eine Bereicherung dieser Welt. Doch gehe klarer und deutlicher damit um. Wenn dir jemand eine Hand reicht, egal aus welcher Richtung, dann schau´ erst einmal, was ist der Gewinn für uns alle, wenn ich darauf eingehe? Und so gehe auch mit der Frage um, die uns hierhergeführt hat.

Und damit verlasse ich dich für heute.

Nutze deine Stärke

Du bist nicht das, was du denkst, was du bist. Du bist so viel mehr als das, was du denkst das du bist, dass es schwierig ist für dich und für deinen Geist zu erfassen, für dein Bewusstsein zu erfassen, was du wirklich bist und dich deshalb ablenken lässt von dem, was dich ausmacht. Du bist so oft verstrickt mit deinen Gedanken dort in den Situationen, die gerade jetzt im Moment für dich virulent und wichtig sind, wichtig erscheinen, so dass du das Wesentliche verdrängst oder in Seitenwege schiebst. Und gerade einmal nicht mit dem Wesentlichen kontaktiert werden möchtest, in Verbindung gebracht werden möchtest, sondern dort unterwegs bist, was du in einer Reduktion wahrnimmst und erfährst und zulässt.

Wenn das kleine, keimende Samenkorn sich Gedanken darüber machen würde, dass es einmal ein riesiger Baum sein wird, müsste es eigentlich erschrecken vor dem, was da als Aufgabe auf dieses kleine Samenkorn zukommt. Denn selbst im Moment ist es schutzlos ausgeliefert, jedes Wildschwein, jeder Hund, jedes Tier, jeder Käfer könnte es fressen, zerstören und an seiner Lebensaufgabe so Anteil nehmen, dass diese Lebensaufgabe vernichtet wird, bereits im Keimling selbst.

Statt hier das Vertrauen zu haben und zu sagen: Nicht mache ich mir Gedanken über das, was kommt, über die Form, in der ich einmal erscheinen werde, sondern jetzt bin ich! Und ich strecke aus, meine Fühler in Form von Wurzeln, in Form von einem kleinen Stamm, einem Blatt. Das mir die Möglichkeit gibt, mit Photosynthese mehr Energie zu sammeln, Wasser aufzunehmen über die Wurzeln und einfach ich selbst zu sein und mich wachsen zu lassen, mich zu nähren von dem und aus dem und über das, was ich erhalte über die Natur: sei es die Feuchtigkeit, seien es Nährstoffe, seien es Tiere und das, was sie hinterlassen. Und ich so die Möglichkeit habe zu wachsen, zu gedeihen. Ohne die Angst in mir zu nähren und auch ihr einen Platz zu geben für das, was da kommen mag, irgendwann. Ohne die Angst vor meiner eigenen Größe zu haben und so mich selbst anzunehmen und zu leben, so wie ich jetzt bin.

Denn alles in dieser Welt hat einen Beginn und alles in dieser Welt hat ein Ende. Und was dann nach diesem Ende kommt ist ein Weitergehen, ist ein Übergang hin, dorthin, wo wir alle sind. So dass wir das, was wir gerade erleben in dieser Welt, in der wir sind, für uns immer die größte Kulmination an Gefühlen, an Informationen und an Wesenskraft auch darstellt. Immer ist es das Größte, das Kompakteste, das Vielfältigste: sei es in der Liebe, unserem geliebten Partner, unserer Partnerin gegenüber. Der eine Satz, der da lautet: „Ich liebe dich, ich bin mit dir zusammen!", ist die Kulmination all dessen, was wir an Gefühlen haben im Moment. Und es ist mehr und stärker und höher und intensiver gefühlt als jenen Satz, den wir gesprochen haben vor vielleicht einem, zwei oder fünf Jahren. Denn es ist das Gefühl das wir haben, das jetzt im Moment entsteht, das vorhanden ist.

Wir schauen unserem geliebten Haustier in die Augen, nehmen den Kopf in die Hand und sagen diesem Tier gegenüber: „Wie schön, dass es dich gibt!". Und wir fühlen in diesem Moment mehr und intensiver unsere Verbindung zu diesem Tier. Stärker und deutlicher und intensiver als wir es noch vor zwei oder drei Jahren sagten, als wir aus einer anderen Perspektive heraus (es sagten). Uns fehlten die Jahre, die drei oder vier Jahre dazwischen, in denen wir das und jenes und das und dieses erlebt hatten. Aus dieser Perspektive vor drei, vier Jahren sprachen wir anders, nicht so intensiv wie jetzt.

Wenn wir dann das höchste sexuelle Erlebnis in diesem Moment erleben, dann ist es auch das Größte, was wir jetzt erleben können, verglichen mit jenen Erlebnissen, die zuvor unseren Körper eruptiert und bewegt haben. Und dann gibt es auch jene Momente, in denen wir mit Menschen in Kontakt kommen und erkennen müssen, dass sie aufgrund ihres Alters, des physischen Alters, jetzt in eine neue Phase eingetreten sind, die nicht mehr diese vollständige Kraft, diese vollständige „Ich-schaffe-es-allein" Energie in sich trägt, sondern der Verfall beginnt. Und wenn wir dann weiterschauen, dann erkennen wir, dass nicht nur das, was uns trägt, bewegt, auf dem wir surfen können wie auf einer Welle vor Freude, vor Glück, dass es nicht nur diese eine Ausrichtung gibt. Es gibt vielmehr und es gibt auch das, was uns belastet, was uns mit Sorge anfüllt.

Und dann merken wir immer wieder: Die Gegenwart ist das, was sie ist. Sie gibt uns all das, was vorhanden ist in dieser Welt. Und wir sind es, die das wahrnehmen, was da vorhanden ist. Wir sind es aber auch, die Meinungen, Interpretationen und Darstellungen von anderer Seite mit unserer Perspektive verbinden können und gelegentlich auch diese Perspektiven verändern können. So dass wir nicht tatenlos und hilflos dabeistehen, wenn die eine oder andere Meinung geäußert wird. Sondern dass wir sagen können vor allen Dingen, erst einmal: „Stopp!". Und dann aus der gewonnenen Ruhe heraus wieder agieren können, um etwas neu und anders und vielleicht doch mehr der Realität entsprechender darstellen zu können. Ohne (etwas) zu übernehmen und in einer Erhitzung hinein mit Gedanken und Vorstellungen zu verbinden, die, wenn wir sie dann überprüfen würden, sie nicht lange standhalten würden.

Und dennoch: Du bist nicht das, was du glaubst, dass du bist, du bist viel mehr. Und deshalb lass zu, ...

- o *dass du dich mehr und mehr kennenlernst,*
- o *dass du tiefer, stärker, intensiver dich erleben kannst (unabhängig von Alter, von Rang, von Status und Sein),*
- o *dass du dich wahrnimmst, so wie du bist,*

... und dann hinausgehst in die Welt und dem Nächsten nur dich und dein Licht zeigst, ohne sie verändern zu wollen. Denn die, die dich sehen, die dein Licht spüren, werden erkennen, dass hier etwas anderes zu sehen ist als das, was sie im Alltag wahrnehmen von all den anderen. Und dazu möchte ich dich, möchten wir dich ermuntern, dir die Möglichkeit geben, es zu

erkennen, dass du wichtig bist, hier im Jetzt und die Möglichkeit nutzt bitte hinauszugehen um zu zeigen: Auch diese Perspektive, auch dieser Aspekt ist wichtig hineinzubringen in das gesamte Leben hier auf dieser Erde.

Nutze deine Stärke und bring´ sie hinaus in die Welt. Sei das, was du bist: nämlich du selbst. Und indem du bist, was du bist, erreichst du die anderen Menschen auf der Ebene, auf der sie sein wollen und dann wird vieles geschehen. Deshalb nutze deine Möglichkeiten und deine Kraft. Vertraue auf dich selbst. Schaue in den Spiegel und sieh´ und erkenn´, wer du bist. Denn du bist mehr als das, was du glaubst, dass du bist.

Und damit verlasse ich dich für heute.

Die kleinen Dinge

Sind es nicht die kleinen Dinge, die uns ständig beschäftigen, die uns von einer Sekunde zur nächsten Sekunde beschäftigen und die uns hinüberführen von einem Tun zu dem nächsten und wieder zu dem übernächsten und immer weiter und immer weiter und schon ist der gesamte Tag vollbracht: Mit all diesen kleinen Gesten, dem kleinen Tun, den kleinen Handreichungen. Egal ob wir etwas aufschreiben, ob wir etwas in die Hand nehmen, um es zur Seite zu legen, ob wir es reinigen um uns Nahrung zuzuführen oder ein Telefonat führen, mit dem Liebsten oder der Liebsten sprechen, der einen Anweisung geben oder irgendetwas annehmen, es sind immer diese kleinen Momente. Die sich einander reihen wie Perlen an einer Perlenschnur, und nur bei genauerer Betrachtung erkennen wir, dass das ganze Sinn macht, was da gerade geschehen ist. Das ist so sowohl im Kleinen (im Privaten, im Beruflichen) als auch im Großen. Wir können nur das tun, was wir gerade tun können: Nämlich das, was gerade jetzt in unserer Hand liegt (im wahrsten Sinne des Wortes), was auf unserer Zunge ist, was wir jetzt aussprechen können, was wir jetzt berühren können, bewegen können. Darüber hinaus haben wir keine Handhaben, das wollen wir nicht wahrnehmen. Wir glauben immer die Welt verändern zu können. Die Welt dirigieren zu können.

Wenn wir dann zurückschauen, erkennen wir aber, dass die Welt bereits seit mehreren tausenden Jahren existierte. Und wo war denn unsere dirigierende Hand vor 1235 Jahren, als gerade an jenem Moment auf dem Markusplatz in Venedig das eine oder andere hätte geschehen sollen? Und wir waren nicht dabei und wir werden nicht dabei sein 500 Jahre nach vorne gerechnet. Und doch sind wir, da wir mit allem verbunden sind, immer dabei. Nur jetzt im Moment erkennen wir nicht, dass es nicht möglich ist alles zu verändern, alles in eine Richtung zu lenken, die wir glauben, dass es die richtige ist.

Denn (das vergessen wir so gerne) was ist denn richtig? Das, was wir glauben oder was andere glauben, das wir denken? Das, was andere denken, das wir tun müssten? Oder das wir denken, das andere tun müssten oder sollten oder unterlassen? Wollen wir denn wirklich regiert werden? Wollen wir bewegt werden von anderen oder wollen wir selbst, wir selbst sein? Und wenn wir wir selbst sein wollen, die Verantwortung für uns übernehmen, für uns selbst, für alles, was wir tun (sei es, dass wir die Tür schließen, dass wir mit dem Auto auf der Straße fahren, dass wir zu Fuß über den Zebra-Streifen gehen oder im Wald uns bewegen), in dem Moment, in dem ich für mich selbst die Verantwortung übernehme, bin ich bei mir. Muss dann auch akzeptieren und verstehen, dass der Mensch an meiner Seite ebenfalls die Verantwortung für sich selbst übernimmt, übernehmen darf, was in seiner Hand liegt, was er oder sie tut, tun will oder unterlässt.

Ich kann meine Liebe fließen lassen, ich kann mich um mich selbst soweit kümmern, dass ich Ich selbst bin und bleibe. Mehr Verantwortung habe ich nicht.

Und egal wie schwer es ist, egal wie unerfüllt es ist: Ich überlasse die Verantwortung dort, wo sie hingehört. Ich gebe mir das Recht „ich selbst zu sein", und ich gebe meiner Liebsten das Recht „sie selbst zu sein".

Genau, wenn ich hinausschaue in die Natur und wenn ich das Spiel oder auch den Kampf sehe zwischen einem Vogel und einer Katze, zwischen einer Schlange und einem Molch, zwischen dem Fuchs und einem Igel, auf wessen Seite stehe ich: Stehe ich auf der Seite des Stärkeren oder stehe ich auf der Seite des Schwächeren? Wenn ich eingreife bedeutet es, jener lebt und jener kann weiterleben. Greife ich nicht ein, ist jener tot und der andere gesättigt. Was ist richtig?

Was kann ich tun? Manchmal ist das Nichts-Tun besser als das Tun. Auch wenn es weniger erfüllend ist für mein eigenes Ego. Manchmal darf ich beobachten, wahrnehmen. Und doch, da ich verbunden bin sowohl mit dem

Fuchs, dem Igel, der Schlange, auch dem Molch, unterstütze ich sie mit meinen positiven Gedanken und weiß, dass auch nach diesem Leben hier auf dieser Erde es weitergeht für sie.

Doch das sind schwere Gedanken und draußen scheint die Sonne und es ist ein wunderschöner Tag und ich habe das Gefühl, dass doch noch eine Frage im Raum steht?

I: Es sind tiefgründige Gedanken. Danke. Es passt zu der Schwere, die wir zurzeit erfahren. Ich würde gerne von euch noch lernen, wie wir die Schwingung, unsere eigene, aber auch die, die von euch kommt, intensiver und vollständiger wahrnehmen können?

- *Wenn es dir möglich ist, deine Gedanken ein wenig zur Seite zu schieben (ohne dass es jemals möglich wäre Gedanken überhaupt zur Seite zu schieben, was auch nicht notwendig ist),*
- *wenn es dir möglich ist, ein Parallel-Bewusstsein aufzubauen und jederzeit zu erkennen, wenn du sprichst, wenn du hörst, wenn du siehst, wenn du tust, wenn du bist,*
- *wenn du dann dir selbst noch bewusst bist, dass es nicht nur dich gibt, sondern dass es dich gibt in der Anbindung an uns,*

... dann stehst du ein Stück neben dir und doch bist du noch stärker verbunden mit dir selbst und mit uns. Und all dein Tun, all dein Handeln, all dein Sein ist noch ein Stück mehr getragen von dem, worum es wirklich geht. Zu erkennen, dass du nicht verstrickt bist in deinen eigenen Gedanken, in deinem eigenen Handeln, in deinem eigenen physischen Körper. Sondern zu erkennen, dass es daneben noch etwas gibt, das dich dann, so wie du bist, zur Einheit macht, dann spürst du die Verbindung. Und wirst erkennen, oder erkennst in diesem Moment, dass wir so nahe bei dir sind, dass wir so verschmolzen und verwoben sind, dass es gar keine Trennung gibt. Und du wirst sehen, dass all das, was dich dann ausmacht hier in dieser Welt, getragener ist von dem, was wir gemeinsam mit dir zusammen sind.

Denn dann bist du nicht alleine und stehst in vorderster Front und glaubst die Welt verändern zu müssen, so wie du sie verändern möchtest. Sondern du erkennst, dass wir gemeinsam und zusammen hier auf dieser Welt sind.

„Homo hominem lupus":

- *dass der Wolf, dass der Mensch des Menschen Wolf ist,*
- *dass der Mensch sich selbst immer wieder zerstört,*
- *dass der Mensch immer wieder im Kampf ist mit sich und seinesgleichen,*

...das ist das, was du aus der Geschichte lernst und das, was du immer wieder auch tagtäglich erkennen musst.

Dass der Mensch aber auch des Menschen Liebe ist, dass der Mensch in Liebe Liebe erzeugt, Menschen wiederum in die Welt setzt. Das Gute zu erkennen auf diesem wunderbaren Planeten, der so schön ist, der so kraftvoll ist, der dir jetzt und im Moment und in vielen Jahrzehnten dir eine Heimat gegeben hat... Zu erkennen, dass neben all dem Schrecklichen, was passiert in dieser Welt und das passiert nicht weit entfernt von dir, das passiert in der nächsten Straße, der nächsten Ortschaft, das passiert überall. Gleichzeitig zu erkennen (und vielleicht bei dem nächsten Spaziergang mit diesem Blick einmal durch die Straßen zu gehen, durch den Wald zu gehen, über die Landschaft zu gehen) und wahrzunehmen, was es hier und dort an Schönheiten gibt, an gespendeter Liebe gibt, an Gemeinsamkeit, an Unterstützung. Und dann einfach die Relation zu sehen zwischen dem, was ich wahrnehme, worauf ich meinen Fokus lege, und worauf ich noch schauen könnte, um dann das ganze Spiel von einer anderen Perspektive wahrzunehmen.

Schau´ hinaus in die Welt und erkenne, dass diese Welt eine Welt ist, in der du lebst. In der du seit vielen Jahrzehnten schon lebst, in der du sehr gut gelebt hast und auch weiterhin lebst, so wie du jetzt gerade lebst. Du hast so viele schöne Erfahrungen gemacht auf dieser Erde, mit deinem Körper, mit deinem Sein. Du hast das eine oder andere aufaddiert in deinem Bewusstsein. Du hast erlebt, du hast erfahren, du hast kreiert, du hast geschaffen, du hast zusammengebracht und manchmal hast du auch auseinanderdividiert, aber es kam immer das eine zum anderen. So vieles ist geschehen in deinem Leben. So viel hast du erleben dürfen, hast aufgebaut, mitgenommen, hast gegeben, hast geschenkt Freude und manchmal auch Schmerz erlitten, all das hast du erfahren. All das ist deine eigene Welt, die du mit kreiert hast, hier, dort wo du bist. Und schaue hinein, was an Schönem es bereits gab und erkenne auch das Leidvolle. Stelle aber das in einer Relation. Erkenne, was das eine mit dem anderen macht und wie du hier auf dieser Welt warst und auch sein wirst, zumindest jetzt bist. Erkenne auch, dass du dich schmerzlich im Moment erleben kannst mit Ärger, mit Frustration. Und erkenne auch, was daraus erwächst, wenn du (nennen wir es) negativ auf die aktuelle Situation schaust, und aus deinem Erfahrungsschatz herausnehmend, wenn du positiv auf die Situation schaust und dann wieder im Agieren bist, wenn du dich führen lässt, leiten lässt und wenn du selbst das Zepter in die Hand nimmst. Aber nicht in Form eines Regenten, der sagt „Hier geht es lang und folgt mir!" Sondern „Ich bin und ich tue das, was gerade jetzt ansteht".

Nicht immer sind die Gedanken das Mittel, das dir hilft, das Richtige zu tun. Oftmals sind es Projektionen von dir selbst, die du glaubst jetzt ausführen zu müssen, statt in dich hineinzuspüren und auch einmal sagen zu können: „Ja, es gibt Menschen, die jetzt etwas unternehmen und meine Situation ist die, die sie ist". So ist das Passiv-Sein manchmal nicht das Falsche, sondern gibt dir die Ruhe und den Abstand, um dann im richtigen Moment wieder agieren zu können. Und dennoch ist es wichtig, im hier und jetzt zu sein.

Und damit verlasse ich dich für heute.

Heilung

Heilung: Wenn du Heilung erwünschst von außen, wie kann Heilung von außen zu dir gelangen? Wie kann Heilung zu dir von außen gelangen, wenn du nicht selbst dir die Erlaubnis gibst, dass Heilung geschieht? Wenn du nicht in dir selbst erkennst, dass der Moment der Heilung in dir geschehen muss, damit überhaupt etwas in deinem System geschehen kann? Lenkst du deinen Blick, dein Bewusstsein, deine Aufmerksamkeit außerhalb deiner Selbst dorthin, wo andere für dich etwas tun können oder sollten, dann bist du schon von dir entfremdet und nicht mehr dort, wo du eigentlich sein solltest: Nämlich bei dir selbst. Die, die außen stehen, können etwas tun, können dich vielleicht unterstützen, können dir helfen dabei. Aber das Allerwichtigste ist, dass du dir selbst bewusst bist, dass du alleine die Kraft, die Möglichkeit hast Heilung in deinem eigenen physischen Körper, mentalen Körper aber auch im spirituellen Körper entstehen zu lassen.

Es wäre vermessen zu denken, dass etwas außerhalb deines Selbst geschehen könnte, das dich verändert, ohne dass du selbst akzeptierst, dass es jetzt hier im Moment geschieht. So ist es denn wichtig, dass du für dich wahrnimmst, dass all das, was du für dich tust, Heilung bedeutet. Dass, was du nicht für dich tust dagegen, Heilung verhindert. Deshalb nimm das an, was möglich ist. Damit du die Heilung erfährst, die du brauchst in dem Moment, jetzt, in dem du sie jetzt benötigst. Und verschiebe nicht die eine oder andere Aktion, um dort hin zu gelangen, wohin du gehen möchtest: Nämlich letztendlich wieder zurück zu dir zu kommen dort, wo du dich befindest.

- *Wenn du erkennst, dass alles, was du wahrnimmst, in dir selbst ihre Projektionsfläche hat, ihr Ziel hat,*
- *wenn du erkennst, dass all das, was im Außen ist, im Außen ist, aber von dir im Innen wahrgenommen wird,*
- *wenn du dich als die Projektionsfläche erkennst, in der das den Widerschein findet, dessen, was im Außen geschieht und du so*

verbunden bist mit all dem, was da draußen geschieht (weil das Ganze, das da draußen geschieht, in dir projiziert wird),

... dann wird deutlich, dass du verbunden bist mit all dem, was da vorhanden ist und du nicht alleine bist, sondern immer in der Verbindung stehst mit all dem, was da ist.

- *Wenn du erkennst, dass deine Gedanken, deine Ideen und deine Vorstellungen das eine sind,*
- *dass aber, was dir gespiegelt wird von der Realität, etwas anderes ist,*
- *und du dann deinen eigenen Weg findest zwischen dem, was du wünschst und dem, was ist,*

... dann wirst du erkennen, dass dein Weg genau dort liegt und von dir beschritten wird an jener Stelle, an der (/die) genau richtig für dich ist.

Du wirst erkennen, dass deine Wünsche, die du aufgebaut hast, möglicherweise über Tage, Wochen und Monate, nichts zu tun haben mit der Realität, in der du lebst. Denn die Wünsche sind die eine Sache. Die Realität ist die andere Sache. Und du selbst lebend in dem Moment, in dem du bist. Du erkennst plötzlich: Ja, es ist möglich! Du erkennst plötzlich, ...

- *dass das, was ich gerade noch dachte, (das, was ich mir gerade noch vorspielte, vorgaukelte, was ich in meinem Bewusstsein entwickelte als eine Idee, die so katastrophal war, dass sie hätte niemals (hoffentlich) Realität werden könnte), dass das genau nicht eintrat,*
- *dass also all die Gedanken, die ich mir gerade gemacht hatte, all die Vorstellungen, die Blockaden, all das Negative, was ich gerade in meinem Geist habe entwickeln lassen, dass das nicht eingetreten ist. Stattdessen funktionierte (aus welchem Grund auch immer) das, was ich mir vom Herzen her wünschte,*

- *dass also nicht jene Visionen, jene Irritationen, und diese unglaublichen negativen Bilder, die ich gerade in meinem Kopf habe, entstehen lassen, dass eben diese nicht zur Realität wurden. Sondern dass jenes, was tagtäglich funktionierte, auch weiterhin mein Leben bestimmte,*
- *dass also nicht die Angst davor, etwas zu verlieren (einen Menschen zu verlieren, einen Wohnort zu verlieren, ein Angestelltenverhältnis zu verlieren), dass nicht das im Vordergrund stand. Sondern das geschah in dem Moment, in dem ich mich bewegte: dass das umgesetzt wurde, dass die Veränderung des Ortes plötzlich mir neue Perspektiven brachte: Sei es des Wohnortes, sei es des Arbeitsortes, sei es des Verhältnisses mit anderen Menschen,*
- *dass also nicht das Ende der Welt plötzlich im Raum stand, so wie ich es mir vorgestellt hatte, sondern dass die Veränderung mir die Möglichkeit gab, zu erkennen: Es gibt etwas Neues, etwas anderes. Und ich mich einfinde und mich nicht nur einfinde, sondern Teil bin dessen, was da Neues auf mich zukommt,*
- *dass ich mich nicht sehe als Opfer der Umstände um mich herum, sondern mich selbst wahrnehme als Teil des Gesamten, des Gefüges, des Gewebes. Und dass ich der Teil, die Farbe bin im gewebten Mosaik und genau an der richtigen Stelle platziert bin, dort, wohin ich gehöre,*
- *dass ich tatsächlich eine Aufgabe wahrnehme, dort wo ich bin, wohin ich auch geschickt werde. Und trotzdem immer dort bin (und zwar aktiv und bewusst und deutlich) und dadurch nicht nur in meiner Kraft bin, sondern meine Kraft auch anderen zur Verfügung stelle.*

So erkenne denn, dass du nicht der Spielball bist derer und dessen, die da außen aktiv sind - gegen dich. Nein, du hast die Möglichkeit jederzeit positiv, aktiv für dich zu agieren. Du bist du selbst, du bist im Spiel in dieser Welt eingebunden, ja, und dennoch bist du selbst. Und nutze diese Kraft des Selbst-Seins deiner Seins-Kraft, um hinauszugehen in die Welt, präsent zu sein, dich zu zeigen. Nicht, dich verdecken zu lassen durch andere. Sondern auch in schwierigen Situationen hinauszugehen und zu sagen: „Ja ich bin hier, ich bin da. Ich gebe das, was ich geben kann hinein in die Welt, solange es mir möglich ist. Das ist mein Geschenk an die Welt. Dankbar für das, was ich erhalten habe, wiederum auch als Geschenk von euch für mich, gebe ich zurück und ich halte mich nicht zurück. Sondern ich gebe weiter, weil ich das umsetze, was im Universum die Schwingung ist, im Leben hier unter den Menschen die Liebe ist. Das verbindet uns alle. Es ist das, was uns vereint. Es ist das, was wir sind".

Und damit verlasse ich euch für heute.

Der Schutzwall

Immer dann, wenn ich mit Angst, mit Furcht, mit Sorge hinausblickte in die Welt und das Gefühl hatte, dass alles gegen mich gerichtet ist; wenn ich nicht so in meiner inneren Mitte war, dass ich nach außen projizierte, dass von außen etwas auf mich zukam, um mich zu bedrängen, dann war ich darum bemüht (und das war in meinem Leben leider immer wieder der Fall), dann war ich bemüht, einen Schutzwall um mich herum aufzubauen, eine Mauer, die mich schütze. Die mich schützte und abgrenzte von dem, was da außen geschah.

Und tatsächlich in dem Moment, in dem ich diesen Schutzwall um mich aufbaute, merkte ich, dass ich mehr Ruhe und mehr Frieden hatte. Doch je höher dieser Schutzwall sich dann aufbaute, je höher er ging, desto klarer musste ich für mich persönlich erkennen, dass ich plötzlich abgeschieden war von dem, was da draußen geschehen war. Es war nicht diese kleine Mauer, dieses Zäunchen, das um mich herum sich befand. Sondern ich spürte mehr und mehr auch physisch, dass ich plötzlich eingemauert war in einem Turm. In einem Turm ohne Fenster, es war dunkel. Und wenn ich nach oben schaute, dann merkte ich, dann spürte und ich sah auch tatsächlich, dass dieser Turm höher und höher wurde und ich auch kein Tageslicht mehr in meinem Schutzturm, in meinen Schutzmauern spürte, sondern ich war plötzlich gefangen. Ich war abgegrenzt, ich war eingekerkert in diesem Mauerwerk, das mich schützte vor dem Außen. Und in diesen Momenten wurde mir dann klar, dass es nicht darum ging Mauern aufzubauen, Schutz zu suchen hinter diesen Kerker-Mauern, die ich mir selbst gebaut hatte. Denn ich erkannte, dass der Schutz, den ich suchte, mich selbst zum Gefangenen machte. Und wenn ich es dann ganz bewusst und ganz aktiv zuließ, dass diese Schutzmauern zusammenbröselten (immerhin war ich soweit, dass ich es zuließ), dass diese Steine in sich zusammenfielen und nicht auf mich drauf fielen. Wenn dann, diese Mauern Stück für Stück in sich zusammen bröselten, dann erkannte ich, dass hier wieder eine Freiheit entstand. Und für mich wurde klar, dass der Schutz, den ich suchte, den ich mir selbst aufbaute, zu einer Fessel wurde für mich, die ich ablegen durfte. Es ging nicht darum, mich abzugrenzen. Es ging nicht darum, mir die Fesseln des eigenen Schutzes anzulegen und mich eingekerkert zu sehen, dort wo ich bin. Sondern offen und zu schauen hinaus auf das, was da ist und es dort liegen zu lassen, wo es ist und auch nicht das Thema der Freiheit für mich zu reklamieren. Sondern alles frei zu lassen so wie es ist, da draußen. Das ich sowieso nicht ändern kann, nicht im Großen, nur im Kleinen. Dass ich jeweils das Außen im außen, im außen lasse und das Innen dort, wo ich bei mir bin, stärke. Und dann im Inneren, das zu finden, was ich brauche, um hier auf dieser Erde zu leben. Dieses Geschenk wahrzunehmen, dieses große Geschenk einfach anzunehmen als das, was es ist: Unfassbar letztendlich und doch von mir gelebt, weil ich bin. Und dann zu erkennen, dass ich nicht nach Freiheit strebe. Denn diese Freiheit endet dort, wo die Freiheit des anderen beginnt. Sondern, dass ich Freiheit lebe als solche, aber basierend auf dem, was wichtig ist für mich selbst: nämlich der Frieden, der in mir ist. Der Frieden, der unabhängig ist von anderen. Denn er ist in mir und ich bin im Frieden, in dem Moment, in dem ich friedvoll mit mir selbst und der Welt bin. Dann lebe ich und bin in mir, lebe mein Sein und kann frei entscheiden, frei agieren, unabhängig von anderen. Bin nicht in Auseinandersetzung mit jenen, die da sind im Außen, sondern bin bei mir, ich selbst.

Doch das ist sicherlich nicht die Frage des Morgens. Deshalb gibt es eine Frage?

I: Magst du noch einmal erläutern, was die Mauern des Schutzes einfallen lässt, ohne dass man selber betroffen ist?

Male dir aus das Bild und fühle es und fülle es vollständig aus: Dass du Stein auf Stein nimmst und Stein auf Stein mauerst, um dich herum. Du nimmst den großen Hohlblockstein, du nimmst den Mörtel, du nimmst die Kelle und du mauerst Stein auf Stein. Du bildest diesen Schutzwall um dich herum, um 360° Grad und du hörst nicht auf mauern, du hörst nicht auf, wenn deine Arme nicht mehr ausreichen. Du spürst die Kälte, du spürst den

Raum, den du gerade geschaffen hast. Du spürst und siehst und hörst auch, dass die Öffnung nach außen kleiner und kleiner wird und du nur noch siehst den Himmel durch diese kleine Rundung über dir.

Und wenn du dann hineingehst in dieses Gefühl, dass dich auf der einen Seite vollständig schützt vor allem, was da draußen vorhanden ist. Du dir aber bewusst machst, dass du keinerlei Nahrung und sei es in Form von Essen und Trinken, sei es aber auch in Form von Kommunikation und Gemeinschaft findest. All das ist abgeschnitten von dir, denn du hast dich ja eingemauert, du hast deinen Schutz, du bist geschützt.

Und dann beginnst du (weil du erkennst, dass das nicht der richtige Weg ist, dass das dir nicht weiterhilft, sondern, dass es eine andere Form gibt), dann beginnst du diese Steine in ihre einzelnen Bestandteile zerfallen zu lassen und in diesem Fall ist es Ton und Wasser und Sand. Und du siehst, wie es herabrieselt wie eine Düne, wie Sand herabrieselt: von oben beginnend, ganz langsam rieselt herab jeder einzelne Stein, der sich zusammensetzt, das sich wieder auseinandersetzt und zerfällt in die Bestandteile, die ihn ursprünglich geschaffen haben. Du nimmst wahr, wie dieser Sand, dieser Ton und wie das Wasser herunterfließt und rieselt und mehr und mehr nimmst du wieder die Umgebung wahr, das, was dich umgibt. Du siehst wieder mehr Himmel. Niedriger wird dieser Wall, den du gebaut hast. Und alles rieselt ganz fein - bis dann der Schutzwall sich wieder aufgelöst hat.

Ob dieses Bild reicht?

I: Ich weiß es noch nicht!

Wenn du dich abhängig machst von dem, was da draußen geschieht außerhalb deiner selbst, wenn du dein Bewusstsein nur auf das lenkst, auf das, was da draußen ist und du dich nicht selbst wahrnimmst, so wie du bist, dann verlierst du die Anhaftung an dich selbst und damit auch die Anhaftung an uns. Es ist so wichtig, dass du auf der einen Seite gut „ver-erdet" und verwurzelt bist mit dieser Erde, denn du lebst hier auf dieser Erde. Es ist dein Bewusstsein, es ist deine bewusste Wahl hier zu sein. Und natürlich ist es wichtig im außen mit Menschen zusammen zu sein, unterwegs. Und zu erkennen und anzuerkennen und auch dankbar anzunehmen das im außen, was auf dich zukommt, was für dich wichtig ist. Denn du bist nicht der Eremit, der lebt in einer Höhle, ohne alle anderen. Sondern du bist ein Mensch, der kommuniziert, der in Kommunikation steht mit denen, die da draußen leben. Das ist ein wichtiger Punkt und das macht das Leben aus. Das ist das, was wir brauchen, damit wir von dir erhalten das, was sowieso schon in der Welt ist. Aber jetzt noch einmal gefiltert durch dich und durch dein Sein und durch deinen ganz besonderen Blick hier hinaus in diese Welt. Und deshalb ist es so wichtig, dass du dich bei dir selbst spürst, dass du in deinem Inneren dort bist und hier im Inneren den Frieden hast, den du brauchst. Nichts gilt es zu erreichen, außer bei dir selbst zu sein, mit dir selbst im Frieden zu sein und dich selbst immer wieder dort zu spüren, wo du gerade bist. Und dann dem einen oder dem anderen noch etwas mitzuteilen, mitzugeben von dem, was du gerade erfährst.

Du brauchst nicht danach zu streben, dass du das erhältst, was du glaubst, dass du erhalten musst. Es wird auf dich zukommen. Und auch jene werden dich wieder suchen und wieder zu dir kommen, die dich schon einmal gesucht hatten, die dich schon einmal gefunden hatten und sie werden andere mitbringen. Auf dass du wieder auch mit ihnen teilen kannst, was du für dich bereits erfahren hast. Deshalb gehe mit Zuversicht nach vorne und du wirst sehen, dass in absehbarer Zeit viele Menschen bei dir anklingeln, bei dir anfragen und dann kannst du das weitergeben, was du auch von uns erhalten hast. Das du schon in so wunderbarer Form hier in die Welt gebracht hast, das niemals so in dieser Form in die Welt gebracht wäre oder bisher auch wurde. Nur durch dich ist es in dieser Form geschehen. Doch übereile nichts und nimm auch hier einmal eine Auszeit. Damit du nicht in diesen Drang, in dieses Drängen hineingerätst: „Ich muss aber, es muss doch! Und warum geschieht es nicht so, wie ich es möchte?"

Stell´ dir vor, dass die Welt wirklich so umgesetzt hätte das, was du in deinen Gedanken dir vorgestellt hast. Nicht nur das Schöne. Vergiss nicht, dass auch viele negative Gedanken in dir entstanden sind. Und stell´ dir einmal vor, dass jene Gedanken, diese negativen sich wirklich umgesetzt hätten in dem Moment, in denen du sie gedacht, gefühlt hattest. Wenn das geschehen wäre, was in deinem Kopf vorgegangen ist (und schau´ genau hin in welchem Verhältnis das, was an schönen wunderbaren Gedanken in deinem Kopf entstanden ist, verglichen mit jenen Schrecken-Szenarien, die auch entstanden sind), wie würde die Welt aussehen, wenn die Welt so wäre, wie sie in deinem Kopf entstanden ist in den zurückliegenden Jahrzehnten?

Wie sah die Welt vor 100 Jahren aus, wie sah sie vor 200 Jahren aus? Wie sah sie vor 1000 Jahren aus? Der Mensch drängt der Natur seine Vorstellung von dem auf, was er denkt, dass das Richtige ist. Und wenn du dir alleine den Flecken anschaust auf dem du zurzeit lebst, wie sah er vor 100 oder vor 200 Jahren aus? Vergleiche dann das Bild, das vor 200 Jahren gemacht worden wäre an der Stelle, an der du jetzt lebst, verglichen mit heute, was ist besser? Die Struktur, die du jetzt findest? Oder die Natur, die damals existierte? Wirst du verhindern, dass in 100 Jahren dieser Fleck an dem du jetzt lebst, wiederum anders aussieht als jetzt? Nein, darauf hast du keinen Einfluss.

Also geh´ mit dem, was gerade ist, nimm das, was für dich zurzeit greifbar ist und teile es mit dem und jenen, die dich umgeben. Nimm einfach das wahr, was ist. Und als kleine Übung, die wir dir jetzt einfach mitgeben hier in diesen Alltag, damit du spüren kannst, dass du wirklich lebst:

Nimm einfach an einem Tag, beginne gleich heute, Kontakt auf mit einer Pflanze. Setz´ dich in Kontakt mit dieser Pflanze. Verbinde dich mit ihr und erkenne das Einfachste, was es gibt: Erkenne, dass das, was du ausatmest, von dieser Pflanze eingeatmet und aufgenommen wird und dass das, was diese Pflanze wiederum ausatmet, von dir eingeatmet wird. Sei es ein Baum, sei es ein Strauch, sei es eine Blume, sei es in deinem Zimmer oder außerhalb. Und spüre damit, dass du verbunden bist mit allem, was da existiert. Es klingt banal und es hilft nicht die großen Probleme zu lösen, aber es hilft diesen kleinen Schritt zu gehen.

Damit verlassen wir dich für heute.

Die Freude spüren

Wäre es nicht schön, wenn wir jene Energien nutzen könnten, die im Inneren vorhanden sind? Und wenn wir uns nicht immer wieder darauf konzentrieren müssten und danach streben müssten nach dem, was im Außen vorhanden ist? Und wenn wir die Welt uns anschauen, so wie diese Erde geformt ist, dann wäre es doch schön, wenn wir das, was im Inneren dieser Erde vorhanden ist, nutzen könnten und jene Energie, die so mannigfaltig vorhanden ist, einfach nur anzapfen könnten, um all jene Probleme zu lösen, die das Thema der Energieversorgung für uns darstellt.

Ich habe in meiner Werkstatt immer wieder gesessen und darüber nachgedacht. Weil ich wusste von meinen Kollegen, von meinen wissenschaftlichen Kollegen, dass das Erdinnere ein von Magma strotzender Hohlraum ist, dass wir doch nur tief bohren müssten, um diese Energie zu nutzen, um sie hinauszubringen, um all jene Probleme zu lösen, die mit Energie gerade im Moment eben zusammenhängen. Ihr müsst nur tief genug bohren, um die Hitze dieser Erde zu nutzen und schon würde so vieles einfach geklärt sein.

Und über diese Frage hinaus: Muss ich im Außen Reaktionen hervorrufen, um im Inneren (im Innen) eine Entwicklung anzustoßen? Oder ist es nicht besser im Inneren, (im Innen) zu schauen, was ich für das Außen tun kann?

Über diese Frage (über die ich lange, lange, lange gedacht, nachgedacht habe, über die ich immer wieder ins Grübeln und auch ins Zweifeln kam), kam ich zu einem Punkt, an dem etwas für mich deutlich wurde: Ich kann im Außen etwas wahrnehmen und es im Innen umsetzen. Ich kann aber darauf vertrauen, dass das, was ich im Außen wahrnehme, innen bereits vorhanden ist. Und dann ging ich hinaus, dann ging ich hinaus in die Welt, um für mich in Experimenten herauszufinden: Wie reagiere ich auf die Welt? Und: Was muss geschehen, damit ich eine positive Reaktion auf die Welt im Inneren spüre?

Der erste Gedanke dabei war der, dass ich dann, wenn ich Freude spüre, ...

- *dass ich mich öffne,*
- *dass ich mich ausweite,*
- *dass ich mich ausdehne,*
- *dass der Raum größer wird und*
- *dass die Verbindung zu den Menschen, die mich umgeben, tatsächlich enger wird (enger im Sinne von weniger Abstand, mehr verschmelzen, mehr das zulassen, was wirklich mich mit jenen da draußen verbindet).*

Wenn ich dagegen Angst und Furcht spüre, dann geschieht es, dass ich mich zusammenziehe, kleiner mache, mich komprimiere, fast erdrücke und den Kontakt zu jenen da draußen verliere und mich mehr und mehr alleine fühle. Und diese Bewegung hin von Freude: öffnen - und von Angst und Furcht: schließen, einkapseln, dieses Gefühl habe ich mehr und mehr verinnerlicht. Und auch dann anwenden können, wenn es darum ging, Entscheidungen zu treffen.

Ganz banal habe ich es angewandt, wenn ich zu unserer Bäuerin um die Ecke ging und Hühnereier, Äpfel, Kartoffeln kaufte. Und das war immer ein längerer Prozess, denn ich war ja in diesem Ausprobieren, in diesem Modus von „Schau 'n wir mal, was genau passiert?" Ich nutzte meine Hände, meine Handflächen, um zu ertasten, zu erspüren die Aura eines jeden einzelnen Lebensmittels: Sei es der Apfel, sei es das Hühnerei, sei es die Kartoffel, die Karotte, der Rettich. Ich spürte hin und nahm wahr: Gibt es hier eine Verbindung zwischen mir, die mich öffnet, und dem Gegenstand, dem Lebensmittel oder schließt sich hier etwas? Und das übernahm ich. So konnte ich tatsächlich trennen zwischen dem, was gut für mich und für uns, meine Familie, war und jenem, was nicht unterstützend war: Sei es, dass ein Wurm im Apfel war, dass das Ei zu alt, die Karotte vielleicht angeschimmelt war, ohne dass ich die Sporen bereits sehen konnte.

Wissend dann, dass es möglich ist, mit Lebensmitteln mit meinem eigenen Gefühl, mit meinem eigenen Wahrnehmen zu erspüren, dass etwas gut für mich ist, oder etwas nicht förderlich für mich (weil das eine öffnete, das andere schloss ab), nutzte ich diese Erkenntnis für mich. Weit über die Lebensmittel hinaus in andere Bereiche: bis hin zu Menschen, bis hin zu Aufgaben, bis hin zu Ideen, die ich selbst in meinem Kopf hatte, die an mich herangetragen wurden. Die ich dann abglich mit meinem eigenen körperlichen Wahrnehmen: „Ja, es ist förderlich, weil es öffnet mich." „Nein, es ist nicht förderlich, weil es schließt." Und dieses Gefühl nahm ich mit hinaus in die Welt.

Zu wissen, dass ich mich auf mein eigenes Gefühl, auf mein eigenes inneres Wertesystem verlassen kann, war für mich hilfreich und unterstützend. Und es gab mir die Kraft hinauszugehen in die Welt und für mich persönlich Entscheidungen zu treffen, „dieses möchte ich" und „jenes möchte ich nicht", „das ist für mich förderlich und deshalb werde ich diesen Weg gehen", „hier aber habe ich Grenzen und setze auch diese Grenzen". Denn ich spüre innerlich, dass ich die Möglichkeit habe zu entscheiden zwischen dem, was für mich gut ist und was für mich nicht gut ist.

Und wohlwissend, dass es zwar hier in diesem Leben, hier auf dieser Erde Grenzen gibt, auch physische Grenzen gibt, die mir auch irgendwann deutlich machen, dass meine Zeit hier auf dieser Erde vorüber ist und ich den nächsten Schritt gehen werde. Dennoch wohlwissend, dass ich die Zeit, die ich hier auf dieser Erde lebe, so intensiv leben möchte, dass nicht nur ich selbst mit mir zufrieden bin. Sondern dass auch ich die Möglichkeit habe, anderen etwas mitzugeben auf ihrem Weg: Ob sie es wollen oder nicht, ob sie danach fragen oder nicht. Aber ich immer bereit bin in das Gespräch hineinzugehen und offen mit Menschen und mit Tieren auch und auch mit der Natur zu kommunizieren, um hier meinen Platz noch mehr einzunehmen.

Nicht andere zu belasten mit meinen eigenen Themen, sondern im Gespräch abzuklopfen, zu schauen, kann der- oder diejenige, die ich gerade anspreche, mit der ich gerade im Gespräch bin verstehen, worum es mir geht, erkennen, ertragen, mit mir gemeinsam diesen Weg gerade gehen oder nicht? Und dann frei und selbstständig auch zu entscheiden: Ich will diesen Weg gehen oder ich lasse es?

Das Allerwichtigste für mich aber war es, am Abend den Tag abzuschließen mit einem positiven Gedanken. Auch mit einem Dank tatsächlich (auch an mich selbst und auch an die Geistige Welt und auch an jene, die ich an diesem Tag im physischen Bereich getroffen habe oder auch nur in Gedanken, vielleicht auch nur telefonisch), positiv abzuschließen den Tag, um mich zu freuen, was am nächsten kommt, unabhängig von der Situation um mich und all die anderen herum.

Denn ich kann nicht ändern das, was auf der anderen Seite der Weltkugel geschieht, nicht einmal dort, wo ich wohne vielleicht hundert oder zweihundert Meter entfernt. Ich kann nicht das Leid jener Menschen heilen, da ich nichts davon weiß. Ich kann aber senden Liebe, Energie und Unterstützung, auch durch die Wände hindurch. Ich kann grüßen, ich kann im Alltag einfach präsent sein. Und wenn ich dann noch die Möglichkeit habe, mit Hilfe einer eigenen inneren Stabilität heraus dem einen oder anderen etwas an Informationen, vielleicht auch an Wissen weiterzugeben, dann (und mag es auch nur eine Kleinigkeit sein) hat sich auch dieser Tag wieder wunderbar eingefügt in all jene, die ich bereits schon erleben durfte.

Immer dann, wenn ich am Zweifeln war, durfte und musste ich zurückschauen auf all das, was ich bereits erleben durfte mit Dankbarkeit - und es war viel.

- *Wenn ich dann erkannte all jene Momente, die in meinem Leben geschahen, ohne dass ich sie zuvor hätte denken können oder wollen,*

- *immer dann, wenn ich in Situationen kam, in denen ich spürte, dass sich hier eine Veränderung auftat, die zuvor nicht gedacht war,*
- *dann aber auch erkannte, dass diese Veränderung es mir ermöglicht hatte, etwas Neues in mein Leben hineinzubringen,*

... dann wurde mir klar, dass es eine Führung gibt, dass ich Ressourcen, Kräfte und Möglichkeiten habe auch Hürden zu überspringen, die ich zuvor niemals gedacht hatte. Die dann aber plötzlich vor mir auftauchten und eine neue Wendung in meinem Leben brachten, an die ich zuvor nicht einmal hätte denken wollen. Im Nachhinein aber, jene Hürde und jene Wendung etwas für mich und in mein Leben hineinbrachten, was zuvor nicht gedacht war. Und plötzlich fand ich mich an Orten, an Stellen mit Menschen, die zuvor unerreichbar waren und nicht einmal im Bewusstsein.

Und deshalb nimm an all das, was dich tagtäglich umgibt und wende dich nicht ab von dem, was Veränderung für dich bedeutet oder wende dich nicht ab von dem, was Routine ist. Sondern lebe dieses und gib weiter, was dir möglich ist hier auf dieser Erde. Nicht die Schuldzuweisung an andere ist es, die dich bringen sollte durch den Tag. Sondern die Dankbarkeit dafür, das erleben zu dürfen, was du gerade erlebst. Auch wenn es nicht das ist, was du erleben möchtest, aber nimm es wahr. Und schaue, dass du deinen Platz findest im Leben, dass du das weitergibst, was als Flamme in dir steckt, was du den anderen weitergeben kannst, ohne es ihnen aufzuzwängen. Sondern lebe es ihnen vor.

Ja, es ist möglich in der Verbindung mit der Natur, mit den Menschen, mit der Geistigen Welt, mit uns zu leben und zu sein. Und daraus die Kraft zu ziehen für den nächsten Schritt, den nächsten Tag und all jene Aufgaben, die noch auf uns zukommen. Und damit verlasse ich euch für heute.

Die Zeit: Ein fließendes Kontinuum

Ja, es mag sein, dass du das Gefühl hast, dass die Zeit dahin rinnt, dass die Zeit dahinfließt, dass die Zeit einfach verschwindet, dass du morgens aufwachst und abends zu Bett gehst und am nächsten Morgen schon wieder aufwachst. Und dann irgendwann auf den Kalender schaust und feststellst, wie viele Tage, Woche, Monaten, Jahre, ja, Jahrzehnte bereits vergangen sind und du dich ansiehst und wahrnimmst, wo du geradestehst. Gleichzeitig aber auch diese unglaubliche Flut von Leben wahrnimmst, die nun hinter dir liegt. Die du glaubst, dass sie hinter dir liegt. Doch sie liegt nicht hinter dir. Denn du bist es selbst, die du das erlebt hast und auch das geschaffen hast, teilweise, was dort nun von dir als dein eigenes Leben bezeichnet werden kann. So ist es denn nicht, dass die Zeit dahinfließt, dahinrinnt. Sie läuft in ihrer eigenen Geschwindigkeit: immer gleichmäßig, immer gleich. Von dir wird sie aber wahrgenommen als das, was sie von dir oder das, was von dir ihr zugeschrieben wird: Ein konvulsivisches Aufbäumen, ein Anhalten, manchmal ein Zurückdrängen, ein „Nach-Vorne-Schießen". Zeit wird von dir nicht kontinuierlich wahrgenommen: sie wird als wellenförmig, manchmal rückläufig, manchmal vorläufig, manchmal stehenbleibend wahrgenommen.

Deshalb erkenne und akzeptiere, dass die Zeit einfach das ist, was sie ist: Ein fließendes Kontinuum, ein permanentes „Hier im Jetzt-Sein", ein Ich-Moment immer gegenwärtig (ohne Anfang ohne Ende), das Paradies, da wo es gerade ist, nämlich hier, jetzt lebend. Erkenne, dass nichts falsch oder nichts richtig ist im Umgang mit der Zeit. Sondern dass die Zeit das ist, was es ist. Schreibe ihr nicht Eigenschaften zu, die nicht mit dir in Verbindung stehen, und vor allen Dingen kämpfe nicht gegen die Zeit und vor allem auch nicht gegen das, was du mit dieser Zeit anfängst, in dieser Zeit erledigst. Sondern lass es fließen. Begib dich hinein in das, was die Zeit ist: ein ewiger Fluss, ein ewiges Jetzt. Und nur so ist es dir möglich, auch deine Gedanken und dein Tun auf diesen einen Moment auszurichten, der kontinuierlich und immer ist, nämlich jetzt.

Nicht ist es wichtig alles hinein zu pressen in dieses Jetzt. Denn alles fließt hinein in dieses Jetzt, wann immer du dir dessen auch wieder einmal bewusst bist. Doch je mehr du dir dessen bewusst bist, (dass du jetzt gerade in dem Moment, in dem du bist, all das erlebst, was du erlebst), desto klarer und willkommener kannst du dich selbst in diesem wunderbaren Moment wahrnehmen. Deshalb lebe diesen einen speziellen Moment, der die Ewigkeit ist.

Wann immer es dir möglich ist, sende ein Lächeln, ein ganz breites Lächeln zu dir selbst, denn nur so kannst du die gesamte Fülle dieses ewigen Momentes wahrnehmen. Indem du das wahrnimmst, was du bist (nämlich alles und verbunden mit allen) und dann hineinschickst in diesen Moment zu dir selbst dein schönstes Lächeln, dich annimmst, so wie du bist, fließt das hinein in die Welt und erfüllt all jene, die von dir berührt sind. Und es sind viele, es sind sehr, sehr, sehr viele. Das ist genau das, was du tun kannst, immer in diesem einen Moment, nämlich jetzt.

Erwarte nicht, dass wir die Geistige Welt, für dich Türen öffnen, dir Wege zeigen, dich setzen auf Schienen, damit du an bestimmte Orte ankommst, die dein eigener Verstand dir zusammenbastelt, dort wo du hinmöchtest, wo du hingetragen werden möchtest, ausgerichtet werden müsste. Auch erwarte nicht, dass wir dir Türen öffnen. Denn du selbst hast jede Klinke in der Hand, hast jeden Schlüssel, den du brauchst, um ganz eigenständig das für dich in die Umsetzung zu bringen, was für dich wichtig ist. Alles ist vorhanden in dir, alles ist da. Du darfst es umsetzen. Du darfst die Tür wählen, die du selbst öffnest. Der Kontakt mit uns, der ewig und immer ist und herrscht mit uns gemeinsam hier, gibt dir die Möglichkeiten zu öffnen, das zu tun, was für dich hilfreich ist. All das ist hier, ist da.

Deshalb lege beiseite den Zweifel, die Sorge, die Furcht, die Angst, das Unbehagen. Leg´ alles weg. Geh´ einfach Schritt für Schritt weiter. Und du lebst dein eigenes Leben. Du nimmst das an, was du möchtest. Du lässt das, was du nicht möchtest. Schalte deinen Verstand aus und gehe Schritt für Schritt. Nimm das, was da ist.

Den Balkon, den du hast in deiner Wohnung, wenn du ihn betrittst, er mag dir zu klein erscheinen. Aber das ist egal, denn es ist dein Balkon, es ist dein Moment, es ist jetzt diese eine Situation. Wenn du dich vergleichst mit dem Nachbar, der einen wesentlich größeren Balkon besitzt, hilft es dir nicht. Stattdessen zu erkennen, ich bin ich, ich bin hier, ich lebe mein Leben. Mein Nachbar gibt mir das Bild des anderen. Das lasse ich liegen, wo es ist. Ich selbst bin hier. Deshalb höre immer wieder auf deine eigene innere Stimme. Nimm immer wieder wahr, was dich wirklich bewegt, wohin du wirklich möchtest. Lasse los diese „Neins" und „Nicht" und „Das und jenes schon gar nicht". Spüre hinein in das „Ja".

Nimm die Wolken als das war, was sie sind: Ja, sie sind dunkeln, ja, sie tragen Regen und ja, es ist wichtig, dass Regen auf die Erde fällt. Auch wenn im Moment der Himmel verdunkelt ist und du tatsächlich gerade ohne Unterschlupf unterwegs bist, vom Regen nass, ja regelrecht pitschnass wirst, aber das ist wichtig, denn der Regen ist notwendig, ist das Getränk der Erde. Dass du zwischenzeitlich einmal in diesem Regen stehst, ist eine Erfahrung und nichts anderes. Wenig später werden die Wolken aufgelöst sein, sie sind weitergezogen, der Himmel ist blau. Und wieder ist es anders und es gilt nicht zu sagen: „nein, nicht das möchte ich", sondern: „ja, es ist das, was gerade ist. Das nehme ich an. Und ich tue mein Bestes und wenn mein Bestes nicht gut genug ist, dann tue ich wieder mein Bestes für das in der Situation gerade jetzt Mögliche".

Wenn du dann morgens aufwachst und dich regst und streckst und wahrnimmst: die Nacht hat mich gestärkt, die Nacht hat mir Kraft gegeben, meinen Körper wieder in Entspannung gebracht für das, was der Tag, also das Jetzt wieder von mir (nennen wir es) fordert, was ich geben kann hinein in diese Welt. Dann hast du es wieder einmal geschafft, deine nächtliche Kraftquelle anzuzapfen.

Deshalb schau, dass du deine eigenen Träume mehr und mehr reduzierst, dass du mehr und mehr hineinkommst in dieses traumlose Schlafen, das dir Kraft gibt für deinen Tag. Mit dem Wunsch und dem Gedanken und der Intention einzuschlafen: „die Nacht wird mir Kraft geben für den nächsten Tag. Ich freue mich auf traumlose Nächte", gehe hinein in die nächsten Nächte und schaue, wie du dich verändern wirst.

Damit verlassen wir dich für heute.

Schöpfer und Schöpfung

Ist es nicht schön, auf so einer Welt zu sein, von der man ganz genau weiß, dass sie sich immer, immerfort um die eigene Achse dreht? Nicht nur um die eigene Achse, sondern auch im Sonnensystem um die Sonne dreht. Und nicht nur um die Sonne dreht, sondern auch wiederum im Universum selbst. Dort genau den richtigen Platz hat, in der richtigen Geschwindigkeit bewegt wird, angezogen und abgestoßen, genau in der richtigen Geschwindigkeit. Das hat dann zur Folge, dass wir die Möglichkeit haben, morgens die Sonne aufgehen zu sehen und am Abend die Sonne wieder am Horizont verschwinden zu sehen. Wir bekommen ein klares Maß, wir bekommen ein Gefühl dafür, dass etwas im Maß, in einer Regel und immer wiederkehrend geschieht. Es gibt einen Rhythmus, das und darauf können wir uns dann verlassen.

Und wie müssen wir es dann einordnen, wenn wieder einmal einer jener Gedanken durch uns durchzuckt, der uns verwirrt, der uns verärgert, der uns auf eine Fährte bringt, die nichts mit Harmonie und Ruhe zu tun hat? Wie ist es, wenn wir den Schmerz spüren? Den wir uns dadurch zufügen, dass wir uns den Finger vielleicht eingeklemmt haben. Und plötzlich sind wir nur noch konzentriert auf genau dieses eine Moment, auf diesen einen Schmerz, der unseren Körper komplett durchzieht, der uns ablenkt von allem andern, der uns nur noch denken lässt an dieses Eine: nämlich diesen Schmerz. Der gerade nicht passend ist, der uns stört, der unsere ganze Welt ins Wanken bringt.

Und wenn wir dann wieder einmal tief durchgeatmet haben und erneut auf die Situation schauen, dann dürfen wir erkennen, dass das, was uns gerade wieder mal aus der Ruhe, aus der Mitte, aus unserem Leben herauskatapultiert hatte, nichts ist verglichen mit dieser unglaublichen Stabilität in der diese Welt, diese Erde in unserem Sonnensystem existiert. Und dass wir dann tatsächlich doch wieder lachen dürfen über diese Kleinigkeiten, die uns immer wieder herausholen aus unserem Alltag, herausholen aus unserem Vertrauen, dass das Leben doch in einen festem Rhythmus existiert und uns auch diesen Rhythmus schenkt. Der uns abends mit dem Vertrauen einschlafen lässt, dass wir am nächsten Morgen die Sonne wieder sehen.

Immer dann, wenn ich in meiner Werkstatt saß und meinen Blick schweifen ließ auf und über meine Mitarbeiter, meine Kollegen, auch meine Chefs, dann fand ich immer wieder einen, oder eine Person in dieser großen Werkhalle, die vollkommen gebannt war, komplett absorbiert war von der Arbeit, die sie gerade am Ausführen war. Der Blick war konzentriert. Alle Sinne waren auf diesen einen Moment gerichtet, in dem jetzt die Hand mit dem Werkzeug hinführte, um eine ganz bestimmte Tätigkeit auszuführen. Und wenn ich dann die Möglichkeit hatte, in die Nähe jener Person zu gehen (ohne sie direkt zu stören, sie aber zu sehen und auch ihre Begeisterung wahrzunehmen), dann schwappte diese wunderbare Begeisterung auch auf mich über. Und ich sah den Menschen, der da vor mir saß, komplett fokussiert auf diese eine handwerkliche Tätigkeit. Ich sah die Schönheit, die genau in diesem Moment zu finden war.

Dieser Mensch in seiner Tätigkeit war nicht abgelenkt durch eine Vielzahl unterschiedlichster Ideen, Vorstellungen, vielleicht sogar Ängste, Sorgen oder auch Freude. Nein, er war konzentriert, auf genau das, was jetzt im Moment notwendig war. Und wenn dann dieser Handgriff ausgeführt war, ein zweiter, ein dritter noch folgte, um wirklich die Reihenfolge der Handgriffe abzuschließen, dann erschien ein ganz breites, helles, strahlendes Lächeln im Gesicht, ein leichtes Zurücklehnen. Es wurde etwas abgeschlossen und es konnte etwas Neues beginnen. Das waren immer wunderschöne Momente, die ich in meiner Werkstatt erleben durfte. Und auch in diesen Momenten erkannte ich, dass eine Trennung zwischen dem, was hergestellt wurde und dem, der es herstellt, nicht existierte. Was mich dann immer wieder auch zu dem Gedanken brachte, dass die Kreation und der Kreator, der Schöpfer und die Schöpfung selbst immer in engster Verbindung standen, dass es keine Trennung gab. Und dann (metaphysisch gesprochen) war es für mich das ganz klare Zeichen, dass ich als der, der ich mich wahrnehme, als Schöpfung, in einer Abhängigkeit stehe zum Schöpfer. Die keine Abhängigkeit ist, sondern eine Verbindung, die uns beide so eng verschmelzen lässt, dass tatsächlich kein Trennungsstrich zwischen uns, kein Trennungsblatt passte.

Und auch dies bestätigte mich immer wieder, genau in diesem Punkt, dass ich mit allem verbunden bin, wenn ich es denn nur zulasse, mich hineinfließen lasse, mich in das All-Umfassende, das All-Eine. Und das gab mir Kraft, immer wieder, das unterstützte mich, das formte mich, das ließ mich erkennen, dass ich nicht alleine bin in dieser Welt, sondern eingebunden. Eines jener Mosaikteile jenes großen Mosaiks, das wir Welt nennen. Verbunden, verwoben, verschmolzen und eins mit der Schöpfung und dem Schöpfer, jenseits jeder Trennung.

Und auch hier erkannte ich dann immer wieder, wie wichtig es ist, diese Balance zu finden, wie wichtig es ist, eine Harmonie aufrecht zu erhalten, und dass eine Harmonie in unserem Leben, auch hier auf dieser Welt, nicht von alleine existiert. Sondern sie wird geschaffen, sie entsteht. Denn das, was uns bewegt, ist die Bewegung, ist die Schwingung, ist eine chaotische Bewegung, die von uns aus dem Chaos herausgeführt zur Balance, zur Einheit und zur Harmonie wird. Was mir dann auch wieder die Antwort auf die Frage gab: „Warum gibt es so viel Chaos auf dieser Welt?" – „Weil es", und das war die Antwort für mich: „Es einfacher ist, im Chaos Chaos entstehen zu lassen."

Und das jedoch, was daraus entstehen kann, wird von uns, von mir geformt in unserem Leben hier auf dieser Erde. Doch in einem bewussten Akt der Setzung, des Entstehen-Lassens, das Entstehen und der Formung, die durch mich selbst geschieht.

So wurde mir denn klar, dass hier mein Weg auf dieser Erde, mein Weg hier, nicht ein jener ist, der getragen ist von Nichtstun und Faulenzerei. Sondern genau das Gegenteil, dass ich aktiv gestalten kann, mich selbst, mein Leben, hier auf dieser Erde und hier in dieser Welt. Wohlwissend, dass es nicht leicht und einfach ist. Und dennoch, wenn ich bereit bin zu erkennen, anzuerkennen, dass mein Sein hier auf dieser Welt das Wichtigste ist, dass ich hineinbringen kann in diese Welt, denn es ist das, was es ist: nämlich ich.

Nicht muss ich bauen ein Haus, nicht muss ich bauen eine Brücke, um besonders bedeutsam zu sein. Wichtig ist es, dass ich mich hineinbringe in dieses Leben hinein, in diese Welt mit den Gaben, die ich habe, an dem Ort, an dem ich bin. Denn verbunden mit allen, verbunden mit jedem, verbunden mit jeder, kann ich das hineinbringen in die Welt, was noch fehlt, was andere nicht geben können. Und dann ist es egal, ob ich einen Spaziergang mache oder ob ich ein Buch schreibe oder einen Vortrag halte oder einen Menschen heile. Wichtig ist, dass ich „da bin", mit meinem Sein in diesen Momenten die Aufmerksamkeit gebe, die es jetzt verdient und die ich verdiene in diesem Moment. Ohne dass ich danach strebe, etwas zu erreichen oder zu verdienen. Sondern einfach nur „da bin", dort, wo ich gerade bin.

Damit verlasse ich euch für heute.

Der Innere Frieden

Gruppe von verschiedenen Gästen:

Immer wieder ist es schön mit Menschen zusammenzutreffen und in einem gemeinsamen Kreis zu sitzen, zu spüren, dass Erwartungen in einem Raum stehen, dass Hoffnungen da sind, dass auch Sorgen und manchmal auch eine Angst existiert. Wenn man zusammenkommt und sich auf etwas konzentriert und etwas erwartet: ein Ereignis, ein Geschehen. Wenn man es selbst nicht kontrollieren kann, sondern einfach dazukommt, dabeisteht, das Geschehen geschehen lassen muss. Und wenn man dann erkennt, in welcher Position man steht dem Geschehenen gegenüber: Manchmal fassungslos, manchmal hilflos, und manchmal hat man die Möglichkeit zuzupacken, etwas zu verändern, doch oftmals ist das Geschehen so weit weg von einem selbst, dass es nicht möglich ist, helfend einzugreifen. Man muss geschehen lassen das, was geschieht. Denn das, was im Außen geschieht und ist nicht von uns unmittelbar und direkt zu regeln, zu verändern, in eine Form zu bringen, die unser eigenes Bewusstsein uns vorgibt. In der Hoffnung und in der Annahme, dass das, was wir glauben, dass das Richtige ist, auch so in dieser Form geschehen soll. Doch auch die andere Seite ist zu berücksichtigen in diesem Moment: dass nämlich auch die andere Seite glaubt, dass das, was sie tut, im Moment das richtige ist, dass das Geschehen (das ausgelöst wird auf jener anderen Seite) das Geschehen ist, das im Moment wichtig ist, um bestimmte Ziele zu erreichen, im Außen Veränderungen hervorzurufen.

Doch oftmals ist das, was im Außen geschieht, geprägt vom eigenen Ego, vom Egoismus: dass ich etwas tun möchte, dass ich der einzige, die einzige Person bin, die etwas verändern kann. Und wenn wir dann hinausschauen und zurückschauen in die Geschichte der Menschheit (so wie sie hier auf dieser Erde existiert), dann werden wir erkennen, dass nicht das wirklich gelebt wird auf dieser Erde, in unserer Gesellschaft und in unserem Zusammensein, in unserer Gemeinschaft, was wir uns erträumen, was wir wünschen. Sondern dass immer die Auseinandersetzungen eine der Maßnahmen war, die die Menschen auf der einen Seite zusammengehalten haben, auf der anderen Seite getrennt haben, dass immer die Auseinandersetzung, dass immer der Kampf, dass immer der Streit ein Teil unseres Lebens war.

Wo aber sich platzieren? Was aber tun auf dieser Erde, die von zwei Seiten in ihrer Dualität gelebt wird, die sich so lebt, im Dunkeln und im Hellen, auf der Schattenseite und der Lichtseite? Was kann ich tun?

- Wenn ich erkenne, dass meine eigene Freiheit dort endet, wo die Freiheit meines Gegenübers, meines Nachbars beginnt,
- wenn ich erkenne, dass es nicht das Thema der Freiheit ist, das mich bewegt, da die Freiheit immer im außen ist, außerhalb von mir, (auch nicht von mir gestaltet werden kann, denn die Grenzen sind sehr schnell erreicht),
- wenn ich stattdessen erkenne, dass das, was im Inneren ist, das ist, was mich persönlich ausmacht: der innere Frieden!
- wenn ich erkenne, dass der innere Frieden mir das bringt, womit ich hier auf dieser Erde, in diesem Leben leben kann,
- wenn ich erkenne, dass der innere Frieden mir die Kraft gibt, die ich brauche, um den Alltag (der um mich herum geschieht), diesen Alltag zu leben, aus diesem Frieden heraus die Kraft finde, all' das zu tun, was hier im Moment wichtig ist für mich, die Liebsten um mich herum, vielleicht noch für den Nachbarn, den Freund, den Bekannten,

...dann ist viel, viel getan. Denn ich opfere mich nicht auf, indem ich weit über meine Grenzen hinausgehe und jene Grenzen so stark auf mich wirken lasse, dass sie mir Kräfte entziehen. Sondern, ...

- dass ich aus meiner inneren Kraft heraus den Frieden, der in mir liegt, aus diesem Frieden heraus in die Welt schaue;

- *dass ich erkenne, welche Wunder draußen in dieser Welt geschehen, alleine dadurch, dass ich die Natur beobachte so wie sie ist, und daraus die Energie ziehe, die für mich wichtig ist;*
- *dass ich erkenne, wie die Zwiebeln jetzt im Frühjahr danach streben, danach drängen das Grün „überhalb" der Erde aufwachsen/ aufschießen zu lassen und ich tatsächlich zuschauen kann, wie aus dieser Zwiebel, die im Winter noch im Keller lag (bedeutungslos), jetzt Farbe bringt, Größe bringt und demnächst auch einen Kelch, einen Blumenkelch mir zeigen wird in seiner vollständigen Schönheit und Farbe. Und ich alleine an diesem kleinen Beispiel dieser Blume sehen kann, dass Wunder geschehen um mich herum, permanent.*

Wenn ich dann die Größe habe und die Möglichkeit habe, hier wahrzunehmen, was da geschieht, mich selbst einbringe und dieses Wunder zulasse, mich selbst auch als Wunder sehe und daraus die Kraft finde und die Kraft nehme, hier im Jetzt zu leben. Hier im Jetzt zu leben: zu erkennen, dass nicht die Vergangenheit das ist, was mich bestimmt. Sondern die Vergangenheit als solche liegen lasse dort, wohin sie gehört: sie ist vorbei. Die Zukunft selbst ist noch nicht gestaltet: Die Zukunft kommt auf mich zu und beim besten Willen, ich kann nicht die Zukunft so planen, wie ich es für mich möchte. Denn sie ist im Außen, außerhalb von mir. Sie kommt auf mich zu, indem ich Schritt für Schritt darauf zugehe, indem ich es zulasse, dass Zeit einfach geschieht. Und dennoch, dennoch kann ich, indem ich jetzt hier im Moment, im Augenblick lebe, mich konzentrieren auf das, was jetzt von mir erlebt werden kann. Dass ich den Moment so wertschätze und so anfülle, so liebevoll gestalte für mich, dass aus diesem Moment heraus erwächst auch diese Liebe weiter zu all jenen, die ich erreichen kann - und sei es die Verkäuferin, sei es der Passant, sei es das Tier, das mir anvertraut ist.

So erkenne denn, dass du das Licht bist, dass du das Licht bringen kannst in die Welt hinaus, dass es nicht darum geht, zu verdunkeln, nicht darum geht, abzuschließen und nicht darum geht, dich zurückzuziehen. Sondern deine Qualitäten wahrzunehmen, deine Qualitäten zu nutzen. Dein Licht nach außen strahlen zu lassen mit einem Lächeln, mit einem Hinzu-gehen, mit einem In-Kontakt-gehen mit jenen Menschen, den Tieren, der Natur.

Auch dann, wenn es dir gerade vermeintlich schlecht geht: nimm diesen Moment an. Denn dieser Moment ist ewig und er wird dich hinüberführen irgendwann auf die andere Seite, zu uns. Nimm all das wichtig, was du wahrnehmen kannst: sei es, dass du dich vertiefst in deine Arbeit (hinein gehst, tief abtauchst und genau diese Arbeit ausführst, für die du vielleicht ausgebildet bist, oder die für dich wichtig ist), die Konstruktion eines Objektes, das Malen eines Bildes, das Unterrichten eines Menschen. Gleich, was du tust: geh´ hinein in diesen Moment, lebe diesen Moment und so wird dieser Moment erfüllt und du tust das, was am wichtigsten ist für diese Welt.

Denn wir sind alle miteinander verbunden:

- o *Wenn du erkennst, dass du nicht alleine bist in dieser Welt,*
- o *wenn du erkennst, dass du mit allem und jedem verbunden bist,*
- o *wenn du eingehst in die Schöpfung als dieser Teil, der du bist,*

...dann kannst du tief einatmen und das spüren, was wir dir gerne vermitteln wollen: du bist Teil des Ganzen, ohne dich funktioniert diese Welt nicht. Nimm heraus aus einer Uhr ein Zahnrad und nichts funktioniert mehr. So nimm denn deinen Platz ein, deine Position, sei dieses eine Element in diesem Leben und geh´ mit Stolz in diesem Leben und mit dir selbst Schritt für Schritt, Tag für Tag, Minute für Minute, Herzschlag für Herzschlag um.

Danke immer wieder dir selbst dafür, dass du hier bist auf dieser Welt, dass du mit deinem Tun Menschen erreichen kannst und auch tust. Und wertschätze das, was du tust. Egal ob du einen Spaziergang machst, eine wichtige Aufgabe erfüllst und umsetzt oder einfach nur, einfach nur in den Himmel schaust.

Den Zweifel wegschnippen

Für Gast I:

Hinterfrage immer, mit welchem Konzept auf dieser Erde du lebst, mit welchem Konzept du hier auf dieser Erde dir selbst und deinen Mitmenschen begegnest und deinen eigenen Weg für dich beschreitest. Hinterfrage immer, inwieweit du dir deine eigenen Grenzen setzt und wann du akzeptierst, dass Grenzen, die von anderen für dich gesetzt sind, auch wirklich Grenzen sind, die du wirklich nicht überschreiten möchtest. So achte denn ganz genau darauf, dass du innerhalb deines eigenen Claims, deines eigenen Lebensraumes immer genügend Platz für dich selbst hast, auch für Aufgaben und Ziele und Wünsche, die diesen Bereich vollständig ausfüllen. Und denke auch daran, dass es dir möglich ist, die eigenen selbstgesteckten Grenzen zu erweitern dahingehend, dass du Neues erforschen kannst, dass du Plätze verlassen kannst und auch Ideen umändern kannst, wenn sie nicht mehr stimmen, wenn sie nicht mehr angemessen sind für die Zeit, für die sie ursprünglich geplant waren. Nimm dir einfach diese Freiheit, dich selbst so zu leben, wie es für dich stimmig ist. Nicht nach den alten Gesetzen, die du ursprünglich einmal für dich akzeptiert hattest. Sondern mit denen, die jetzt aktuell die richtigen sind.

Nimm dann auch wahr, dass die Wahrheit, die für dich stimmig ist, nicht die Wahrheit ist, die für andere stimmig ist und akzeptiere, dass jede Sichtweise eine andere ist und jedes Vorgehen auch ein Zurückschreiten für eine andere Person sein kann. So geh´ mit viel Toleranz hinaus in diese Welt.

Das Allerwichtigste aber ist, dass du in dir deinen Frieden findest. Damit du aus dieser gestärkten Position heraus dich selbst leben kannst. Wohlwissend, dass diese Welt ohne dich nicht existieren würde, wohlwissend um die eigene Qualität deiner selbst. Nicht kannst du den Reissack aufhalten, der in China gerade am Umfallen ist und nicht kannst du die Welt retten, die möglicherweise nach deiner Meinung gerade am Schwanken und am

Wanken ist. Und wenn auch die Menschen nicht lernen aus der eigenen Geschichte, und schon gar nicht lernen aus der Geschichte der Vorväter und der Vor- Vor-Väter, dann ist es doch wichtig, immer wieder einmal in unterschiedlichste Geschichtsbücher hinein zu schauen, um zu erkennen, was hier auf dieser Erde bereits geschehen ist, seitdem Menschen auf dieser Erde in Gemeinschaften leben. Zu erkennen, dass es nicht möglich ist, in absoluter Harmonie gemeinsam zu leben. Das geht weder in der Natur, weder bei den Tieren. Selbst ein Berg wächst. Und auch ein Vulkan, der ausbricht, nimmt sich den Raum, den er braucht für seine Gesteinsmassen überlagernd und abtötend all das, was für ihn im Wege steht. Das Wachsen, das Expandieren gehört zu dieser Welt, gehört zum Leben. So ist die Erde entstanden aus dem absoluten Chaos, so überdauert sie eine gewisse Zeit und so wird sie wieder vergehen.

Um so mehr, um so mehr erkenne, dass das Jetzt so wichtig ist. Die Ewigkeit im Jetzt, die dir die Möglichkeit gibt, all das wahrzunehmen, was du wahrnehmen kannst. Und dabei ist es völlig egal, ob du in einem Stuhl in der Sonne sitzt und dich erfreust an den Farben, an den Düften, an den Wind oder an dem, was du siehst: Tiere, Menschen, Natur. Oder ob du eingebunden bist in eine Tätigkeit, die dich acht oder neun Stunden einbindet, wo du intensiv auf- und abarbeitest, was an dich herangetragen wird. Jede Tätigkeit, egal in welcher Form, ist wichtig und wäre sie es nicht, würde etwas fehlen. So aber ist sie und damit ist es stimmig.

Steht eine Frage im Raum?

I: Vielen Dank. Hast du etwas für unseren Gast mitzugeben?

Immer dann, ...

- *wenn Zweifel wieder einmal unseren Alltag bestimmen,*
- *wenn wir glauben daran zweifeln zu müssen, dass das, was wir gerade tun, das Richtige ist,*

- oder wenn wir in eine Situation kommen, in dem der Zweifel wieder einmal überwiegt,

... genau in diesen Momenten erinnere dich daran, dass du genau richtig bist, dass du, auf diesem Platz, auf diese Stelle, hier in deinem Leben dort hingebracht wurdest (im wahrsten Sinne des Wortes), um genau das zu tun, was du gerade tust. Dann gehe einen Schritt zur Seite und nimm diesen Zweifel wahr, so wie er sich dir darstellt. Und mit einer leichten Übung, vielleicht mit einem Fingerschnippen, entferne dich von diesem Gedanken des Zweifels. Und wenn es dann möglich ist, dass du nicht nur den Zweifel wegschnippst, sondern sogar noch ein breites Lächeln entstehen lässt in deinem Gesicht darüber, dass du überhaupt in Kontakt mit diesem Zweifel gekommen bist, dann wirst du wieder dort sein, wohin du gehörst: nämlich zu dir in deine eigene Mitte.

Wenn du zurückschaust in dein Leben, wirst du sehr schnell erkennen, wie viele Schwierigkeiten du in deinem Leben bereits überwinden konntest, wie viele Möglichkeiten du dir selbst geschaffen hast. Und wie du immer wieder dich selbst (sagen wir) auf die Schienen gesetzt hast, um weiter nach vorne zu kommen. Deshalb nimm all das wahr, was du als Erfolge bereits eingefahren hast, für dich. Nicht, um dich darauf auszuruhen, sondern um dir Gewissheit zu geben für das, was du tust. Und die Gewissheit, dass das, was du tust, das Richtige ist.

Teile weiter deine Gedanken, teile weiter deine Ideen und Vorstellungen mit jenen, die ein offenes Ohr dafür haben. Jene aber, die es nicht verstehen, versuche nicht sie zu überzeugen. Du wirst sehen, es werden noch so viele Menschen in dein Leben eintreten, die genau das mit dir teilen werden, was für dich so wichtig ist. Jetzt ist die Zeit genau dieses zu leben. Daher vertraue darauf, dass du an der richtigen Stelle bist, dort wo du bist. Und erkenne auch, dass du dort, wo du bist, so vielen anderen Menschen hilfst mit deiner Präsenz, mit deiner Gegenwart.

Ob das schon hilft?

Gast: Ja, danke.

I: Darf ich noch eine Frage stellen? Ich habe mich in den letzten Tagen immer wieder überfordert gefühlt, obwohl vom Verstand her es absolut nicht nachvollziehbar war. Magst du dazu etwas sagen?

So vieles wird von dir in diese Welt hineingebracht, so vieles bist du am Tun für dich und andere. Du übernimmst die Aufgaben, bei denen andere sagen würden: Lasst mich in Ruhe damit. Du fühlst verantwortlich und erwartest von dir, dass du all das, was an dich herangetragen wird, auch umgesetzt werden kann. Denn du weißt aus deiner eigenen Geschichte heraus, dass all das, was du bisher aufgebürdet bekamst, für dich auch die Möglichkeit in sich trug, dass du sie auch lösen kannst, diese Aufgaben. Doch wir bitten dich, erkenne an diesem Punkt, dass nicht alles, was du dir selbst aufbürdest, all das, was du möchtest, dass das auch wirklich Aufgaben sind, die von dir getan werden dürfen. Mit etwas mehr Leichtigkeit (auch wenn es jetzt nicht auf den fruchtbaren Boden bei dir fallen kann, weil du im Moment diese Leichtigkeit nicht spürst), mit etwas mehr Leichtigkeit im Alltag, mit etwas mehr: „Nein, das kann ich nicht! Nein, das will ich nicht!" und jenseits von Schuld, Angst und Sorge bitten wir dich: mehr Freude in dein Leben integrieren zu lassen, hinein fließen zu lassen.

Die Welt kann, das hatten wir schon erwähnt, nicht von dir gerettet werden. Das ist nicht in deiner Aufgabe, für alle die Andockstation zu sein. Auch wenn es schön ist, von anderen gebraucht zu werden, zu spüren, dass man selbst etwas tun kann, weil die anderen etwas fordern. Doch auch hier: das Nichts-Tun bedeutet nicht, dass wir nichts tun. Allein dass wahrgenommen wird, was in der Natur für uns gegeben wird, ist ein ganz wichtiger Bestandteil auch unseres Lebens. „Du tust genug, du hast genug und du wirst genug haben." Mit diesem Drei-Klang verlassen wir dich für heute.

Nichts existiert außerhalb einer Schwingung

Wäre es nicht schön und was genau hindert uns daran, wenn wir nur Wahrheiten aussprechen würden? Wenn wir nur auf das hören würden, was uns und andere unterstützt? Und wenn wir nur unseren Fokus, unseren Blick auf das lenken, was sowohl uns als auch andere unterstützt, ihnen und uns dabei hilft, unseren Weg hier auf dieser Erde zu gehen und ja, gemeinsam zu gehen, nicht allein, sondern gemeinsam?

Gibt es irgendetwas, was uns wirklich daran hindert? Und wenn es etwas gäbe, wäre es nicht zu umschreiben mit Gier, Neid und Feindseligkeit und Abgrenzung? Und ist es nicht wesentlich und wichtiger mit Liebe, Freude und Annahme sich selbst zu leben in dieser Welt, aber nicht nur sich selbst, sondern auch mit anderen gemeinsam? Wir müssen nicht wiederholen, was die Natur uns vorlebt, dass der Stärkere den Schwächeren frisst, den Raum verteidigt und nichts zulässt auf seiner Seite des Zauns, sondern immer mehr sich ausdehnt und ausbreitet? Sondern wir können auch gemeinsam (auch dort wo wir sind), viel erreichen. In diesem Punkt ist die Natur uns kein Vorbild, wir sind zwar Teil dieser Natur, aber wir sind auch wir selbst! Wir sind entstanden, wir wurden geschaffen und es gäbe keine Schöpfung, wenn es nicht einen Schöpfer gäbe. Aber es gibt auch nur dann einen Schöpfer, der eine Schöpfung in die Welt bringt, wenn beide verbunden sind.

Und das gibt Hoffnung, dass wir nicht alleine sind hier, sondern Teil eines großen Ganzen, das zusammengehört, das Ein-Einziges ist. Und da wir wissen, dass nichts existiert außerhalb einer Schwingung, außerhalb von Schwingungen, sind wir alle durchzogen, durchdrungen, gebildet von diesen Schwingungen und damit sind wir alle gemeinsam verbunden. Und das dürfen wir leben, denn wir sind es.

Und wenn ich dann einen Schritt weiter gehe und im Alltag überlege: Was waren die schönen Momente, die ich hier erlebt habe auf dieser Welt? Wie habe ich diese Momente wahrgenommen, diese ekstatischen, freudvollen

Momente, in denen nichts anderes existierte außer ich selbst, ich mit mir, ich vielleicht mit einer oder mehreren Personen gemeinsam? Wie habe ich diese Momente erlebt?

Wenn ich dann die Antwort mir gebe oder mir damals gegeben habe: Ich habe diese Momente erfühlt. Ich war reines, pures Gefühl, pures Glück. Und das, was fehlte in jenen Momenten: das war der Gedanke, das war die Überlegung, das war das Konstrukt.

Immer dann, wenn ich fühle, wenn ich mehr fühle als denke, dann bin ich! Wenn ich aber nur denke, dann erschaffe ich mir eine Realität, die nicht wirklich existiert. Wenn ich es aber schaffe, immer stärker in meinen Gefühlen zu sein, die Gefühle zu leben und nicht zu denken, dann bin ich hier auf dieser Welt und kann auch furchtlos einfach leben und sein.

Als ich dies erkannte damals (in jener Zeit, als ich noch eingebunden war in meiner Arbeit, aber auch dort erkannte, wie wichtig es ist, mich mit Gefühl meiner Arbeit zu widmen und nicht mit reinem Denken), dann wurde mir klar: Ich kann dieses Leben, das ich lebe, erdenken. Dann ist es trocken, dann ist es theoretisch. Aber ich kann auch dieses Leben erleben und erfühlen und genau da möchte ich hin: Ich möchte mein Leben leben. Ich möchte mein Leben fühlen und ich möchte nicht mein Leben denken, denn dann wäre es ein Film, dann wäre es ein Drehbuch, dann wäre es etwas jenseits meiner selbst. Ich möchte mein Leben fühlen. Ich möchte mich lebendig fühlen. Ich möchte im Augenblick leben und fühlen. Und diesen Gedanken hatte ich sitzend in meiner Firma, an meinem Katheder, den Stift in der Hand, die Zeichnung vor mir. Und dann spürte ich, dass ich mich jetzt im Moment zwar spüren konnte, mich dies aber keinen Deut weiterbrachte. Ich musste durch die Arbeit durch. Kaum verließ ich die Arbeitsstätte, atmete ich mich selbst. Ich atmete die Natur. Ich spürte mich. Und ich merkte, wie schön es ist, einfach nur zu sein, bedingungslos zu sein. Und die Schritte zu meiner Frau, zu meinem Haus, zu meinen Kindern, sie waren so leicht, sie waren so schön. Schwebend quasi fand ich den Weg nach Hause.

Um so wertvoller wurden mir immer mehr und mehr jene Momente, in denen ich feststellen konnte: Ja, jetzt ist Denken angesagt, gut! Und dann jene Momente, in denen ich die Leichtigkeit und Freude spürte und frei war, weil ich gefühlt lebte und ich selbst ich war. Das Leben nicht gedacht, den Augenblick gespürt.

Eine Übung, die damals in meinen Kopf schoss und die mir half, meine Position zu bestimmen im Alltag: Zu erkennen, wo ich gerade war. Zu erkennen, ob ich wirklich im Alltag auch mich selbstbestimmt fühlen konnte. Eine kleine Übung habe ich für mich etabliert drei/vier Mal am Tag:

Ich habe mich immer wieder innerlich daran erinnert..., wollte ich genau wissen, was die Uhr geschlagen hatte? Natürlich wusste ich im Vormittagsbereich, ich bin im Vormittag, im Nachmittagsbereich, ich bin im Nachmittag und am Abend, ich bin im Abend. Ja aber, ich wollte genau wissen, was die Uhr jetzt zeigte, da ich bewusst war. Am Anfang fiel es mir schwer. Ich lag oft daneben, eine halbe Stunde, manchmal eine ganze. Und es ging nicht darum zu schielen auf den nächsten Zeitmesser, auf die nächste Uhr, hinaus zum Kirchturm zu schauen. Sondern das innerliche Gefühl abzurufen: Jetzt ist es 11:21 Uhr; Jetzt ist es 14:43 Uhr.

Und diese Übung gebe ich euch mit. Sie hilft euch, sie hilft dir, dir selbst bewusst zu werden, wo du gerade bist! Mit deinen Gedanken, mit deinen Gefühlen, mit deinem physischen Körper, um dich zu verorten dort, wo du tatsächlich bist: Nicht in der Vergangenheit, nicht in der Zukunft, sondern hier in der Gegenwart. Und dann nutze dieses (nennen wir es) Spiel, um für dich immer klarer zu werden, welchen Standpunkt du gerade mit deinem physischen Körper, aber auch mit deinen Gedanken und deinen Gefühlen im Moment besetzt, wo du gerade bist.

Mit dieser kleinen Übung verlassen wir dich für heute.

Das Zusammenspiel

Bevor wir anfangen mit großen Reden und irgendwelchen (vermeintlich philosophischen) Exkursionen hier die Frage: Was steht im Raum?

I: Dankbarkeit, dass es euch gibt. Dankbarkeit an uns, dass wir das machen und einfach Offenheit, dass du uns oder ihr uns kommunizieren wollt... Ich habe keine spezifische Frage heute.

- *Immer dann, wenn du beginnst aufzuhören an diesen einen ganz speziellen Punkt des Wachstums,*
- *wenn du beginnst dich selbst zu bremsen,*
- *wenn du beginnst, andere Faktoren von außen anzunehmen und darauf reagierst, dass diese die richtigen sind für deine Entwicklung,*

...dann bist du auf einem Weg, der dich nicht dorthin führt, wohin du dich gerade entwickelst. Lass es zu, dass du erkennst und auch erfahren darfst, dass das, was du gerade am Tun bist, genau das Richtige ist. Geh´ ganz bereit und mit dem, was dich ausfüllt im Inneren diesen Weg, der von dir selbst vorbeschrieben ist. Du wirst erkennen, dass es schwierig ist. Ja, weil diese Situationen von außen sich ändern und die eigene Vorstellung sich nicht wirklich anpasst an das, was von außen kommt. Dennoch du hast eine Vorstellung, du hast eine Idee, du weißt, was du möchtest. Deshalb schau´ genau hin und gleiche ab das, was auf dich zukommt, mit dem, wonach du strebst.

Gib hinein in das, was auf dich zukommt, das, was für dich gerade im Moment förderlich ist. Und dann erkenne aus dem Zusammenspiel dessen, was du selbst gibst, was von außen kommt und was gegeben ist. Erkenne das, was im Moment dich unterstützt bei der Umsetzung. Es ist nicht der Wunsch der Dritten, es ist nicht der Wunsch derer, die von außen kommen. Es ist nicht der Wunsch, den du glaubst erfüllen zu müssen. Du kannst auch etwas stehen lassen, dort wo es steht, liegt, vielleicht auch sitzt oder eingeschlossen ist in einem Tresor, in einem Safe oder einfach als das Objekt, das es ist.

Viele Menschen greifen im Moment nach deinen Händen und wünschen, dass du etwas tust für sie. Weil sie nicht das tun können für sich selbst, was von dir gegeben werden kann. Sie sind abhängig von dir und es ist die Frage: kannst du erfüllen das, was gerade gefordert wird von dir? Und dann entscheide frei: Kann ich tun das, was gefordert wird oder darf ich sagen „nein"? Nicht, um sie zu stoßen vor ihren Kopf, sondern um dich selbst zu schützen. Darf ich (und die Antwort ist „Ja"), darf ich auch hier an diesem Punkt deutlich und klar für mich eintreten? Ich muss nicht nach einer Entschuldigung suchen. Sondern ich nehme das, was vorhanden ist und erkenne, dass für mich ein Nein an dieser Stelle ein wichtiger Punkt ist. Nicht zu viel, nicht noch mehr, nicht noch eines ´draufsetzen. Damit erfüllt wird das, was von außen von mir erfordert, gewünscht, ja sogar erwartet wird.

„Ja, ich möchte. Ja, ich könnte. Und es wäre auch möglich, wenn... Aber nein, es geht nicht, zu diesem Tag, zu dieser Uhrzeit, zu dieser Stunde. Nein, es ist zu viel, denn auch ich achte auf mich selbst."

Wenn ich mich entscheiden muss zwischen dem, was ich möchte und dem, was an mich herangetragen wird: als Frage, als Hilferuf, als Antwort, was im Raum steht. Wenn ich mich entscheiden muss zwischen mir selbst und meinen Wünschen und dem, was andere von mir, ja tatsächlich erwarten, dann gilt es darum zu schauen: Was ist tatsächlich möglich? Und wenn dann etwas im Raum steht, was ich nutzen kann, was anerkannt wird von anderen, dann nutze ich es. Und gebe mir selbst die Freiheit hier an dieser Stelle ich selbst zu sein. Denn genau das ist es, was ich bin hier auf dieser Erde: Ich bin ich selbst. Ich bin nicht der, ich bin nicht die, nicht der Sohn, nicht die Tochter, nicht der Enkel, nicht die Cousine. Ich bin ich selbst.

Und das darf ich sein, bei allen Unterstützungsmöglichkeiten, die ich gebe hier in die Welt hinein. Aber es gibt Grenzen. Und dann ziehe ich diese Grenze und sage: „Ja, bis zu diesem Punkt. Aber nein, ab diesem Punkt.... Und ich erkenne, dass du etwas möchtest und ich erkenne, dass ich geben kann bis zu einem bestimmten Punkt und an diesem Punkt dann stoppen muss. Und auch wenn du nicht verstehst, dass ich hier nicht weiter gehen kann, dann bitte ich darum, für dich, dass du es irgendwann verstehen wirst".

Wenn ich hineinspüre in das, was ich mein Leben nenne, dann ist es wichtig für mich, dass ich selbst erkenne und ich mich selbst spüre und ich mich selbst wahrnehme dort, wo ich bin; dass ich immer die Freiheit habe und die Entscheidung auch treffen kann, ich selbst zu sein. Verbunden und eingebunden und in Verbindung mit all jenen, die es da gibt auf dieser Welt, diesen Milliarden von Menschen und diesen Trillionen und Zillionen von Lebewesen auf dieser Erde. Zu wissen, ich bin ich selbst, hier an dieser Stelle, an der ich bin. Und das gibt mir Kraft, das stärkt mich, das bindet mich ein. Und lässt mich auch erkennen, wie wichtig ich bin in diesem gesamten Spiel. Denn ohne mich würde es das nicht geben, was da draußen gerade geschieht. Ich bin ein ganz wesentlicher Teil dessen, was wir Leben nennen. Ohne mich würde diese Welt in dieser Form, so wie sie existiert nicht existieren. Deshalb bin ich hier, deshalb habe ich hier meine Bewandtnis. Und ja, durch mein Tun, durch mein Sein erreiche ich Menschen, gebe Menschen Perspektive, gebe Menschen Richtung (mit Worten, mit Blicken, mit Schwingungen, die wahrgenommen werden) aufgrund meiner Tätigkeit. Und jene Menschen (und es sind wenige), die glauben, dass sie von mir erreicht werden, und es sind viele, die spüren, dass sie durch mich sich selbst erreichen können und es auch tun; das nehme ich mit zu mir, wissend, dass wir gemeinsam hier etwas aufbauen.

Erkenne immer wieder, dass du selbst die eigene Kraft in dir zum Leben erwecken kannst, dass du selbst der wunderbare Mensch bist, der dich morgens im Spiegel und abends im Spiegel wieder anschaut. Und du dich selbst siehst und wahrnimmst. Und wenn du dich selbst nicht persönlich wahrnimmst in deinem physischen Körper so wie du bist, dann lass´ zu, dass ein anderer, dein Partner dich oder dir hilft, dich selbst wahrzunehmen, so wie du bist: nämlich als dieser wunderbare Mensch in diesem wunderbaren Körper, der jetzt zurzeit lebt auf dieser Erde.

Die Zeiten heute sind nicht schwerer als die Zeiten vor einhundert, vor zweihundert vor dreihundert, vor eintausend Jahren. Der Mensch hatte immer Sorge, immer Angst, immer war er in Gefahrensituationen. Deshalb nimm das wahr, was gerade um dich ist. Tauche ein und erkenne, was gerade dir als Geschenk gereicht wird. Und gib es weiter, erlebe es, erspüre es, nimm es auf mit all deinen Sinnen und gib es weiter zu denen, die um dich herum sind und natürlich auch zu uns, auf dass wir auch dieses Gefühl wahrnehmen dürfen.

Und die Vorstellung, aus der Geschichte heraus nur Elend und Missetaten und Krieg und Verlust herauszulesen, ist eine Art. Aber sie wird dir nicht helfen, den Alltag, das Jetzt so wahr zu nehmen, wie es wirklich ist.

Du bist nach einer Reise wieder angekommen, wohlbehalten. Nicht jedem ist dieses Schicksal in dieser Form gegeben. Du aber bist hier, du bist dort durch Menschen umfangen, die dich mögen, die dir zuwinken.

- o *Und wenn ich abends, nachdem ich die Werkstatt verlassen hatte, zurückkam und die Schritte ging, einen nach dem anderen, hin zu dem Wohnort, in dem mich meine Frau dann empfing,*
- o *und wenn ich dann an meinem angestammten Platz einfach mich niederließ und hinein spürte, erkannte, dass hier der richtige Ort ist,*

…dann wusste ich, ja, im Moment ist das der richtige Ort für mich: ich konnte ihn ausfüllen, ich konnte erspüren, es ist genau das Richtige.

Gleichzeitig wusste ich, dass ich vielleicht in einem Zeitraum von drei, fünf oder zehn Jahren diesen Ort vielleicht verlassen würde. Was ich dann auch wirklich tat und einen Neuen fand. So, wo war das Problem? Es gab kein Problem. Ich war einfach bereit, das anzunehmen, das, was gerade ist. Und aus diesem Annehmen heraus entwickelte sich eine Stärke, die es mir möglich machte, mich selbst dort wahrzunehmen und zu spüren. Mich selbst und mir selbst die Kraft zu geben, dass das, was im Moment für mich geschah, das Richtige ist, um unterstützt hinauszuschauen auf das, was da kommen mag. Ohne dass ich wusste, was auf mich zukommt.

Dennoch an dieser Stelle wiederholt die Aufgabe, dass du dir selbst bewusst machst, in welchem Zeitfenster du dich gerade befindest? Ob es der Morgen, der Mittag, der Abend ist? Um dich zu verbinden mit dem, was dich umgibt und zu fokussieren auf das, was gerade geschieht. Und dann auch vielleicht mit einem leichten Lächeln zu erkennen: ja, es ist zehn Uhr fünfzehn, vierzehn Uhr dreißig, achtzehn Uhr dreißig.

Und die Verbindung zu spüren mit dem Universum. Die Verbindung zu spüren mit dem Drehen und Wandeln der Erde. Denn das, was da geschieht im Außen, ist größer als das, was wir glauben, das wir bewegen können. Die Sonne ist da, der Mond ist da. Unser Sonnensystem ist vorhanden, intakt. Es läuft, es schwingt in einer Harmonie: Das Sonnensystem in dem Universum, der Milchstraße und darüber hinaus.

Erkenne, dass du selbst ein solches Licht in dieser Welt bist. Dass es so, so wichtig ist, dass du hinaus strahlst das, was du bist in jeder Begegnung, die du wahrnimmst in diesem Leben, in deinem Leben, im Jetzt. Sei es mit dem Eichhörnchen, sei es mit dem Nachbarn, sei es an der Kasse einer Supermarktkette, an der Tankstelle oder im flüchtigen Vorbeifahren mit dem Automobil. Erkenne deine eigene Größe.

Wir sind in Liebe mit dir verbunden und verlassen dich für jetzt.

Fühlst du oder denkst du?

Für Gast C:

Ist es nicht schön, gemeinsam an einem Strang zu ziehen und gemeinsam in eine Richtung zu gehen? Wohlwissend, dass das, was man selbst als die Wahrheit erfahren hat, auch tatsächlich die Wahrheit ist. Und nicht jene Konventionen gelebt werden müssen, die uns von Kindheit an eingebläut wurden ganz klar mit der Vorgabe: „Dieses geht und jenes geht nicht," „und das schon gar nicht" und „wie kannst du nur?!" Stattdessen die Wahrheit als solche wirklich zu erkennen und sie auch dann zu leben. So zu implementieren in das eigene Leben, dass es möglich ist, mit einem freudvollen Lächeln morgens aufzustehen, mittags die Sonne am Zenit mit dem gleichen Lächeln zu begrüßen und auch am Abend sich zu Bette legen mit dem wiederum gleichen Lächeln. Das einen hindurch gebracht hat durch den gesamten Tag, das einem Halt gegeben hat, wenn Wahrheit darin steckt.

Die Wahrheit ist nicht das, was wir in den Büchern lesen, was wir hören von den anderen in Vorträgen, was wir mitbekommen im Gespräch, was wir gelehrt bekommen in der Schule und den Universitäten. Die Wahrheit ist da, wo sie lebt: nämlich in uns.

Wenn wir es schaffen die Steine hinweg zu räumen, die uns die Erziehung zwischen uns und die Wahrheit gestellt haben (wenn wir sie wegräumen können, wegschieben, manchmal sogar wegsprengen mussten und sie dann aufnehmen, in unser Leben integrieren), dann entsteht eine tiefe Ruhe. Dann entsteht ein Kraftplatz mitten in uns, der es uns möglich macht, die Wirrnisse und Irritationen des Alltagslebens wahrzunehmen und diese dort auch stehen zu lassen, wo sie sind: nämlich außerhalb von uns und in den Zwischenräumen, die sonst nicht gefüllt werden.

Wenn wir dann noch erfahren, dass es nicht das Wissen ist, das uns weiterhilft und dass das Wissen immer rückwärtsgewandt ist (zurück sich aufaddiert ab jenen Tagen, als unser Bewusstsein, unser Gehirn begann Informationen zu sammeln, aufeinander zu türmen zu einem großen Turm des Wissens, einem Elfenbeinturm, der aber nur das beinhaltete und immer noch beinhaltet, was in der Vergangenheit uns berührt hatte). Wenn wir dann wahrnehmen, dass Wissen statisch ist, dass das, was wir aber leben im Jetzt, die Gefühle, dass das das wahre Leben ist. Willst du dein Leben denken? Oder willst du dein Leben leben? Willst du sitzen auf deinem Stuhl und hinausschauen in die Welt und dir Filme vor deinem eigenen inneren Auge abspielen lassen? Oder willst du hinausgehen in die Natur, zu den Menschen, zu all´ den anderen, mit denen du sowieso verbunden bist und erleben das, was es bedeutet, hier auf dieser Erde zu sein? Die Wahl sollte einfach fallen. Und immer dann, wenn du am Zweifeln bist, ob das, was gerade passiert auch wirklich stimmig ist, dann gehe in dich und schaue nach: fühlst du oder denkst du? Und dann entscheide. Am besten aus der Mitte deines Körpers, aus dem Herzen oder dem Solargeflecht, dem Solarplexus. Auch dieser hilft dir mehr und mehr der Wahrheit näher zu kommen.

Und wenn du dann wieder einmal konfrontiert bist mit der Unbill der Natur der Menschen im Außen, dann spüre hinein und erkenne für dich, nimm wahr, was es bedeutet, dass da draußen gerade das geschieht, was geschieht. Und nutze dann auch deinen Verstand und all das, was du bereits gelernt hast, um einen Vergleich ziehen zu können zwischen heute, gestern, zehn Jahre zurück, hundert Jahre zurück, Millionen Jahre zurück. Und erkenne, was sich geändert hat, was sich verändert hat in jener Zeit. Und wenn dann noch die Erkenntnis in dir wächst, du erfährst, dass die Menschen gleichgeblieben sind in ihrem Denken und Fühlen. Dass sich das eine oder andere geändert hat, ja, trotzdem sind wir doch immer, immer gleichgeblieben. Was nicht verkehrt ist, denn es geht darum Myriaden von Gefühlen hier in dieser Welt wahrzunehmen, entstehen zu lassen und weiter zu reichen hoch ins All-Eine.

So nimm deinen Platz ein, dort wo du bist. Lebe dich so, wie du dich fühlst. Und bringe das zum Vorschein, was in dir ist, was den Ausdruck finden darf und stehe dazu aufrecht, mit erhobenem Haupt: Ich bin ich und ich bin mit allem und jedem verbunden. Das spürt jeder, der ein wenig offen ist - auch wenn es ihm Angst macht oder ihr.

Doch ich spreche wieder allgemein; gibt es eine Frage im Raum?

Gast C: Ja, darum bemühe ich mich sehr, mich wirklich mal aufzurichten und zu mir zu stehen und dann doch eben das Vertrauen zu haben: erstens, dass ich das äußern darf, dass es okay ist, wie ich bin und wer ich bin und was ich fühle und was ich wahrnehme. Und mein Wunsch ist es, mich einfach so frei, wie du das eben erwähnt hast oder dargestellt hast, auch einfach zu äußern...Und ich hab´ so stark den Wunsch (und das ist einfach die Wahrheit auch), dass ich das, wie du sagst, mit den Menschen teile, dass ich nicht nur in meinem Haus das alles erlebe, sondern dass ich das wirklich zu den Menschen trage. Aber ich bin unsicher, also zwei Fragen: Ich weiß nicht, in welcher Form ich mich mehr zeigen soll: Ob das die Kunst ist, ob das Vorträge sind, ob das Channeling ist mit Kuthumi, dem aufgestiegenen Meister? ...* Das ist das eine. Und das andere ist, dass ich wirklich noch immer die große, große Angst habe, von den Menschen verletzt zu werden. Ich weiß nicht, warum die so groß ist. Jedenfalls war sie sehr groß. Ich hoffe, sie ist schon ein bisschen kleiner. Ja und das wollte ich dich fragen: Was du siehst, in welcher Form, eben durch die Kunst oder durch Vorträge? Ob du etwas siehst, was mir besonders liegt?

Wenn das Samenkorn eines Baumes sich entscheiden würde am Anfang seiner Existenz, liegend auf der Erde, das zu bewahren, was es gerade ist: ein Samenkorn liegend auf der Erde. Es würde bewahren genau das, was es ist.

Es würde aber niemals in die Entwicklung kommen: aus dem Samenkorn heraus, über einen kleinen Sprössling, über Jahre hinweg wachsend zu einem Baum von immenser Größe und einem Volumen. Das zum einen bereits vorhanden war in diesem kleinen Samen, zum anderen aber hinzugeführt wurde als Nährstoff aus der Natur aus der Umgebung heraus. So dass dieses Samenkorn mehr und mehr wachsen konnte, sich zeigen konnte, auch mit der Rinde, die manchmal scharfkantig ist und manchmal weich. Wenn das Samenkorn also entscheiden würde zu bleiben das, was es ist, würde wahrscheinlich ein Tier daherkommen und es aufpicken und es verändern, in den eigenen Organismus integrieren und in einer anderen Form ausscheiden. Aber das, was bereits festgelegt war, integriert war in diesem Korn, würde nie zum Tragen kommen.

So ist es denn wichtig, dass du genau das nach außen bringst, was in dir steckt, was dir in die Wiege tatsächlich gelegt wurde. Unabhängig von dem, was dich verändert hat, was gedrückt wurde auf dich als Stempel der Erziehung von außen von unterschiedlichster Hand. Wichtig ist es, aufrecht zu wachsen, den Raum zu nehmen, zu existieren in der Form, die das Leben ausmacht, in der Form, die dich deine Kräfte nach außen fließen lassen, ungehemmt. Und selbst wenn Widerstand vorhanden ist, dann wächst du über diesen Widerstand hinaus und nimm das Bild des Baumes wieder: Du wächst über den Stein hinaus, der im Wurzelwerk findet eigenen Halt. In einer Form, die nicht vorgeben ist, sondern die du entstehen lässt durch das Wachsen selbst.

Einkehr ist aber zunächst ein wichtiger Aspekt, die Ruhe selbst und die Phasen des Nicht-Sprechens, die Phasen des Nicht-Hinausbringens in die Welt, um dann aus der Phase der Ruhe heraus, so wie das Samenkorn auch seine Ruhe braucht, vom Herunterfallen vom Baum auf die Erde, mit viel Wasser, mit viel Licht genährt und dann über den Sprössling zum Baum wird.

Erkenne, dass die Wahrheit oft in einer kleinen Schale zu finden ist. Du brauchst nicht die Bibliothek. Du brauchst das wahre Wort. Und in der Konzentration auf das wahre Wort liegt deine Größe. Erkenne diese Essenz, die in dir ist. Und dann bringe diese Essenz nach außen, ohne das Wollen, ohne das Drängen, ohne das Tun, sondern allein´ über das Sein. Und das wird dir leicht von der Hand gehen. Darauf vertraue, wenn du wieder einmal am Zweifeln bist. Es wird dir leicht von der Hand gehen, wenn du bist.

Und damit verlassen wir euch für heute.

Das Dozieren

Du magst das Gefühl haben, dass die Zeit dahin rast, dass schon wieder ein Tag, eine Woche, ein Monat vergangen, vorbei gegangen ist und dass sich nichts verändert hat. Aber erkenne bitte, dass der Moment, in dem du lebst, der Ewigwährende ist und dass all das, was wirklich geschieht, auch am Geschehen ist. Es geht nicht darum, das eine Jahr mit dem anderen zu vergleichen und sich selbst wahrzunehmen in diesem Wahnsinn des Vorbeiziehenden. Sondern zu erkennen, dass der einzig (nennen wir es) wahre Moment der ist, der jetzt ist: nämlich jetzt im Moment. Egal was du tust, egal was gerade geschieht: das ist der Moment in dem alles geschieht, geschehen kann, indem du präsent bist, das ist deine Ewigkeit.

Deshalb nutze diese Ewigkeit in diesem einen Moment und sei so präsent, wie es irgend möglich ist, um genau dort zu sein, wo du bist. Nicht in der Vergangenheit, nicht in der Zukunft. Zu oft schon haben wir darüber gesprochen.

Und dieser eine Moment ist es auch, der dir die Möglichkeit gibt, du selbst zu sein, dich selbst wahrzunehmen, dich selbst zu erkennen, dich selbst im Widerspiel mit anderen und anderem wahrzunehmen. Du hast das Messer in der Hand und du schneidest etwas durch. Du sitzt am Lenkrad und führst den Wagen, der dich dorthin bringt, wohin du möchtest. Du bist mit einem Menschen im Gespräch, du hörst ihn, du hörst dich und eine Gemeinsamkeit entwickelt sich. Egal ob ihr einer oder unterschiedlicher Meinung seid, aber du bist dort, wo du bist und du nimmst dich selbst wahr und erkennst, dass du lebst. Dass du das einspeist in das All-Eine, das nur von dir wahrgenommen wird. Ganz alleine nur von dir. All´ die anderen nehmen die Welt in einer anderen Form wahr.

Und lass´ dich nicht beirren von jenen, die glauben, dass sie das Wissen mit goldenen Löffeln gefuttert hätten, die dir sagen, sie seien die, die erleuchtet sind, sie sind die, die erfahren hätten, was es bedeutet zu sein. Jene, die

Bücher schreiben und Vorträge halten und sich nach vorne stellen vor eine große Gruppe von Menschen und ganz klar und deutlich sagen, dass sie selbst viele Jahre gebraucht hätten, dorthin zu kommen, wo sie jetzt sind, stehen, sitzen, ihren Platz eingenommen hätten und dass es notwendig ist über viele Jahre hinweg, um diese Erfahrungen zu sammeln, um dann irgendwann einmal an jener Position anzukommen, an der sie bereits jetzt sind. Geh´ bitte mit großer Achtsamkeit um mit Menschen, die dir sagen, dass es lange dauert, um an jenen Platz zu kommen, an dem sie bereits angekommen sind und sie nun dir etwas mitteilen könnten, sie nun dir die Richtung weisen könnten.

Aus eigener Erfahrung kann ich dir sagen, dass es so nicht ist. Die aktuelle Entwicklung ist dahingehend, dass das, was vor wenigen Jahrzehnten noch mit einer großen Intensität, mit einer Abgeschiedenheit, mit einer Zurückgezogenheit gelebt werden (ich muss sagen) musste, heute in einer anderen Form erkennbar, erlebbar und spürbar ist. Das, was tatsächlich vor einem halben Jahrhundert noch in vielen Jahrzehnten erarbeitet werden musste, wird heute in einer wesentlich kürzeren Zeit als Information weitergegeben. Das kann man tatsächlich in dieser Gesellschaft in unserem Sein als Fortschritt betrachten. Und deshalb ist es wichtig, sich nicht an Menschen anzubinden, die von sich selbst behaupten, sie seien diejenigen, die einen Erfahrungsschatz angesammelt hätten, die sich selbst nach vorne stellen auf das Podest, hinter den Katheder und lehren und mit erhobenem Zeigefinger und erhobenem Haupt Sätze von sich geben, die bei so vielen auf fruchtbaren Boden landen.

Immer, immer ist es wichtig dich selbst in das Zentrum deines eigenen Lebens zu stellen. Dich selbst dort zu platzieren, wohin du gehörst. Und immer abzugleichen, immer zu hinterfragen und genau hinzuschauen: was bedeutet denn dieser Satz? Was bedeutet denn dieses Wort? Und wenn doziert wird auf der anderen Seite, dir gegenüber in deine Richtung, dann erkenne, dass der, der doziert, nur sich selbst hören möchte. Du kannst ihm den Raum geben (natürlich keine Frage), aber erkenne immer wieder die

Verletzlichkeit, die dahintersteckt. In dem Moment, in dem du erkennst, dass die Verletzlichkeit hinter diesem Dozieren steckt, erkennst du, dass dieser Mensch nichts anderes sucht als Nähe, als Liebe. Die er nicht erfährt: nicht in seiner Herkunftsfamilie, nicht in seiner aktuellen Beziehung. Er ist alleine.

Deshalb erkenne, dass du nicht kleiner bist. Du bist eingebunden, du hast die Verbindung zu uns. Du wirst getragen von unserer Liebe und von deiner Liebe zu dir selbst. Niemals wirst du alleine sein. Niemals wirst du dieses Gefühl wirklich in dir erfahren müssen, dass du alleine bist. Du hast dich auf den Weg gemacht, du bist auf dem Weg, du kommst immer näher zu dir selbst über die Verbindung mit uns.

Da geht es nicht darum sich abzugrenzen, abzuschotten, Schutzwälle aufzubauen, sondern bei dir zu sein. Und leider auch die anderen dort zu lassen, wo sie sind. Sie dürfen ihren eigenen Weg gehen. Sie dürfen dir zeigen, dass es andere Wege gibt, die mit riesigen Umwegen letztendlich auch dorthin kommen, wo du bist. Aber noch bewegen sie sich außerhalb des Labyrinths und sind noch nicht dort, wo du schon bist.

Und immer dann, wenn du diese Angst spürst, diese Traurigkeit, dieses Verloren Sein, dann erinnere dich, spüre hinein in unsere Verbindung. Atme tief durch. Niemals wirst du alleine sein. Und selbst wenn du nur den kleinsten Teil deines Lichtes nach außen scheinen lässt, wird dieser kleine Teil immer Menschen erreichen. Die, die auf den Umwegen sind, werden zweifeln an ihrem eigenen Weg. Und über dieses Zweifeln erkennen, dass es anderes gibt als das, was sie in ihren Köpfen für sich zurechtlegen. Denn wenn wir genau hinschauen...

Sitzend in meiner Werkstatt dachte ich immer wieder, dass es doch so schön ist, all´ dieses Wissen, das ich angesammelt hatte über die Jahrzehnte und all´ das Wissen, das ich genutzt hatte, um etwas entstehen zu lassen, was tatsächlich vor zehn Jahren noch nicht auf dieser Welt war. Dass ich *so etwas wie ein Schöpfer bin, der Neues in die Welt bringt. Und dann saß ich im Garten, hörte meine Frau in der Küche. Sie sang ein Lied, die Kinder spielten. Ich schaute in den Himmel und plötzlich wurde mir klar, (es war kein schönes Gefühl, sondern eine Erkenntnis), dass ich nichts weiß. Dass ich nicht weiß, wie mein Körper funktioniert. Dass ich kein Wissen habe über das, wie Menschen entstehen und vergehen. Dass ich kein Verständnis habe für das, was in der Politik und in der Welt vor sich geht. Dass ich tatsächlich, und es gab Momente, in denen ich mich wunderte, warum ich aufrecht auf dieser kugelförmigen Welt stehe und wie es sein kann, dass auf der anderen Seite dieser Kugel Menschen auf dem Kopf nach unten, ... Ich erkannte, dass ich nichts weiß. Ich erkannte meine eigene Hybris. Plötzlich wurde mir klar, dass ich ein Staubkorn bin auf dieser Erde und nicht einmal das.*

Die Erde in unserem Sonnensystem umkreist die Sonne. Die Sonne ist dort, wo sie ist. Die Sterne darum sind dort, wo sie sind. Alles funktioniert und ich kleiner Mensch glaube, dass diese Welt anders sein müsste, nur weil ich, das Staubkorn, eine andere Idee habe? Und dann stand ich auf und freute mich über mein Unwissen, über mein Nichtwissen, über diese Naivität, mit der ich in das Leben hineingehen kann. Denn von diesem Moment aus ging ich mit dieser Naivität in das Leben hinein und freute mich über all' das, was vorhanden ist.

Ich erinnere mich noch genau an den Moment: ich ging in die Küche und umarmte meine Frau, die völlig überrascht war von einem Kuss, den sie nicht erwartet hatte. Und ich brachte ihr eine Blume mit aus dem Garten. Nicht, dass das etwas Besonderes war. Denn der Garten war voller Blumen. Aber jene einzelne hatte ich gewählt; ich gewählt und brachte sie ihr.

Um zu erkennen, dass unser Unwissen, dass unser Nichtwissen die größte Gabe ist, die wir haben um in diesem Leben auf dieser Erde. In unserem Sein mit offenen Augen hinauszuschauen und wahrzunehmen, was es auf dieser Erde in unserem Leben für uns an Wahrnehmungen gibt. Und diese auch wahrzunehmen und hineinzubringen durch unser gesamtes System. Das ist ein Geschenk. Und wenn wir dann von dieser Erde wieder gehen, dann haben wir so viele Geschenke erlebt.

Deshalb lass´ die Sorge, lass´ die Angst, lass´ die Furcht hinter dir. Nimm das, was da ist, als das, was es ist: als Geschenk. Du kannst die Welt betrachten als das, was sie ist. Du kannst mit Angst, mit Sorge, mit Furcht hineinschauen in diese Welt und dich als das Opfer, das große Opfer dieser Welt wahrnehmen. Das kannst du. Du kannst dich aber auch freuen an dem, was gerade vorhanden ist.

Also höre nicht auf jene, die dir einreden, „es müsste dies und es muss das, und jenes ist notwendig, denn ...". Wenn sie wieder mit ihren großen Reden auf dich zukommen, dann gib ihnen Einblick in die Geschichte der Menschheit und alles wird einstürzen wie ein Kartenhaus. Bedanke dich trotzdem bei dir selbst und bei jenen, die versuchen, mit ihrer Tat und mit ihrem Tun die Menschheit wie ein Räderwerk am Laufen zu halten. Und dennoch bleibe bei dir. Nimm das wahr, was dich umgibt. Jetzt.

Mit diesen kryptischen Worten verlassen wir dich für heute und sagen Dank dafür, dass du immer wieder den Kontakt mit uns suchst, dass du bei dir bist, dass du dich selbst so liebst, wie du dich liebst.

Den Kopf ein wenig senken

Manchmal, manchmal, wenn du wieder einmal glaubst, dass du eingehüllt bist in Dunkelheit und belastet bist von dem fehlenden Licht, das dir normalerweise Orientierung und Hilfe gibt, wenn du dich fühlst wie hinter einer Wand, dann reicht es oft einfach, ein-, zweimal den Kopf ein wenig zu senken. Nicht in Demut, sondern suchend nach dem Licht, das dich leitet. Und oftmals findest du dann, dass du mit dieser kleinen Geste, selbst mit dieser kleinen Bewegung, die du ausführen kannst, schon hinausgetreten bist aus diesem Schattendasein. Und so ermöglichst du dir selbst diesen Schritt zur Seite und dem leichten Beugen des Kopfes, dass die Sonne dich wieder trifft. Dort, wo du sie nicht nur spürst, sondern auch wahrnimmst im Gesicht, mit den Augen. Und erkennst, dass sie da ist, das Licht, die Sonne, die Wärme, das, was du gerade eben noch am Suchen warst, hinter einer Wand, hinter einem Balken versteckt. Und nun, da du dich bewegt hast, zugelassen hast, dass es eine Bewegung gibt, die dich weiterbringt, ist auch das geschehen, was geschehen ist.

So sind denn die rituellen Abfolgen in deinem Jahr so wichtig: der Wechsel von Winter zu Frühling, von Frühling zu Sommer, des Tagesende, der Tagesbeginn, das Fortschreiten der Sonne bis zum Zenit und dann wieder hinab. Die Abfolge der Stunden, es gibt dir Sicherheit. Es gibt dir im Rückblick die Sicherheit, dass das, was geschieht einem Rhythmus folgt. Und dieser Rhythmus hat dich bereits über viele Jahrzehnte hier auf dieser Erde in deinem Leben dorthin geführt, wo du jetzt bist. Genau betrachtet war dein Weg immer geschützt. Genau betrachtet war dein Weg immer begleitet. Genau betrachtet war dein Weg immer gerichtet.

Das, was rechts und links deines Weges geschah (in der unmittelbaren Nähe und etwas weiter und weit, weit, weit entfernt), konnte von dir und wurde auch nicht beeinflusst. Du bist gereist in ein fremdes Land, du hast dort eine Zeit verbracht, du kommst zurück und vieles hat sich verändert. Nicht an dem Ort, an den du zurückgekommen bist, sondern an anderen

Orten, ohne dass du darauf Einfluss nehmen konntest. Du hörst von diesen Nachrichten in der Zeitung. Du kannst nicht reagieren außer dort, wo du gerade bist.

Dennoch und deshalb schau wieder einmal zurück auf den Rhythmus in deinem Leben: es ist ein positiver Rhythmus in deinem Leben immer vorhanden gewesen und auch dieser steckt jetzt in dir. Es mag alles schwieriger sein als das, was jemals zuvor geschehen ist. Doch bei genauer Betrachtung wirst du feststellen, dem ist nicht so. Die Situation ist so, wie sie eben ist.

Deshalb schau ins Licht, nimm das Licht wahr. Natürlich kannst du dem folgen, was du möchtest, dem folgen, was dein Ego dir in deine Windungen hineinlegt, aber nutze immer diesen Schritt zur Seite, von dem ich schon so oft gesprochen habe. Erkenne bitte dieses unglaubliche Wunder, das du selbst bist. Dieser wunderbare, unglaubliche menschliche Körper, der du bist, der hineingebracht wurde in diese Welt. Und erkenne, dass dieses Wunder, das du tagtäglich mit dir herumträgst, ohne dass du es verstehst in allen seinen Funktionalitäten, dass das wirklich ein Wunder ist.

Du hast Speise vor dir auf dem Teller, auf dem Tisch zubereitet von jemandem aus deiner Nähe. Und dann nimmst du Löffel für Löffel, Gabel für Gabel, schneidest, zerteilst, zerkaust, schluckst, denkst nicht mehr daran. Aber das, was dann geschieht in deinem Körper, ist ein wahres Wunder. Denn das, was zunächst außerhalb deines Körpers existierte, Nahrung (wie du es nennst), die nichts mit deinem Körper zu tun hat, wird umfunktioniert, umstrukturiert zu deinem eigenen Körper. Hier geschieht etwas, was nur selten beachtet wird: eine vollständige Transformation eines Zustands in einen anderen, in deinen Körper, aus dem du wächst, aus dem du bist und nur du allein in deinem Körper kannst diese geschehen lassen.
Deshalb auch hier: Dankbarkeit dir selbst gegenüber, dass du das wahrnimmst, dass du das zulässt, dass du deinen Körper nicht negierst, sondern ihn lebst.

Doch ich spreche von Nahrung. Gibt es eine Frage?

I: Danke, für diese schönen Energien...

Ich glaube nicht, dass das Vorbild der Natur das Vorbild für den Menschen ist. Zwar ist er Teil der Natur, er ist Teil diese Erde. Doch gleichzeitig ist er mehr und weniger. Du als Mensch bist mit allem verbunden. Und wenn du akzeptierst, ...

- *dass du nicht alleine bist,*
- *dass du nicht nur dein Ego, dein „Ich" bist, sondern mehr und alles,*
- *die Trennung zwischen dir und dem Rest dieser Welt nicht mehr als Schranke wahrnimmst, sondern erkennst und zulässt, dass alles miteinander verbunden ist,*

...dann verschwinden Neid und Hass und Argwohn, Sorge und Angst und es entsteht eine Verbindung.

Immer dann, wenn du Grenzen zulässt, ziehst du Grenzen. Du ziehst die Grenze um dich, du ziehst die Grenze um dich und deinen Partner, du ziehst die Grenze um dich, deinen Partner, deine Familie, vielleicht deine Gemeinde, vielleicht dem Staat, in dem du lebst, die Kulturgemeinschaft, die Religion, es sind immer Grenzen. Es sind immer Abgrenzungen gegenüber anderen und du berücksichtigst nicht die Teilmengen, die sich bilden innerhalb dieser Gemeinschaften, die sich wieder abgrenzen- und schon sprechen wir nur noch von Grenzen und von Mauern. Dies zu erkennen und hier loszulassen, dass du nicht abgrenzen musst, dich gegen andere, nicht Schutz suchst, sondern verbunden bist.

Es geht nicht darum, deinen Feind zu lieben. Denn in dem Moment, in dem du den anderen definierst als deinen Feind, hast du schon eine Grenze gezogen. Stattdessen zu erkennen, dass wir eins sind. All das, was uns Menschen, dich Mensch hier auf dieser Erde verbindet, vereint, ist das „Mensch Sein". Darum geht es, das gilt es zu leben.

Ja, andere ziehen Grenzen. Ja, andere entfernen sich. Ja, andere gehen ihre eigenen Wege. Ja. Und dennoch: es geht nicht darum danach zu streben die Achtung, die Anerkennung der anderen zu erhalten, sondern im Hier sich selbst zu leben. Du bist eine so großartige Seele. Denn du bist du und du bist verbunden mit allem und alles bist du. Und aus diesem Wissen heraus, kannst du dein Sein so leben wie du bist und wie du lebst - solange wie die Zeit dir gegeben ist, hier auf dieser Erde.

So schaue denn mehr mit Zuversicht nach vorn. Egal was um dich herum geschieht, nimm wahr, was vorhanden ist. Spüre dich selbst. Und erkenne in dem, was dir nicht gefällt im Außen, dass es dort liegt, wo es ist: nämlich im Außen. Dennoch ist es Teil von dir. Du darfst es wahrnehmen und du darfst es liegenlassen, dort wo es ist.

Die Natur selbst, nimm sie nicht als Vorbild. Die Natur ist das, was sie ist: Sie ist entstanden aus den Schwingungen des Universums. Sie wurde gebildet mit Feuer und Wasser. Sie strebt nach Verdrängung, sie verdrängt, sie setzt sich in Szene, sie nutzt ihren eigenen Raum, sie schiebt das andere weg. Sie ernährt sich von dem Kleineren oder von dem, was übriggeblieben ist und weitet sich aus und wird irgendwann wieder in sich zusammenfallen. Du jedoch bist zwar Teil dieser Natur, lebst zwar mit dieser Natur hier auf dieser Welt, du bist aber mehr, denn du bist alles.

Und so nimm denn das, was die Natur dir bietet, wahr und an und erkenne es dankbar als das, was es ist dir - auch zum Nutzen. Verstehe aber, dass all das, was du wahrnimmst (und wenn es nur das Hören eines Liedes ist, das hundert-, ja millionenfach schon abgespielt wurde), deine eigenen Wahrnehmungen in dem Moment, in dem du es hörst, sind deine. Und sie sind individuell, unverwechselbar, einzigartig. Und gehören doch in den gesamten Kosmos „dessen, was ist", hinein als der Teil, den du jetzt hineinbringst in dieses große, große Mosaik, all dieser wunderbar funkelnden Steine.

„Per aspera ad astra" (durch das Schwierige zu den Sternen) war immer ein Leitspruch von vielen Menschen. Doch für dich gilt es nur noch: nach den Sternen zu greifen und hier und jetzt dein Licht zu leben. Die Sterne kommen automatisch zu dir, sobald du die Verbindung aufbaust, die du ja immer wieder aufbaust.

Und damit verlassen wir dich für heute.

Die Pinwand

Was alles hast du schon erleben dürfen auf deiner Reise hier auf dieser Welt, auf diesem Planten? Du mit dir selbst und du mit den Menschen, die dich in deinem innersten Zirkel umgeben, und jenen, mit denen du hin und wieder einmal zusammengekommen bist, aber auch mit jenen, mit denen es nur ein einmaliges Zusammentreffen gab. In der Regel fernab von dem Ort, den du deine Heimat nanntest, fernab von dem Wohlfühlort, an dem du immer wieder zurückkamst, um dann Energie aufzutanken.

Und wenn du dann zurückschaust auf all das, was du bereits erleben durftest: ja, all´ die Freude, all´ die Hoffnungsmomente, diese wunderschönen Ereignisse, aber natürlich auch jene, die nicht so schön waren, die auch Zerstörung in sich trugen, auch Verletzungen, körperliche und mentale. Und wenn du dann hinein spürst in all das, was bereits geschehen ist, was du erleben durftest in dieser Welt mit Höhen und Tiefen (nennen wir es einfach so), wenn du dich dann fragst:

- *Was hat mich jedes Mal hindurch begleitet?*
- *Was hielt länger an als das, was ich im Vorfeld oftmals in mir spürte: die Angst, die Sorge, der Neid, die Furcht, die Ablehnung, die Vorfreude?*
- *Was hielt länger an: die negativen Gefühle, die du aufgebaut hast (in deinem Kopf, in deinem Körper, in deinem System, in der Auseinandersetzung mit den anderen Menschen um dich herum), die Spannung, der Stress?*
- *Oder dann doch dieses eine Gefühl, das dich hindurchgebracht hat durch die Situation in der Annahme dessen, was gerade geschehen war und geschehen durfte und geschehen ist?*

Und dann mittendrin und rückblickend:

- Was war es, was dich weiterhin begleitet hat?
- War es nicht die Ruhe und die Liebe und die Einheit mit dir selbst?
- Waren es die negativen Gefühle, die bereits aufgezählt wurden?
- Oder war es jenes Gefühl, das dich mit dir selbst im Einklang wahrnehmen ließ, dass du du bist, so wie du bist und auch durch Situationen hindurch gehen kannst, die am Anfang wie Belastungen aussehen?

Dann, wenn du hindurchschreitend bei dir bist, dann erkennst du, wie stark deine innere Kraft ist: Immer dann, wenn du bei dir selbst bist, wenn du dich selbst lebst, wenn du du bist. Selbst die schönsten Momente, die du erleben darfst und durftest und auch noch erleben wirst, wurden und werden von dieser eigenen Kraft, in der du bist, getragen, gehalten. Ja, sie werden sogar geformt von dieser Kraft, die in dir ist.

Es ist keine Dissoziation zu sagen: Angst, Sorge, Furcht, Neid sind keine Antriebsfedern. Nein, auch sie gehören in dieses dein System hinein. Aber die Gewichtung ist das, worum es geht. Es geht nicht darum, sich zu verlieren, aufzulösen. Sondern bei dir selbst zu bleiben und deine eigene Kraft zu spüren. Die du in dir trägst immer dann, wenn du dich selbst auf dich richtest und im Vertrauen auf dich selbst lebst und damit bist. Das heißt nicht, dass du unvorsichtig hinausgehen solltest wie ein Hans-guck-in-die-Luft. Nein, achte auf dich. Achte auf das, was dich umgibt. Nimm aber dich auch selbst wahr in all den Situationen, in denen du agierst. Schaue...

- warum du wie handelst?
- warum du was aussprichst?
- warum du dort bist, wo du gerade bist?

Und lass´ dann zu, dass du aus dir heraus in der Ruhe, die in dir steckt, agierst.

Das Schöne ist, all die Menschen, die dich bereits erleben durften, die in deiner Nähe mit dir unterwegs waren, sind und auch wieder werden, die spüren diese Kraft, die in dir ist und sie nehmen sie wahr. Und deshalb fordern sie dich auch immer wieder auf, dich einzubringen. Fordern sie dich auf mitzuteilen das, was gerade in dir vorgeht, was du denkst. Und auch hier darfst du immer mehr und mehr deinem Selbst vertrauen.

Aussprechen und handeln, so wie die Situation für dich gerade stimmig ist. Und die Achtung und der Respekt ist dir sicher, aufgrund deines Auftretens, aufgrund der Art und Weise, wie du in der Gegenwart unterwegs bist. Und auch deshalb ermuntern wir dich immer mehr und mehr, dich nicht nach anderen Kräften, nach anderen Dozenten, nach anderen Gurus umzuschauen und dort im Außen zu suchen das, was doch bereits schon längst in dir angelegt ist, was du schon längst lebst. Wozu brauchst du eine Übersetzung durch einen anderen, durch Dritte, durch Vierte? Durch die, die sich selbst auf Podeste stellen und davon sprechen, dass sie Türen öffnen für dich, dass sie dich leiten, dass sie dich führen? Wohin sollte dich jemand führen, der außerhalb deiner selbst steht und lebt, mit seiner Geschichte, mit seinen Geschichten? Der letztendlich nichts anderes möchte als das, was in deinen Taschen ist?

Ja, du kannst sie dir als Beispiele nehmen, als Vorbild. Von mir aus, geh´ mit Interesse und Neugierde auf sie zu. Schau´ was sie machen, wie sie es machen, warum sie so agieren wie sie agieren. Du hast die Möglichkeit, genauer hinzuschauen und daraus zu lernen aus den Lebenswegen und Irrwegen und Autobahnen, die da beschritten werden von jenen, die sagen, sie seien wer. Doch letztendlich geht es darum, dass du bei dir selbst dich lebst, die eigene Kraft in dir spürst und niemand vertraust, sondern einfach du selbst bist.

Ja, wir brauchen Wissen, wir brauchen Informationen von außen, wenn wir in diesem wunderbaren Leben hier auf dieser Erde bestehen wollen. Ohne die anderen ist nichts möglich. Wir würden weder unser tägliches Brot bekommen, noch würden wir die Möglichkeit haben, von A nach B zu gehen oder mit Dritten zu sprechen, die nicht in unserer Umgebung sind - gesprochen auf der physischen Ebene. Der Austausch ist wichtig, das Verstehen des anderen auch. Und doch geht es nicht um das sich Auflösen im Außen mit anderen, sondern das Bei-dir-selbst-Bleiben. Und aus dieser Kraft heraus zu agieren.

Egal wie die Menschen (mit denen du in Kontakt bist) auf dich reagieren, mit welchen Worten, mit welchen Gesten, mit welchen Ideen sie dich konfrontieren, beachte immer, dass sie das spiegeln, widerspiegeln, was in ihnen ist. Und wenn sie etwas an dir auszusetzen haben, so nur deshalb, weil sie es selbst an sich kennen, weil sie etwas wiedererkennen in dir, was in ihnen selbst steckt, was sie nicht möchten. Sie projizieren es nach außen, sie thematisieren es, sie sprechen es an. Und du bist nur die Pinwand. Sie nutzen alle Label, die sie kennen und kleben sie dir auf die Stirn, auf die Schultern, auf den Rücken. Nur weil sie selbst sich mit sich selbst nicht auseinandersetzen wollen, also nutzen sie dich. Wissend, dass du der Träger dieser Label bist, kannst du ... Du musst sie nicht einmal abschütteln, denn sie bleiben nicht an dir haften. Du bist die Projektionsfläche und du selbst strahlst aus dir heraus. Und gehst einfach deinen Weg, nachdem du deine Aufgabe erledigt hast. Denn du selbst stellst dir immer wieder Aufgaben und möchtest sie erledigt haben und das tust du auch.

Wie oft saß ich in meiner Werkstatt und war beschäftigt mit einer Aufgabe, die mich Tage, ja manchmal Wochen beschäftigte. Und ich glaubte, ich sei der einzige Mensch auf dieser ganzen weiten Erde, der nur dieses eine Problem lösen könnte, das niemand anderes sei außer mir im Stande. Und dann kam ein jüngerer Kollege, schaute mir über die Schultern neugierig und fragte mich: „was ich denn da tue?" Und die erste Reaktion war ein zurückhaltendes Zuschlagen des Blattes, das Verdecken der aufgeschriebenen Notizen und Informationen - und doch dann ließ ich ihn schauen. Mit wenigen Bemerkungen machte er mir klar, dass ich in eine Richtung eingeschlagen war, die nicht förderlich war zur Lösung dieses einen aktuellen

Problems. Ich rückte zur Seite, bat ihn sich niederzusetzen und gemeinsam entwickelten wir innerhalb weniger Stunden die Lösung für das, wofür ich bereits Wochen investiert hatte. Und auch hier wurde mir im Nachhinein erst wieder klar: ich kann mich abgrenzen, ich kann mich einigeln und ich kann die Einsiedelei suchen, doch es ist nicht zielfördernd. Ich darf auch um Hilfe bitten. Ich darf annehmen das, was mir gereicht wird und nichts kann mir entwendet werden, nichts kann mir weggenommen werden, weder im ideellen noch im emotionalen und auch nicht im physischen Bereich.

Doch es steht eine Frage im Raum?

I: Du hast schon viele beantwortet heute. Ich schätze einfach die Momente, die wir zusammen haben.

Jene Momente, die du schätzt, sind Momente, die dir selbst eine Erfüllung geben. Weil du genau an jenem Punkt bist, indem du mit dir selbst dich spürend, lebend, fühlend mitbekommst, dass es um dich geht, dass du dir die Zeit nimmst, dich selbst wahrzunehmen. Die eigene Kraft in dir zu formen, wahrzunehmen und sie dann auch im kommenden Alltag einzusetzen und zu verwenden für die innere Stabilität. Und je mehr du selbst auch dich hinterfragst in den Momenten, in denen du scheinbar unpassend oder anders reagierst, als du es vielleicht im Nachhinein hättest tun wollen - auch dies zeigt, mit welchem Wachstumsschritten du unterwegs bist. Deshalb wertschätze dich bitte so, wie du bist. Wertschätze auch diese großen, großen Schritte, die du in den letzten Wochen und Monaten getan hast. Wertschätze und erkenne, wieviel du hineinbringst in dieses Leben. Und dann ist es egal, aus welcher Intention heraus oder mit welchen Wünschen. Doch beachte bitte, dass die Triebfedern deines Lebens nicht die Angst, die Sorge, die Furcht, der Neid ist. Die bringen dich nicht wirklich weiter.

Innere Kraft entsteht nicht durch einen Zersetzungsprozess, der von Gedanken hergeleitet ist. Innere Kraft entsteht aus der Verbindung mit uns, mit der Geistigen Welt und all 'dem, was da existiert. Lade herunter diese wunderbare Energie, die vorhanden ist im Universum, in der Erde, die um dich herum existiert. Lass´ einfach zu, dass du gespeist wirst von der Kraft dessen, was vorhanden ist. Schau´ die Natur, schau´ den Menschen über die Augen in ihr Inneres. Freu´ dich an dem, was existiert in der Form, in der es existiert. Erkenne diese wunderbare Schöpferkraft, die hier auf dieser Erde das hat entstehen lassen, was vorhanden ist. Tauche ein und nutze dann das, was geschieht in dir, um wieder weiterzumachen, einfach selbst zu sein und in diesen Fluss hineinzukommen.

Doch hier wieder: Lass´ dich immer dann unterstützen, wann immer es möglich ist. Nimm die Hilfe an, die gegeben wird, und sei es nur, dass du von jemandem von A nach B gebracht wirst, dass du etwas nutzt, was dich von A nach B bringt, das Fahrrad, das Auto. Das du nicht selbst konstruiert oder zusammengesetzt hast, sondern das andere für dich funktionsfähig gemacht haben. Und dann spüre die Bewegung, dann spüre den Wind und spüre dich, so wie unter der Dusche oder im Wasserfall oder beim Schwimmen. Spüre deinen gesamten Körper dort, wo er gerade ist.

Doch achte auch auf deine Nahrung und nimm das so zu dir, dass du es wahrnimmst, während des gesamten Vorgangs der Nahrungsaufnahme. Fokussiere dich auf jeden einzelnen Bissen und genieße mit Dankbarkeit das, was du erhältst. Es geht nicht darum, die Qualität des Essens, der Nahrung zu zerreden, sondern dankbar, mit Dankbarkeit anzunehmen, was auf dem Tisch liegt, für dich zubereitet.

Mit diesen Worten verlassen wir dich für heute.

Gesehen werden

Für Gast B:

Schön ist es immer wieder mit Menschen zusammenzutreffen, die ein ähnliches oder ein gleiches Anliegen haben ...

- o *und die gemeinsam danach streben und ihren Lebensweg dorthin ausrichten, dass es gilt, andere Menschen zu erreichen*
- o *und mit diesen anderen Menschen gemeinsam das zu erleben und das entwickeln zu können und in die Welt zu bringen, was im Inneren, im Herzen sich bereits seit vielen Jahren gezeigt hat*
- o *und nun endlich die Möglichkeit findet, im Äußeren einen Ausdruck zu finden und nicht nur in Worten, nicht nur in Gesten, sondern in tatsächlichen Begegnungen,*

... so dass etwas entstehen kann, nicht nur in der Kommunikation, nicht nur im Zusammensein, sondern bei jedem Einzelnen selbst; dass jeder und jede erkennen kann, erfühlen kann, spüren kann, dass hier etwas geschieht, was seit langer Zeit vorbereitet ist und nun endlich einen Ausdruck findet dort, wo es gesehen werden kann. Wobei das Gesehen-Werden nicht das ist, was wir plakativ nennen, sondern das, was in uns selbst geschieht.

Wenn wir es schaffen, Menschen dort an jenen Stellen zu berühren, an jenen Stellen die kleinen Unterstützungen dort hin zu bringen, dass sie dort noch klarer, noch deutlicher, noch bewusster das erleben, worum es wirklich geht, dann, dann ist es möglich die Entstehung dessen, was wir brauchen hier in dieser Welt, zu erleben.

Deshalb halte fest daran, dass deine Aufgabe es ist hier auf dieser Welt, weiterhin Menschen die Möglichkeit zu geben, sich selbst zu erkennen. Nicht, dass du die Türen und Tore öffnest für jene (auch nicht mit Worten, auch nicht mit Bildern, nicht mit Vorstellungen und auch nicht mit Texten), sondern direkt und unmittelbar durch dein Sein. Durch dein Sein und durch den Kontakt mit ihnen (die es suchen), dass du hier etwas erreichst. Dass andere das annehmen können für sich selbst, um dann in ihrem eigenen Leben das umzusetzen, was für sie wichtig ist.

Nicht ist es jener oder jene, die sich stellt auf das Podest oder auf den Katheder und hinunter ruft in die Menge, dass das, was sie tut oder er tut, das Richtige sei für all' jene, die dort unten sitzen oder stehen oder verharren. Nein, es ist der Kontakt, das Sich-selbst-zeigen. Damit das, was gelebt wird in dir selbst, erkannt wird von denen, die auf dich schauen. Und wenn es nur wenige sind, so freue dich darüber, dass es jene sind, die etwas erkennen im Kontakt mit dir.

Es ist wesentlicher und wichtiger, essentieller zu streben nach Ruhe als zu streben nach dem Wahrgenommen-Werden von einer Masse, die niemals erkennen kann, was in dir möglich, vorhanden ist. Nur jene, die im unmittelbaren Kontakt sind mit dir, werden das erkennen, was du geben kannst hinein in diese Welt: was dein Samen, was dein Keim, was deine Wurzeln sind, die von jenen gesehen werden, die dich selbst kennen, wahrnehmen und auch schätzen werden.

Wichtig hierbei ist es, dass du niemals vergisst woher du kommst, wer du bist, aus welcher Linie, aus welcher Familie du entstanden bist. Egal wie deine eigene Ablehnung dessen ist, was jemals für dich vorbereitet wurde von jenen, die dich gebracht haben hier auf diese Erde. Wichtig ist, dass du erkennst, dass du das Kind jener bist, die dich gebracht haben auf diese Welt. Dass du erkennst, welche Kraft hinter dir steht: Wer du bist!

Stehend in vorderster Front, getragen und unterstützt von all' jenen, die zuvorderst hinter dir stehen: deine Eltern, deine Großeltern, die Urgroßeltern und all' jene, die es davor gab. Erkenne, dass du an der Spitze dieser Phalanx stehst, dass du du selbst bist, dass du du selbst sein kannst, weil all' jene den Weg für dich bereitet haben. Und nimm diese Kraft auf, um weiter nach vorne zu schreiten. Geh´ deinen eigenen Weg, dich selbst, und stehe dazu, dass du nicht wurzellos bist, sondern eingebunden. Trotz all der Schwierigkeiten, die sich ergeben haben, die dich aber immer stärker gemacht haben, die dir vielleicht schmerzlich die Möglichkeit gegeben haben zu sein das und diejenige, die du bist. Denke mit Dankbarkeit an all´ jene, die zurückliegen, die dich haben entstehen lassen, die dir jene Kraft gegeben haben, damit du heute das tun kannst, was du tust.

Wenn du dann noch weiter schaust und erkennst, dass jede Wahrnehmung von dir ganz individuell ist, dass es nichts gibt vergleichbar mit all jenen, die hier auf dieser Welt zurzeit leben, jenen Milliarden von Menschen. Dass es nichts gibt auf dieser Erde, was vergleichbar ist mit dem, was du persönlich selbst wahrnimmst. Dass jeder deiner Blicke, jeder deiner Gefühle, jeder deiner Gedanken individuell und ganz einzigartig ist. Weil all´ das, was du in deinem Leben wahrgenommen hast, aufaddiert wird und in Verbindung gesetzt wird mit dem, was du jetzt gerade wahrnimmst und damit hinaus gibst in die Welt zum All-Einen. Nichts ist dem vergleichbar. Jener oder jene, die lebt in einer anderen Welt, auf der anderen Seite dieser Kugel, der Erde, nimmt anderes wahr als das, was du wahrnimmst. So ist denn das, was du wahrnimmst hier auf dieser Erde, so wichtig, so einzigartig, dass es hingehört in jenes Mosaik, das von uns allen gebildet wird auf dieser Erde.

So wertschätze all´ jenes, was du wahrnimmst: egal ob es in deiner Traumwelt geschieht, am Herd, vielleicht beim Bekleiden, vielleicht auf dem Weg zur Tankstelle oder wohin auch immer dich dein Weg führt. Jeder einzelne Gedanke, jede Wahrnehmung selbst ist so individuell und einzigartig, weil sie gebildet ist auf dem, was du erlebt hast. Nichts ist vergleichbar mit dem, was du wahrnimmst. Und das ist das, was das All-Eine von dir erhält. Deine einzigartige Wahrnehmung dessen, was in dieser Welt möglich ist. Deshalb erkenne, deshalb schätze all´ das, was du hineinbringst in diese Welt mit deinem Sein. Auch wenn es Zweifel sind, auch wenn es Ärger ist, auch wenn der Neid durchbricht: wo ist hier eine Grenze? Wo ist hier ein Problem?

Nimm alles wahr. Durchlebe jede einzelne Regung deiner Gefühle und erkenne, dass du an der richtigen Stelle bist und zwar jetzt. Selbst wenn morgen die Welt untergehen würde, du hast so viel erlebt in deinem Leben bisher. Und du weißt aufgrund deiner eigenen Erfahrung, dass es weitergeht, auch nach dem physischen Übergang. Nichts kann dich halten, nichts kann dich stoppen, es geht immer weiter.

Deshalb geh´ mit Dankbarkeit, geh´ mit Dankbarkeit dein Leben durch, erkenne, was alles du bereits erleben durftest in diesem Lebensabschnitt, von deiner Geburt bis heute. Und erkenne, wie gesegnet du bist mit all jenen Erfahrungen, die du machen durftest, mit all jenen wunderschönen Momenten. Die manchmal nach oben in das sogenannte Positive ausschlugen und manchmal in das Gegenteil. Aber sie haben dich geformt. Du bist die Person, die du bist, die Frau, die du bist, der Mann, der du bist und du lebst dich selbst. Deshalb schau´ nach vorne und erkenne, dass alles stimmig ist. Wertschätze das, was dich umgibt und gehe mit gekräftigten Schritten weiter nach vorne.

Wir sind an deiner Seite, wir unterstützen dich, wann immer du es brauchst. Du brauchst nur eine kleine Frage zu stellen, die Intention zu setzen und schon wirst du erkennen, dass Unterstützung und Stärkung, Energetisierung geschieht. Denn du weißt, wie Fragen gestellt werden müssen, damit du Antworten erhältst, ohne dass jemand zwischen dir und deiner Frage steht. Du setzt die Intension, du erhältst die Antwort, nicht unmittelbar, manchmal schon, manchmal mit Verzögerung. Doch vertraue darauf, dass deine Verbindung so stark ist, wie sie nun wirklich ist.

Mit dem Wissen, dass du verbunden bist mit uns und dass es keine Trennung gibt zwischen dir und uns, dem All-Einen; mit dem Wissen, dass du weiterhin setzen wirst Schritt für Schritt in dieser Welt und das hineinbringen wirst, was wichtig ist, verlassen wir dich an dieser Stelle.

Die Anspannung

Wann hast du das erste Mal festgestellt, dass du nicht entspannt im Leben bist, sondern aufgeregt durch dieses Leben durchschreitest und immer wieder erwartest, dass an der nächsten Ecke, im nächsten Moment etwas geschieht, was nicht (nennen wir es) der Realität oder der Normalität entspricht, sondern dass irgendetwas geschieht, was nicht stimmig ist? Mit dieser Anspannung bist du dann hindurchgegangen durch deinen Alltag, durch deine ganzen Tage und warst innerlich aufgewühlt, ohne dass du Ruhe finden konntest. Und wenn du dem entgegensetzt jene Momente, in denen du wirklich einmal entspannt warst (in denen du dich hingeben konntest, einfach sein konntest diejenige, die du bist, derjenige, der du bist) dann sind diese Momente der Entspannung und die Momente der Anspannung wahrscheinlich in einem Verhältnis, dass das Eine überwiegen lässt und das Andere eher überdeckt. So ist es denn wichtig auch hier eine Balance zu finden. Eine Balance, die es dir möglich macht, mehr und mehr in der Entspannung, in der Balance zu sein, um dieses Leben hier auf dieser Erde auch so wahrzunehmen, wie es denn wirklich ist.

Ja, es geschehen schlimme, furchtbare, schreckliche Dinge hier auf dieser Erde. Doch mit einem Blick in die Natur hinein wirst du erkennen, dass das Fressen und Gefressen werden ein Natur-Zustand ist. Du aber bist in einer menschlichen Umgebung, das hast du über Jahrzehnte bereits erlebt. Ja, du hast auch jene Randbereiche miterlebt, die nicht die schönen sind in dieser Welt. Aber auch jene Randbereiche: es ist wichtig sie wahrzunehmen, sie zu sehen und zu erkennen; auch mit Dankbarkeit: „Danke, ihr zeigt mir das, was ich nicht sein möchte, dort wo ich nicht hingehen möchte", „Ihr zeigt mir jene Bereiche, die für meinen Lebensabschnitt eher wie ein Film aussehen und mein eigener Lebensabschnitt, den ich wirklich lebe, erlebe und in dem ich bin, ist ein anderer." Dies ist keine Abgrenzung, es ist kein: „Ich will nicht so sein, wie ihr." Sondern: „Ich sehe auch diese Seite dieses Lebens und erkenne es wohl an" und sende euch (und damit auch mir selbst) all die Liebe, die ich senden kann, um das zu geben, was auch ich mir geben möchte: Selbstachtung, Selbstliebe und auch Selbsterfüllung. Um dann wieder gestärkt (und zwar jedes Mal und in jedem Moment) das zu leben, was ich wirklich bin. Mich nicht zu verlieren in jenen Tagträumen, die ich aus der Kinderzeit noch kenne, als ich saß und einfach nur starrte auf die Wand, starrte durch das Fenster und in einer ganz anderen Welt mich befand: Ich war der Ritter, ich war die Königin, ich war die Prinzessin, ich war gefangen, ich wurde befreit. Das waren die Kinderträume, das waren die Tagträume aus jener Zeit. Heute, auch wenn es sich nicht so wirklich anfühlt, ist es anders und es geht darum im Alltag und im Jetzt etwas umzusetzen und genau dort zu sein. Und auch mit Zuversicht (und auch hier wiederholen wir uns wieder) hinaus zu schauen. Nicht das Leben zu „ver-malen", schwarz und dunkel auszumalen, sondern aktiv zu erkennen das, was ist und das auch leben zu können, was ist. Was bedeutet es denn und was hilft es denn, wenn wir in Tagträumen uns jenseits dessen befinden, was uns wirklich umgibt?

Und auch dann, wenn es einmal nicht voran geht, wenn es einmal mehr Widerstände zu geben scheint, als wir bewältigen können, wenn etwas nicht so funktioniert, wie unser Ego gesteuertes Denken ...

Und da haben wir es wieder: Das Ego, das Ich, das Denken. Statt zu erkennen, dass ...

- *wir alleine mit unserem Tun, unserem Sein, unserer Freude im Moment,*
- *wenn wir das tun, was wir tun, nicht verteidigen gegenüber anderen, sondern so umsetzen, wie wir es gerade tun,*
- *wenn wir eintauchen in das, was gerade geschieht, genau diese Emotion, genau dieses Gefühl, genau diese Wahrnehmung dann weiter geben an das All-Eine.*

Niemand, niemand anders als du selbst, kann genau diesen Moment, den du lebst, in dieser Form aufgebaut auf all jenen Erfahrungen der Zeit davor, in das All-Eine in dieser Form weitergeben, wie du es gerade tust. Deshalb wertschätze doch bitte das, was du tust. Und wenn es das Aufräumen in der Küche, wenn es das Aufräumen in der Garage, wenn es das Autofahren ist, niemand kann diesen Moment, den du erlebst, so erleben wie du. Nicht einmal dein Partner, deine Partnerin, die an deiner Seite ist, egal, wo im Bad, im Keller oder (wie gesagt) beim Autofahren. Dein Partner, deine Partnerin wird immer – selbst im gemeinsamen Auto – anders die Wahrheit, die Situation wahrnehmen. Sie wird mehr erschrecken, mehr entspannt sein als du, der du das Lenkrad in der Hand hast, der du die Situation überschaust und der du dich wunderst, was nun wieder von deinem Partner, deiner Partnerin wahrgenommen wird. Ihr sitzt beide gemeinsam in einer Kiste und schaut durch das gleiche Fenster, durch dasselbe Fenster nach außen und nehmt dennoch die Welt anders wahr: Der eine, die andere selbstsicher, der andere im Zweifel, vermeintlich weil das Lenkrad in der Hand eines anderen, einer anderen liegt. Und dennoch kommt ihr gut an.

Lass dich führen. Vertraue auf deine innere Stärke. Erkenne, was für ein wunderbarer Mensch du bist. Erhebe dich nicht über die anderen und suche nicht den Schutz von Menschen, die von sich behaupten, sie könnten dir Schutz geben. Sondern nimm das an, was für dich stimmig ist. Aber vertraue darauf, dass du an der richtigen Stelle bist. Verschwende keine Angst, Sorge, Neid, Gier in Bezug auf deine Zukunft. Sie wird kommen, sie wird da sein. Es gibt keine Versprechungen, warum auch? Doch stehe mit festem, festem Stand dort, wo du bist. Und wenn du mit anderen sprichst über das, was du tust, dann formuliere es so, dass es für dich stimmig ist, dass du das Zepter in der Hand hast. So dass auch sie erkennen können, dass nicht die Angst, die Furcht reagiert, sondern das Bewusstsein für den Moment.

Mit diesen Worten verlassen wir dich für heute.

Das Lächeln

Begegne der Welt mit einem Lächeln, es ist wesentlich leichter mit den Muskeln eines Gesichtes zu erzeugen, als ein ärgerliches oder ein wütendes Gesicht. Wenn du es ausprobierst dann wirst du feststellen, dass das Lächeln wesentlich leichter funktioniert als das wütende oder das schmerzverzerrte Gesicht. Du brauchst viel mehr Muskeln, du brauchst viel mehr Kraft, um diese Letzteren in dein Gesicht hinein zu bringen. Das Lächeln dagegen funktioniert fast von alleine und bezieht auch die Augen mit ein, so dass du ein grundlegend positives Erscheinungsbild in die Welt hineinbringst.

Und wenn du dann dieses Lächeln auch benutzt um in der Welt auch auf das zu schauen, was gerade nicht gut läuft (sei es im Straßenverkehr, sei es in der Kommunikation mit anderen, mit Bekannten, im Geschäftsleben und auch mit dem Partner), dann erinnere dich daran, dass ein Lächeln vieles verändert und nicht nur äußerlich. Sondern die Erinnerung an frühere Ereignisse, in denen du breit gelächelt hast aus einer wirklich schönen Situation heraus, wird dich dann wieder genau wie jene Situation zurückversetzen, erinnern und damit bist du auch in der Gegenwart wieder genau an dem Punkt, an dem du lächeln kannst. Und du spürst, dass sich hier etwas verändert und zwar (nennen wir es) positiv in deiner Wahrnehmung, deiner Selbst und des Lebens. Auch wenn das, was du dir gerade anschauen musst, nicht so schön ist. So vertraue darauf, dass es wesentlich einfacher, besser und auch stärkender ist mit einem Lächeln in die Welt zu gehen und anderen Menschen zu begegnen.

Und trotzdem erkenne, dass du wirklich rein sachlich und ohne jedes Gefühl auf dieses, dein Leben hier auf dieser Welt schaust. Wenn du rein sachlich auf dieses Leben schaust dann musst du selbst schnell erkennen, dass es keinen wirklichen Eindruck macht, ob du nun lebst oder nicht. Du kommst nackt auf die Welt, du gehst wieder unbekleidet von dieser Welt. Du hast eine Lebensspanne von vielleicht 70. oder 80. Jahren. Das, was vor deiner

Zeit geschehen ist, und das, was nach deiner Zeit hier auf der Erde geschehen wird, darauf hast du keinen wirklichen Einfluss. Du bist nicht einmal die Fußnote in dem Geschichtsbuch, du bist das, was du bist. So rein sachlich betrachtet ist es völlig egal, was du hier auf dieser Erde tust: Du stehst morgens auf, du machst deine Arbeit, du gehst abends zu Bett, du schläfst und der Rhythmus geht weiter.

Rein sachlich betrachtet ist es völlig egal, ob du da bist oder nicht. Doch dann, doch dann kommt die andere Seite: Dann kommt die emotionale, die gefühlte, die Seite, in denen du wahrnimmst, was hier auf dieser Erde gerade existiert. Du als Kind, du als Teenager, Heranwachsende, du als Erwachsene und dann als Greisin, all das, was du wahrnimmst in deiner Lebensphase, in deinem Leben wird nur durch dich dorthin transportiert, wo es gebraucht wird. Nur deine Emotionen, deine Wahrnehmung, nur das, was du selbst, ganz persönlich, du individuell allein hinein bringst in unser Universum, es ist so wichtig, es ist so unterstützend, es ist so hilfreich, es ist so notwendig. Dass all das, was bezüglich Sachlichkeit gerade ausgesprochen wurde, völlig in sich hinein pulverisiert und überhaupt gar keine Relevanz mehr hat. Weil nur du allein kannst das in die Welt hineinbringen, was du in die Welt hineinbringen kannst. Egal, in welche Richtung, es geht: Ob du dich ärgerst über irgendetwas, ob du Angst und Sorge hast, oder ob du vor Freude strahlst, ob du dich und deinem Körper wahrnimmst im Wasser, im Schwimmen, unter der Dusche, mit deiner Kleidung in der Sonne oder ob beim Regen. Nur du allein kannst das hineinbringen, in das gesamte All-Eine. Und das gibt nicht nur dir Kraft, sondern erweitert auch das All-Eine.

Also geh´ weiterhin mit Zuversicht und Freude deinen Weg, und lächele dich an so oft es geht. Nicht, dass du dich im Spiegel anschauen musst dafür, sondern, dass du einfach spürst, ja, hier ist das Lächeln. Und nimm dir auch Zeit, diejenigen mit Worten und Informationen zu berühren, die an dir vorbei huschen. Und nimm dir Zeit für eine kurze Unterhaltung.

Und doch stehen Fragen im Raum und wenn du möchtest dann jetzt ...?

I: Erst einmal danke für diese aufbauenden Energien und Worte...* Hast du von deiner Seite noch etwas, was du uns dazu noch mitgeben möchtest?

Sei du selbst und kommuniziere so mit dir und mit den anderen, dass du dich wieder erkennst. Schau´ nicht darauf, dass etwas von dir oder dich selbst verändert, damit du glaubst, etwas in die Welt hineinbringen zu müssen, was ein anderer oder eine andere verstehen könnte. Sondern, erzähle frei heraus, das worum es dir geht. Dabei ist es ist nicht wichtig, ob du die richtigen Worte triffst, sondern dass du authentisch du selbst bist, vor allem im Zusammenspiel mit deinem Partner. Vor allen Dingen setze dich nicht unter einen Zeitdruck, und versuche nicht, das zu erfüllen, was andere an dich herantragen. Sondern, nimm dir die Zeit, die du brauchst.

Ob das schon hilft?

I: Ja. Ich spüre auf der einen Seite das Vertrauen, dass die Selbständigkeit, in der ich mich befinde, dass das uns beiden (Martin und mir) hilft bis ins Alter voranzuschreiten. Auf der anderen Seite überfällt mich jeden Morgen die Sorge, dass ich nicht stark genug bin oder dass ich nicht kompetent bin, dass ich also nicht das mitbringe, damit es klappt. Wie kann ich hier noch mehr Zuversicht und Vertrauen in das entwickeln, was gerade beruflich bei mir geschieht?

Wenn du zugehört hättest, dann würdest du jetzt einfach erkennen für dich selbst, dass dein Leben hier auf dieser Erde keinerlei Bedeutung hat. Dass es völlig uninteressant ist für die Gesamtheit der Menschheit, ob du existiert oder nicht. Das, was vor dir geschehen ist, ist wesentlich größer und das, was nach dir geschehen wird, wird ebenso größer als das, was durch dich hier in dieser Welt bewegt wird. Insofern kannst du dich völlig vollständig frei machen von irgendwelchen Gedanken, freimachen ob das, was du tust, richtig oder falsch ist. Du lebst dein Leben. Schau hinein und schau hinaus in die Welt, um zu erkennen, was dir alles gegeben wird hier auf dieser Welt an Eindrücken, an Erfahrungen, an Möglichkeiten. Es ist durchaus auch möglich, dass du morgen nicht mehr hier auf dieser Welt weilst, dass du bei uns im All-Einen bist und vollständig verschmolzen bist. Deshalb geh´ mit mehr Freiheit, mehr Entspanntheit hinein in dieses Leben. Du hast all das, was du brauchst, um hier auf dieser Welt zu leben.

Du hast nicht nur die Kompetenz, du hast die Kraft, du hast die Energie, um hier genau das zu bewegen, was für dich zurzeit möglich ist. Natürlich hast du immer die Möglichkeit, deine Energien in einen Raum hinein zu lenken, der dich bedrückt, der dich einschließt, der negativ auf dich wirkt. Und du hast gleichzeitig die Möglichkeit, einen anderen Raum zu wählen, der geöffnet ist, durch Licht durchflutet, der dir Möglichkeiten und die Kraft gibt, etwas Schönes aufzubauen. Du hast immer die Wahl. Du stehst wie Herkules vor dem Scheideweg, ob du nun die negative Seite wählst oder die positive Seite. Du kannst deine Gedanken steuern in dem Moment, indem du spürst, dass diese Gedanken entstehen, und du hast die Möglichkeit, dich hinein zu suhlen wie ein Wildschwein in der Matschpfütze oder du stehst auf und schüttelst dich wie ein Hund, der gerade nass geworden ist, weil er ein erfrischendes Bad genommen hat und dann behänd und leicht federnd, weiter schreitet. Du allein hast die Möglichkeit, dich selbst in diesen Momenten zu entscheiden. Denn du bist die Herrin deiner selbst.

Und nur so kommst du in diesen Bereich, indem es möglich ist, deine eigene Kraft zu leben mit diesem Bild des Wildschweins und des Hundes. Erinnere dich jedes Mal daran, wenn wieder ein Gedanke in diese Richtung kommt, ob du dich hinein suhlen möchtest oder ob du aufstehen und federn möchtest wie der Hund, der sich gerade geschüttelt hat. Wenn es dir dann immer noch nicht hilft, die Wahl zu treffen und dich auszurichten, dann nutze deinen physischen Körper mit einer Übung, um diese Momente tatsächlich abzuschütteln und zwar mit einem kompletten Schütteln deines gesamten Körpers. Auch wenn du im Bett liegst, schüttle dich im Bett. Bitte nicht während des Autofahrens oder auf dem Fahrrad und nicht unbedingt in der Gesellschaft vieler Menschen. Sie würden es nicht verstehen. Dann schüttele dich innerlich. Und schon bist du auf einer anderen Ebene, die dir die Möglichkeit gibt, diese Situation neu zu betrachten.

Du wirst nicht die Welt ändern. Die Welt ist die Welt da draußen. Sie agiert und reagiert und geschieht so, wie sie geschieht. Doch du kannst dich ändern. Du kannst dir die Möglichkeit geben, diese wunderbare Zeit hier auf dieser Erde so zu leben, dass nicht nur du Freude hast, sondern auch jene Menschen um dich herum.

Und ja, zu 90% nerven uns die Menschen um uns herum. Aber sie spiegeln doch nur das, was du selbst nicht leben musst. So freue dich doch daran, dass die Menschen, die im Außen das machen, was du nicht tust, dass sie es übernehmen an deiner statt und du die Möglichkeit hast, hier auf dieser Erde genau das Andere zu leben. Überlass doch die Hast, den Ärger, die Wut, den Hass, den Stress jenen, die da draußen sind und nimm das an, was für dich wichtig ist. Erkenne die Selbst-Liebe, erkenne deine Liebe zu dir selbst, so dass du, in dem du dich liebst, mehr gibst hinein in die Welt als jeder andere überhaupt geben könnte. Was natürlich nicht richtig ist, auch jene geben das, was sie geben können. Aber nimm die Liebe zu dir selbst an. Schau in dein Spiegelbild und erfreue dich an dem, was du da siehst. Das bist du. Wenn du dann in den Armen deiner Liebsten liegst, dann erkenne, wie schön es ist deinen eigenen Körper hier in dieser Welt zu spüren.

Und ja, die Arbeit muss getan werden, die Arbeit wird getan. Der Fluss von Geben und Nehmen ist beständig. Du kannst dir Gedanken machen, was in zehn Jahren geschieht, in fünfzehn (doch dann entschuldige, wenn ich jetzt zu lachen beginne), aber was soll das?

Mit diesem Rätsel verlassen wir dich für heute.

Deine Wurzeln

Vergiss bitte nie, woher du kommst. Vergiss bitte nie deine Wurzeln und nimm immer wieder wahr ganz deutlich, ganz bewusst auch, welches deine Vorfahren sind. Nimm dich immer wieder stehend wahr als die Spitze jener Menschen, all jener Menschen die deine Familie sind. Erkenne ...

- o *dass du nicht alleine bist in dieser Welt, niemals alleine warst in dieser Welt und*
- o *dass immer Menschen hinter dir standen und auch jetzt noch hinter dir stehen, auch wenn sie nicht mehr hier auf dieser Erde weilen,*
- o *dass du nicht alleine bist, nie alleine warst und auch nie mehr alleine sein wirst,*

... denn du weißt darum, dass all die, die familiär mit dir verbunden sind, hinter dir stehen. Sie geben dir das Gefühl der Kraft. Sie geben dir das Gefühl, dass du nicht nach hinten fallen kannst, sondern schlicht und ergreifend nach vorne immer wieder Schritt für Schritt gehen wirst mit ihrer Unterstützung. Und darauf kannst du bauen und das wird dich weiter stärken auf deinem ganz besonderen Weg hier auf dieser Erde, der nur von dir gegangen, bereitet und wahrgenommen werden kann.

Denn jeder einzelne Schritt, den du tust, bringt dich in eine Umgebung, die nur von dir wahrgenommen werden kann. Deshalb geh´ so oft wie möglich hinaus in deine Stadt, in dein Dorf, in die Natur, die den Ort umgibt, an dem du bist. Durchschreite diese Natur genauso wie du auch deinen Wohnraum durchschreitest und nimm alles wahr, was sich dort befindet. Jedes Mal du wirst es feststellen draußen in der Natur, ist es anders als beim letzten Mal, verglichen natürlich auch mit deinem Wohnraum, der doch eher ähnlich ist. Doch auch hier gibt es Unterschiede zu sehen, wahrzunehmen: das Licht am Morgen, das Licht am Abend, die Dunkelheit in der Nacht, das künstliche Licht, alles lässt Objekte anders erscheinen. Selbst Menschen erscheinen anders in den unterschiedlichen Lichtsituationen. Deshalb stehe zu dir, stehe zu deiner Familie, steh´ zu dir als Mensch, als Teil jener Familie. Die dich aber nicht prägt im Sinne von „du bist so wie wir", sondern die dich trägt „so wie du bist" und das ist das Besondere an dir.

Natürlich, wenn du genau hinschaust (wenn du sachlich hinschaust auf diese Welt, auf deine Existenz), dann wirst du und musst du und kommst du zu dem Schluss, dass du selbst nicht einmal ein Sandkorn bist hier im Getriebe dieses Planeten in seiner Geschichte, die über Milliarden von Jahren reicht und noch reichen wird. Du aber eine Zeitspanne hast, die überschaubar ist. Du bist nicht einmal die Fußnote in der Geschichte deines Landes, deiner Stadt, deines Ortes, vielleicht deiner Familie, das schon. Aber sachlich betrachtet: was hast du gebracht auf diese Welt? Was nimmst du mit? Was hast du hinterlassen?

Schau genau hin: du kommst nackt auf diese Welt und du gehst nackt von dieser Welt. Dann bist du bei uns, wieder dort, woher du auch kamst. Du stehst morgens auf, du erledigst deine Tagesgeschäfte. Du gehst abends zu Bett. Du tust dies, du tust jenes. Hast deinen Rhythmus. Manches ist es ähnlich, manches ist gleich, manchmal gibt es Neues.

Sachlich betrachtet sind die Menschen, die leben auf dieser Erde, nicht von Nutzen für die Natur, für den Planeten: sie sind nicht notwendig. Doch bei genauerer Hinsicht, beim genaueren Wahrnehmen wird deutlich, welche Erfüllung darin steckt das Leben als Lebende, (als Mensch, als Mann, als Frau) hier auf dieser Welt zu sein, die Welt zu erfüllen mit dem, was aus den Menschen heraus in die Welt gebracht wird: die Gestaltung, die Erfindung, das Wissen. Dass das hineingebracht wird in dieses unglaubliche Universum. Und dann zu erkennen, dass es nur möglich ist von den Menschen, von dir als Mensch, so wie du bist, hier auf dieser Erde lebst, dass nur von dir das, was du wahrnimmst, eingespeist werden kann und wird und eingespeist, ja, wird in das All-Eine. Ohne dich würde etwas fehlen. Sowie ein kleines Rädchen fehlen würde in einem Uhrwerk und durch dieses Fehlen die gesamte Uhr nicht mehr funktionsfähig ist. So nimm dich wahr als dieses eine ganz besondere Rädchen in dem Uhrwerk des Universums. Und erkenne deine Funktion, die so wichtig ist, so einzigartig. Du bist mit nichts zu vergleichen. Dein Blickwinkel ist der absolut Individuelle. Und dann hast du immer die Möglichkeit zu entscheiden:

- *möchte ich oder möchte ich nicht?*
- *ist es wichtig oder ist es nicht wichtig?*
- *ist es wichtig für mich oder ist es wichtig für andere?*
- *will ich folgen oder will ich führen?*

Du hast immer die Möglichkeit, dich zu entscheiden. Und du musst dich entscheiden. Und auch das ist jene Größe, die in dir steckt, dass es dir möglich ist, Entscheidungen zu fällen: Ich gehe oder ich bleibe, ich reagiere oder bleibe neutral.

Wenn du dann noch die Möglichkeit hast, einen anderen Menschen zu erreichen mit Worten, mit einem Blick, mit Gesten, vielleicht einer Umarmung oder nur durch dein Dasein, dann wird auch jener Mensch erkennen, dass auch er, dass auch sie wichtig ist hier in dieser Gemeinschaft und wird das vielleicht weitergeben. Und dann (wie konzentrische Kreise) wird etwas, was du in die Welt bringst auch von anderen wahrgenommen und weitergegeben und die konzentrischen Kreise werden zu einem großen Schwingungsbogen, der sich immer weiter ausbreitet über die ganze Welt. Von allen Seiten kommen diese Schwingungen an und treffen auf andere und die, die miteinander verbunden sind, werden andere erreichen, die anfangs noch nicht so verbunden waren. Aber da so viele Schwingungen auf sie zukommen werden auch sie sensibilisiert und treten ein in diesen Reigen der Schwingungen. So, dass jeder das einbringen kann und es sowieso einbringt was er oder sie in dieser Welt erlebt.

Deshalb nochmal: Stehe zu dir, lebe dein Leben so wie du es leben kannst, so wie du es zurzeit lebst. Hinterfrage nicht deine eigenen Aktionen und Reaktionen, sondern lebe sie aus und bringe sie ein in das Feld, das uns alle verbindet: in das All-Eine. Jedes und jede und jeder sind wichtig. Nimm dich wahr als das, was du bist und liebe dich so, wie du dich lieben kannst, am besten vollständig.

Und damit verlassen wir euch für heute.

Sich im Moment stärken

Auch wenn es sich manchmal so anhört und die Worte fast gleich gewählt wurden, so sind Wiederholungen nicht Wiederholungen, um dich zu langweilen oder um dir zu sagen, dass bereits Gesagtes schon einmal gesagt wurden. Sondern es ist jedes Mal mit einer ganz anderen Schwingung verbunden. Die Situation ist jedes Mal eine andere, selbst wenn die Worte sich ähneln, oder auch tatsächlich die gleichen sind. Auch ist es immer wieder dann die Frage: Für wen und wer hört genau jetzt zu? Wer liest jetzt das, was einmal ausgesprochen wurde, einmal in den Raum gegeben wurde? Und was geschieht dann in diesem Moment des Lesens oder auch des Hörens der Worte mit dem Menschen,7, der oder die in dem Moment sich berühren lässt? So sei nicht enttäuscht, wenn gleiches oder ähnliches wieder an deinem Ohr dringt, oder du mit deinen Augen wahrnimmst. Denn es sind nicht die Inhalte (und auch das wurde schon so oft gesagt), sondern es ist das, was im Moment des Berührt Werdens entsteht. Und wenn du es dann zulässt, dass du tatsächlich zum einen bei dir selbst bist, dann aber auch offen bist für etwas, das auf dich zu kommt (das aber natürlich schon in dir vorhanden ist, also auch nichts Neues), wenn du dich dann stärken lässt von der Situation selbst und erkennst, dass du dich in jeder Situation deines Lebens stärken kannst, dass du niemals ohne die Anbindung bist, dass du immer aus deinem Inneren heraus dich und deine eigene Kraft spüren kannst, um dann zu agieren in dem Moment, in dem du gerade bist, bezogen auf das, was du gerade tust oder auch nicht tust. Um so erfüllen den Raum, den du einnimmst, egal ob du alleine bist, mit deinem Partner oder irgendwo mit anderen Menschen zusammen. Wenn du es dann schaffst mit deiner Aufmerksamkeit (die manchmal wie ein kleiner Hund einfach herumwuselt, mal hier, mal dort schnüffelt, mal dort guckt, sich dann wieder zurückzieht), wenn du es dann schaffst mit deiner Aufmerksamkeit auch in jenem Moment zu sein, wirst du dir selbst, deiner selbst immer bewusster und klarer und gestaltest noch intensiver das, was dich ausmacht.

Auch wenn du nicht aktiv sein kannst, sondern schlicht und ergreifend passiv irgendwo sitzt: von einem Busfahrer von A nach B gebracht wirst im Flugzeug, im Auto oder im Zug. Nimm auch in jenen Momenten, in denen du glaubst, dass du gerade passiv bist wahr das, was du wahrnimmst: Schneide dich nicht ab von all den Wahrnehmungen, die um dich herum für dich bereitgehalten werden, sondern nimm sie aktiv auf, sei dir dessen bewusst.

Sei dir auch bitte bewusst, dass dein Leben jederzeit zu Ende gehen kann, dieses, dein Leben hier auf dieser Erde, dass es keine Garantien gibt für irgendetwas. Ja, du hast gute Gene um 60/ 70/80 Jahre auf dieser Welt zu leben, dein Leben zu gestalten, so wie du es bisher schon gestaltet hast. (Und auch hier wieder einmal ein Satz, den du schon oft gehört hast:) Sei stolz auf dich, was du erlebt, gestaltet, umgesetzt hast in dieser Welt, dass du all jene Erfolge, die du eingefahren hast, auch als diese wahrnimmst. Es sind nicht die Pokale, die in deinem Schrank stehe. Es ist all das andere, das dich ausmacht. Und anerkenne auch, dass du es immer wieder vermochtest aus jenen (nennen wir es Tälern) emotionalen Tälern wieder heraus zu kommen, in die du dich hast manchmal fallen lassen, ja tatsächlich müssen, um dann wieder mit neuer Energie aus diesen Tälern herauszukommen und zu erkennen, dass es auch hier gilt vollständig wahrzunehmen was ist, um die eigenen nächsten Schritte zu gehen, die eigenen Entscheidungen zu treffen. Wenn es dir dann noch möglich ist, ...

- o *sowohl deinen physischen als auch deinen emotionalen, deinen rationalen, deinen Energie-Körper und deinen göttlichen Körper zu vereinen,*
- o *all diese fünf zusammen zu bringen und sie gemeinsam zu leben,*
- o *dich als vollständigen Menschen zu spüren, um das zu sein, was du bist, wo immer bist, wann immer du bist: sei es liegend auf dem Sofa, sei es schlafend, sei es wandelnd, sei es arbeitend, sei es liebend,*

...dann erfährst du dich vollständig. Und über dieses vollständige „Dich Erfahren" wirst du auch erkennen, dass das Leben so vielfältig ist und dass du nicht alles leben musst auf dieser Erde. Du musst nicht einen Bart tragen, du musst nicht in fremden Ländern mit anderen Menschen Dinge tun, die du niemals tun würdest, das machen andere für dich. Sie bringen diese Informationen in das All-Eine hinein. Du kannst dankbar dafür sein, dass du nicht auf einem Laufsteg herumlaufen musst, nicht auf der Bühne Opernarien singen, ja, musst, dass du nicht an der Kasse eines Supermarktes sitzt, das tun andere für dich. Und du nimmst es wahr, dass sie es tun und dass sie da sind. So wie du eben nicht erkennst oder wahrnimmst oder jeden einzelnen Schritt der Produktion selbst in der Hand hast, wenn du am Herd stehst und nach einer Packung Grieß greifst und aus dieser ein Mittagessen zauberst. Der letzte Schritt ist das, was du tust, die Schritte davor werden von anderen getan und die ganzen Handreichungen unterstützen dich, ohne dass du etwas dafür tust, direkt.

So sei denn dankbar für das, was geschieht und nimm das wahr, was du siehst, hörst, fühlst und bist.

Mit diesen Worten verlassen wir dich für heute.

Nach Glück streben

Ist es nicht schön, dass wir, die wir immer wieder zusammenkommen (mal in einer größeren Gruppe, mal in einer kleineren Gruppe), es nicht nötig haben uns einen Ort zu schaffen der umgrenzt ist, der Grenzen setzt, der sich einmauern lässt, der es erfordert, dass Stein auf Stein gesetzt wird und hoch in die Höhe hinauf gebaut wird. Ein Gebäude mit Dach und mit „Festigungen", das auch abgrenzt gegen das, was da außen ist. Dass wir es nicht notwendig haben, ein solches Gebäude für uns hier zu errichten in dieser Welt. Es mit Eingang und mit Ausgang und mit Geheimtüren, mit Gängen, mit Fenstern, mit Schlössern den Eingang manchmal verwehrt und nur zu bestimmten Zeiten den Ein- und Ausgang gewährt.

Ist es nicht schön, ...

- o *dass wir genau dieses nicht benötigen, nicht brauchen?*
- o *dass wir die Möglichkeit haben, das zu nutzen, was ist: nämlich der offene Zugang zueinander jederzeit ohne Grenzen, bedingungslos, allein im Setzen der Intention (allein dadurch das wir sind, das, was wir sind, in dem Moment, indem wir sind), und hinausreichen unsere Hand um auch den Nächsten wahrzunehmen, der in unserer Nähe oder auch der, der weit entfernt von uns ist?*
- o *dass wir uns nicht abschotten, abgrenzen von den anderen?*

Sondern, dass wir die Möglichkeit immer in uns tragen (und sie auch jederzeit nutzen können), in Verbindung zu kommen mit denen, die um uns herum sind, mit denen wir sowieso in Kontakt sind. Besonders dann, wenn wir uns wieder erinnern, dass wir wieder einmal nicht alleine sind in dieser Welt, sondern dass wir wohl verbunden sind. Und auch wenn das, was wir um uns herum sehen, wahrnehmen, erleben, fühlen, schmecken, riechen (und die Gedanken auch noch dazu kommen), dass wir uns nicht abwenden, dass wir uns nicht abkehren. Sondern dass wir offen sind und auch erkennen und auch dankbar wieder und wieder dafür, dass wir nun sehen dürfen das, was wir nicht erleben müssen. Wir benötigen keine Gotteshäuser, gebildet aus Stein und Stahl, Holz und Ziegel. Wir sind das Gotteshaus. Die Welt ist das Gotteshaus, so wie es ist. Da gibt es kein Innen, da gibt es kein Außen, da gibt es kein fremd, da gibt es kein nah. Alle gehören dazu.

Und wenn wir es dann noch schaffen, dass wir unser Glück und unser Glücklichsein nicht davon abhängig machen, dass wir das, was wir gerade wahrnehmen, als das, was uns fehlt, das Einzige wäre, was wir zum Glück noch bräuchten. Wenn wir erkennen würden, dass nicht der Mangel (den wir gerade so hochstilisieren), das Einzige zu Erreichende wäre, um doch endlich glücklich sein zu können. Wenn wir erkennen, den Mangel auch auf dem niedrigen Niveau, auf der niedrigen Prozentzahl liegen lassen, verglichen mit dem, was wir bereits erhalten haben, wir uns erarbeitet haben im Laufe der Zeit, die wir hier auf dieser Erde bereits vollbracht haben. Wenn wir uns nicht abhängig machen von dem, was wir nicht haben, was wir nicht erreichen, was auch niemals unser Ziel sein muss. Sondern ganz realistisch, offen und klar erkennen: Das ist unsere Aufgabe in diesem Leben, hier sind wir, hier leben wir, hier bin „ich" Ich. Ich bin nicht Herr X., der dort lebt, dort drüben auf...; und ich bin nicht Frau Y., die jenseits der Grenze lebt in diesem Haus bei... Das sind nicht die Aussagen, das sind nicht die Fragen. Die Aussage ist: "ich bin „Ich", so wie ich bin, hier, dort wo ich gerade bin". Und ich vergleiche mich nicht, denn es macht keinen Sinn mich zu vergleichen. Der einzige Vergleich ist der, der mich in die Dankbarkeit führt, dass das, was ich nicht leben will, von anderen gelebt wird: von dem Inuit in dem ewigen Eis, von dem Maori weit entfernt von mir und anderen indigenen Volksgruppen.

Und dennoch, und dennoch darf ich streben nach dem, was für mich wichtig ist, was ich bezeichne als das, was Glück für mich ist. Glück ist nicht das, was im Paradies mir versprochen wird, jenseits jener Grenzen hoch oben im Himmel, entfernt weit von der Erde, allem Irdischen. Nein, Glück ist das, was ich auf dieser Erde, in diesem Leben, mit jenen Menschen, die mich umgeben, erreichen kann, ohne andere zu übervorteilen, ohne mich selbst zu verbiegen, sondern einfach mich selbst zu sein. Zu geben das, was ich geben kann und anzunehmen jenes, was mir gereicht wird, aber nicht mit dem Widerhaken „Wenn ich dir gebe, dann musst du aber mindestens mir zurückgeben"; nein, mit dem „Geben, das mich zu nichts verpflichtet". Und umso freudiger kann ich zurückreichen das, was von mir gegeben werden kann. So ist denn das Streben nach dem, was ich Glück nenne hier auf dieser Erde ...

- *das Wahrnehmen eines schönen Sonnenuntergangs,*
- *das Glück, eine Reise abgeschlossen zu haben, ohne Unfälle,*
- *am nächsten Morgen wieder aufzuwachen im selben Bett, in dem ich abends zuvor zu Bett gegangen bin,*
- *Tasse und Geschirr an jener Stelle wiederzufinden, wo ich sie tags zuvor abgestellt habe ...*
- *zu erkennen, dass ich in meinen Ritualen die Möglichkeit habe eine Struktur in mein Leben hineinzubringen, so dass es mir leicht fällt den Tag zu strukturieren und Schritt für Schritt zu gehen.*
- *mich nicht abzulenken, mich nicht ablenken zu lassen von all den Diversitäten, die mir draußen im Leben begegnen: Sei es, dass ich Nachrichten lese, Nachrichten höre, Nachrichten sehe; sei es, dass ich mich abkapsele und sage, „Mich interessiert nicht, was da draußen geschieht."*

Ich darf danach streben, dass ich glücklich bin. Denn wenn ich glücklich bin, sind die Menschen, die um mich herum sind: sie werden von meinem Glück berührt. Das verstärkt das, was ich nach außen geben kann, weil ich gestärkt bin in mir. Und so definiere ich mich nicht über den Mangel, sondern definiere mich über die Fülle. Und ich bin ein Füllhorn und gebe hinaus das, was ich gerade erleben darf. Denn das wonach ich strebe, ist Glück für mich und für alle anderen auch, wohlwissend, dass es die unterschiedlichsten Formen von Glück gibt für jeden und für jede hier auf dieser Erde und auch wenn ich kämpfen muss mit Widrigkeiten, die mir den Alltag manchmal tatsächlich zur Last machen. Die mich immer wieder erschrecken lassen in jenen Momenten, in denen ich das Gefühl habe, andere würden mich gerade jetzt im Moment tiefer durchdringen und erkennen, als ich es nach außen zeigen möchte. Wohlwissend, dass nur ich mich selbst so kenne, dass Reaktionen von außen mich bloßstellen könnten. Nur ich kann es zulassen und nur ich kann erkennen, dass gerade jetzt wieder einmal eines jener Fasern von mir getroffen wurde, die unbedarft von außen von irgendjemanden angesprochen wurden, eines von jenen Salven, die abgeschossen werden, ohne Ziel und ohne Wissen. Und von diesen hunderten von Pfeilen trifft der eine und ich fühle mich getroffen, weil verwundbar eben an jener Stelle. Dennoch weiß nur ich von jener Stelle und auch jener Entblößung, die ich gerade erfahre.

Doch wissend darum, dass es jener einer von hunderten von Pfeilen war, die mich dazu veranlasst haben mich entblößt zu fühlen, kann ich im Umkehrschluss unmittelbar wieder zurückgehen in meine eigene Stärke. Denn das, was jene versuchen mir „an zu-labeln" (mit Markern und Klebern und Post-It's) hat nichts zu tun mit mir. Denn ich bin rein, authentisch, gebe das, was ich kann, um anderen zu helfen in ihrem Prozess. Wohlwissend, dass sie es nicht annehmen können, dass sie Widerstand aufbauen müssen.

Doch dann (und davon darf ich mich frei machen), dann wird die Erkenntnis durchsickern, manchmal in Sekunden, manchmal in Stunden, manchmal in Tagen, manchmal in Monaten und manchmal in Jahren. Und es hat nichts mehr zu tun mit mir, im Moment der Erkenntnis bei den anderen. Und es hat auch nichts mehr mit mir zu tun. Ich habe getan, was ich getan habe. Ich habe hineingebracht in die Welt und nun schaut der andere Teil der Welt auf das, was von mir ausgesandt wurde. Ich mache nicht den Schmetterling in Asien verantwortlich für das Wetter und ich halte nicht den Reissack in China auf, vor dem Umfallen. Denn ich weiß, ich agiere in meinem Umfeld. Je mehr Lächeln ich geben kann, auch dem Bettler und der Bettlerin auf der Straße... (wohlwissend, dass ich jenen hundert Bettlern, denen ich begegne, wenn ich ihnen geben würde jedes Mal eine Mark von mir, wie würde ich stehen am Abend dort, wo ich stehe?), nur so kann ich zurückgeben mit einem Lächeln vielleicht ein bisschen Freude, Anerkennung, Wahrnehmung. Das muss reichen.

Ablehnung: nein.
Verurteilung: nein.

Ich gebe hinein in die Welt das, was ich geben kann. Ich gehe durch die Welt und sehe das, was ich sehe und ich richte (im Sinne von „ich helfe"), wo ich helfen kann. Mehr kann ich nicht tun. Ich strebe nach meinem Glück und helfe damit anderen, ihr Glück zu finden.

Und mit diesem Rätsel verlasse ich euch für heute.

Eine Erweiterung meines Bewusstseins

Wiederkehrende Tätigkeiten helfen uns, den Rhythmus und die Wiederholung der Natur und das, was uns umgibt, so zu verstehen und dort stehen zu lassen, wo es ist. Die Sonne geht tatsächlich für unser Bewusstsein jeden Morgen dort auf, dort wo sie aufgeht und sie geht am Abend dort unter, wo sie untergeht. Ohne dass die Sonne tatsächlich diese Bewegung vollführt, die wir glauben, dass sie vollführt. Wir, von unserem Bewusstsein her, sehen den Vorgang als ein Aufgehen und ein Untergehen. Die Sonne dagegen ist völlig entspannt bezüglich unserer Vorstellungen.

Und so ist denn alles, was wir in unserem Leben wahrnehmen, eine völlig subjektive Wahrnehmung dessen, was da draußen in der Welt geschieht. Und bei genauerer Betrachtung hat das nichts zu tun mit dem, was draußen in der Welt wirklich geschieht: Unsere Vorstellung von dem, was wir glauben, was wir sehen, was wir glauben, was wir fühlen, was wir glauben, was wir verstehen, draußen in der Welt oder die Welt selbst. Es ist unsere subjektive Wahrnehmung dessen, was da draußen geschieht. Und dennoch sind wir, bist du, ist jeder einzelne darauf angewiesen, mit dieser subjektiven Wahrnehmung die Welt so zu verstehen, wie er oder sie es kann.

So gilt es denn mit mehr Mitgefühl draußen in der Welt mit den Menschen umzugehen und mit diesen Menschen, die genauso subjektiv wie wir selbst die Welt sehen und wahrnehmen und glauben, sie würden das Richtige tun in ihrer eigenen Blase, in ihrer eigenen Wahrnehmung. So ist es denn wichtig mehr Verständnis aufzubringen und mit mehr Demut hinauszugehen in diese Welt. Denn das eigene Urteil ist immer nur das eigene subjektive Urteil und in dem Moment, in dem ich mich hineinversetze in die Situation des anderen, verändert sich vollständig die Wahrnehmung der Situation. Und schon kann ich verstehen, warum jener Mensch (mit dem ich ja sowieso verbunden bin, denn gerade im Moment ist ja die Verbindung hergestellt), warum jener Mensch eben diese Verbindung nicht spüren kann, weil er eingebunden ist, verstrickt ist in seiner subjektiven Wahrnehmung. Ich dagegen habe die Möglichkeit mich auszuweiten und zu erfahren, dass da im Außen etwas anderes ist als nur das, was ich wahrnehme. Das ist eine Erweiterung meines Bewusstseins.

Wenn ich dann weiterschaue, dann wird es mehr und mehr, und ich kann mehr und mehr verstehen: mich selbst, meinen Partner, die Angehörigen meiner Familie, meine Nachbarn und all jene Menschen, denen ich begegne, sei es beim Radfahren, beim Spazieren oder gar auf der Autobahn. Auch hier kann ich Verständnis entwickeln und über dieses Verständnis hinaus auch für mich mehr Stabilität und Ruhe entwickeln, denn das ist das, mit dem ich hinausgehen kann in die Welt. Und eben nicht aufgerieben werde zwischen all den anderen subjektiven Meinungen, Wahrnehmungen. Sondern mit diesem Blick hinaus über den Tellerrand erfahre ich, wieviel mehr es denn gibt als das, was nur ich wahrnehme. Und schon wird mir der- oder diejenige (die mir gegenübersitzen, die mich anschauen, die etwas erwarten von mir), schon wird dieser Blick verändert. Und ich kann meine eigene Position mehr und mehr stärken, denn ich weiß, dass ich in diesem Fall, dass du die Möglichkeit hast über dein subjektives Wahrnehmen hinauszugehen und auch jene Menschen zu verstehen, die da gerade dich anschauen und sich fragen: „Warum bin ich hier? Was mache ich hier? Was soll das Ganze?" Du aber weißt, worum es geht und du gibst das, was du geben kannst.

Deshalb bleibe auf deinem Weg. Gehe genau diesen Weg, den du gerade eingeschlagen hast. Gehe ihn Schritt für Schritt nach vorne, immer weiter. Du bist auf dem richtigen Weg und das weißt du auch. Dennoch kannst du jede Seitenstraße nutzen, um dann wieder gestärkt zurückzukommen dort auf deinen Hauptweg, der dich trägt. Denn das Einzige, was dich ablenken kann, das Einzige, was dich stören kann, ist deine Ungeduld, ist deine Angst, ist das, was du hinaus projizierst in die Zukunft. Die jetzt nicht da ist, denn du bist jetzt in der Gegenwart. Natürlich ist all das, was gerade auf dich zukommt mehr und mehr, und mehr als das, was zuvor auf dich gekommen war. Aber jetzt bist du in der Position, dass das, was gerade auf dich zukommt, dich auch wiederum stärkt. Du wirst gestärkt aus dieser Situation herausgehen, weitergehen. Du wirst dir selbst zeigen, dass es möglich ist, und dass du dich eben nicht unterwirfst der Anstrengung. Sondern dass du sie Stück für Stück einfach meisterst für dich.

Du nimmst sie an, die Aufgabe, du löst sie, du setzt sie um. Und du gehst einfach weiter, unbeeindruckt von dem vermeintlichen Druck, dem vermeintlichen Stress, der da von außen auf dich zukommt. Du bist die Meisterin, du bist der Meister deines Lebens und deshalb gehe Schritt für Schritt einfach weiter unbeeindruckt.

Nicht, dass du nicht wahrnimmst, was um dich herum geschieht, sondern, du gehst deinen Weg. Dafür lieben wir dich. Dafür sind wir dankbar, ...

- *dass du auch auf uns hörst,*
- *dass du immer wieder den Kontakt suchst,*
- *dass du das umsetzt, was im Raum steht, was an dich herangetragen wird,*
- *dass du immer wieder, trotz der eigenen Widerstände (auch in dir) gehst diesen Weg,*
- *dass du immer wieder es schaffst, dieses Lächeln in dein Gesicht hinein zu zaubern mit dem du deine Umwelt verzauberst und nicht zuletzt denen und die, die in unmittelbarer Nähe zu dir sind,*
- *dass du es immer wieder schaffst, dich gegen den Widerstand der von außen (sei es beruflich, sei es privat, sei es familiär) aufgebaut wird, dass du dich schütteln kannst wie ein nassgewordener Pudel und dann einfach beschwingt auf deinen (in diesem Fall) vier Pfoten einfach weiterläufst und vergisst das, was gerade wieder einmal als einen Marker auf dich geklebt wurde,*

- *dass du einfach erkennst, es ist nicht so, wie andere glauben, dass es ist; sondern es ist so, wie es ist, und jeder nimmt subjektiv die Situation wahr.*

So erkenne auch, dass Rituale durchaus ihre Berechtigung haben. Nicht, dass sie notwendig sind, nicht, dass sie irgendetwas in diesem Leben bewirken würden. Aber die Vorstellung, dass du ein Streichholz nimmst, es an der Reibefläche der Schachtel entfachst, den Schwefelgeruch riechst und dann wirklich Feuer in deiner Hand hältst und mit diesem Feuer einen Docht einer Kerze entzündest, auf dass ein Licht leuchtet und diese Kerze nicht nur dieses Licht und die leichte Wärme abstrahlt, sondern dir auch Zuversicht gibt, weil du kennst das Feuer, die Flamme, die Kerze seit der Kindheit. Du erinnerst dich als Vater und Mutter dich darauf hingewiesen haben wie gefährlich dieses Feuer ist und du erinnerst dich auch an diese magische Anziehungskraft von Kerzenschein. Diese magische Welt, wie ein gesamter Weihnachtsbaum erstrahlt voll Licht, wo du nicht herangehen darfst, weil es zu gefährlich ist, weil etwas geschehen könnte und doch die Spannung in dir: dieses Hingehen wollen und das Zurückgehalten werden. Behalte es für dich, die Magie der Flamme, die Magie des Feuers. Das Leben ist magisch und du bist das Zentrum dieses Lebens, deshalb: Geh weiterhin mit Vertrauen in dich und die Welt weiter.

Und damit verlassen wir dich für heute.

Die aktuelle Wahrheit annehmen

Wie kommt es eigentlich, ...

- o *dass wir immer wieder am Zweifeln sind,*
- o *dass wir uns selbst in Zweifel ziehen und*
- o *dass wir das, was wir gerade als unsere eigene Entscheidung hier im Raum stehen haben, was wir wahrnehmen, ...*
- o *dass wir nicht das, was gerade für uns aktiv ist, was für uns bedeutend und wichtig ist, ...*

nicht als das annehmen, was es ist, nämlich die aktuelle Wahrheit?

Warum hinterfragen wir immer wieder das, was gerade von uns auch gedacht wird, obwohl wir doch ganz deutlich spüren, innerlich spüren, dass wir die richtige Entscheidung gerade am Treffen sind? Warum glauben wir, dass wir nicht das und dem folgen können, was gerade in uns präsent ist? Wie kommt es, dass wir immer wieder in Zweifel stellen, dass unsere eigenen Entscheidungen die richtigen sind?

Statt darauf zu vertrauen, dass das, was gerade in uns geschieht, das Richtige ist, darauf zu vertrauen, dass das, was gerade am Entstehen ist, auch das ist, was für uns das Richtige ist. Ohne dass wir uns einmischen müssten, ohne dass wir den Weg vorgeben müssten, dass wir jenen, die tatsächlich mehr wissen als wir, dass wir jenen erklären worum es geht. Wie könnte ich einem Architekten erklären, dass ein Haus so oder so gebaut werden müsste, da ich doch kein Architekt bin? Stattdessen darauf zu vertrauen, dass er versteht, worum es mir geht und ich ihm deutlich und deutlicher und am deutlichsten auch erkläre und erklärt habe, worauf es mir ankommt. Wenn ich mich dann darauf verlassen kann, oder die Größe in mir auch entwickle, zu sagen: „Ja, es ist gut, so wie es gerade geschieht"; ohne dass ich mich einmische ... (denn dieser Bereich ist nicht der Bereich, indem ich mich auskenne, in dem ich eine Expertise besitze; ich weiß nur, was ich möchte, ich weiß nur, was ich mir vorstelle und doch gebe ich ab, und das mit Bewusstsein),... gebe ich ab meine Verantwortung an den oder an die, die jetzt die Möglichkeit haben, etwas umzusetzen mit ihrer Expertise in meinem Sinne. So dass ich dann nicht mehr einspringen muss, dass ich nicht mehr übernehmen muss, eine Staffel, einen Staffelstab, der nicht in meine Hände gehört, weil es nicht mein Weg ist und nicht meine Bahn auf der ich laufen soll.

Es geht nicht darum, dass ich mich zurücklehne und sage: „macht bloß das, was ihr macht, ohne dass ich mich einmische" Es geht darum, dass ich klar formuliere: „Dies und jenes sind meine Wünsche". Dass ich aber auch dann erkenne, dass andere für mich jene Bereiche umsetzen und voranbringen, von denen ich tatsächlich nicht weiß, wie und wo und in welche Richtung die Entwicklung geht. Dennoch kann ich mich einschalten immer wieder. Muss aber dennoch für mich auch erkennen, dass es Grenzen gibt. Und es dann auch zulassen, dass etwas in eine Richtung geht, die nicht von mir gewollt ist, die aber der Sache selbst gezollt ist.

Und dann gilt es darum, ganz deutlich, ganz bewusst und ganz klar zu sehen meine eigene Position zu sehen wo sie ist, ohne dass ich hinabsinke, dass ich Trauer empfinde für das, was gerade entsteht, vorhanden ist, geschieht. Sondern ich trotzdem erkenne die Vielseitigkeit all jener Situationen, die gerade auf mich zukommen. Dass ich mich nicht ablenken lasse emotional, und mich herunterziehen lasse in etwas, was nichts mit der Situation zu tun hat, sondern Emotionen dort stehenlasse, liegenlasse, wo sie sind. Und trotzdem für mich herausgewinne jene Kraft, die ich brauche für meinen Alltag, die ich brauche für mich.

Wichtig ist es die Emotion zu fühlen, egal ob es die Begeisterung ist oder die Trauer, ob es die Enttäuschung ist oder die Freude. Wichtig ist es weiterzugehen, jene Amplituden zu erleben und dann zurückzugehen zu jenem Normalzustand, der es mir möglich macht, mein Leben zu leben, so wie ich das Leben lebe. Ich muss hindurchgehen durch all jene Täler und jene

Höhen des Lebens, um zu erfahren, dass ich da bin, dass ich lebe, dass ich existiere. Und dennoch geht es nur darum zu erfahren, kurz, deutlich und bewusst: das sogenannte Negative und das sogenannte Positive. Um dann wieder in den Fluss zu kommen. Und mir nicht Gedanken zu machen über jene die nah sind und die weit entfernt sind, über jene, die verstorben sind und über jene, die noch kommen werden.

Wichtig ist es, deutlich, klar, ganz bewusst bei mir selbst zu sein. Mich selbst zu spüren, mich selbst zu fühlen, meine Ideen, meine Gedanken, meine Klarheit zu leben. Den Moment so anzunehmen, wie er ist, um daraus heraus das zu formen und zu gestalten, was im Moment für mich machbar ist. Nicht im Vergleich zu sein mit jenen, die da bauen Straßen und Brücken und Häuser. Nein, deutlich und klar zu erkennen: das, was ich tue ist das, was ich tue; das, was ich tue ist das, was ich hineinbringe in die Welt; ist das, was ich hier als meine Lebensaufgabe sehe und die Möglichkeit habe, dieses auch zu realisieren. Es gibt keinen Vergleich zwischen klein und groß. Es gibt keinen Vergleich zwischen dem, was andere tun und dem, was ich tue. Und selbst wenn ich mich vergleichen sollte mit jenen anderen, dann (atmet tief aus): ich würde mich vergleichen mit sieben oder acht Milliarden Menschen, ich würde mich vergleichen mit einem Universum von Myriaden von Menschen, die jemals gelebt haben.

Und darum geht es nicht. Es geht darum, dass ich mich jetzt selbst lebe, dass ich den Kontakt suche mit denen, die mir begegnen, dass ich auch Freude und Glück empfinde im Kontakt mit jenen, die ich tagtäglich sehe. Und ich darf das zurückgeben, was ich erhalte, ich darf das zurückspiegeln, was ich erfahre. Ohne den Finger zu erheben, den Zeigefinger, sondern einfach frei zu sein in dem, was ich tue.

Ich darf genießen, ich darf das Glück erfahren jetzt hier auf dieser Erde zu sein, im Moment, jetzt. Und aus diesem Jetzt heraus, andere auch zu erreichen. Und indem ich andere erreiche, erreiche ich noch mehr für mich selbst. Denn dann spüre ich, wie schön es ist in einer Gemeinschaft die nächsten Schritte zu gehen. Doch die Gemeinschaft muss nicht eine jene sein, die fest geformt ist, sondern auch der zufällige Blick, die zufällige Begegnung kann vieles bringen am Telefon, mit dem Brief, der Postkarte und beim Einkaufen.

So bitte ich dich denn darauf zu vertrauen, dass du an der richtigen Stelle jetzt bist, da wo du gerade bist in all deiner Bewegung, dort, wo du dich bewegen willst, dort, wo du stehenbleiben willst und dort, wo du vielleicht dich jetzt nicht bewegen kannst. Erfülle all das, was du tust mit dem größten Bewusstsein, das dir möglich ist, und immer mit einem Lächeln, immer mit Freude, auch wenn es manchmal schwerfällt, denn nur so ist es möglich, den Moment, das Jetzt zu genießen.

So danken wir dir, dass du da bist, dich immer wieder mit uns verbindest, immer wieder den Kontakt suchst und über diesen Kontakt erkennst, erfährst, wahrnimmst wie wunderbar es ist, hier auf dieser Welt zu wandeln dort, wo du gerade wandelst. So lass dein Licht scheinen, sei es als Kerze, sei es als Kaminfeuer oder sei es als Leuchtturm. Lebe deine eigene Quelle des Lichts und sei du selbst. Denn das ist das, was uns, uns gemeinsam am weitesten bringt.

Und damit verlassen wir dich für heute.

Abschalten

Zweifel, Angst und Sorge: Immer, wenn mich dieser Teufelskreis wieder einmal gepackt hatte und wenn ich in meinem Büro saß und nichts anderes sah, als das, was mich gerade wieder einmal belastete (den Zweifel, den richtigen Weg zu gehen, die Angst, das Falsche zu tun und die Sorge es würde nicht reichen für die kommende Zeit), dann musste ich mich immer wieder darauf besinnen ...

- *dass ich es bisher geschafft hatte dort zu leben, wo ich gerade bin,*
- *dass ich mit meiner Familie verbunden war,*
- *dass ich sehr viel erreicht hatte in meinem Leben und*
- *dass ich das, was ich habe und hatte einfach ausreichte für das, was ich gerade am Tun war.*

Doch diese dunklen Gewitterwolken waren immer wieder erdrückend. So musste ich mich bewegen, ich musste hinausgehen, ich musste einen Spaziergang machen, um wieder klare Gedanken zu erhalten und um mich mit neuen und anderen Gedanken und Ideen wieder auf den richtigen Weg zu bringen, mich auf die richtigen Schienen zu setzen, um dann einfach weiter zu machen und nach vorne zu schauen. Wohlwissend, dass ich doch bisher in meinem Leben, nicht unbedingt alles richtig gemacht hätte, aber doch eben gemacht hatte und es für mich immer eine Möglichkeit gab, einen Ausweg, ein kleines Etappenziel, das ich erreicht hatte. Und so konnte ich rückblickend erkennen, dass nahezu alles, was ich getan habe, mich weiter gebracht hatte dorthin, wo ich heute war, wo ich heute bin.

So sind wir dankbar dafür, dass es dich gibt, dass wir sehen und mitbekommen mit welchem wunderbaren Streben und Tun du bist, hier auf dieser Erde, dass du wahrnimmst und gibst und anderen die Möglichkeit gibst zu erkennen, wo sie sich gerade bewegen, was sie alles tun und was sie auch tun können. Wir wünschen uns deshalb umso mehr, dass du dich selbst mehr und mehr wertschätzt für das, was du tust und für das, was du bist und auch für das, was du bist ohne etwas zu tun, nämlich einfach nur hier da zu sein. Dann auch einmal eine wirkliche (wir nennen es) Pause einlegen kannst, einen Stopp hinlegst, für dich selbst da zu sein, nur für dich, ganz alleine, du für dich in aller Ruhe. Und dann wünschen wir dir, dass du tatsächlich abschalten kannst, deine Gedanken, deine Sorgen und Ängste und du geniest das, was gerade ist und nichts anderes. Das wäre ein Wunsch, das wäre eine Bitte, das wäre auch ein Genesungsvorschlag von unserer Seite für dich.

Welche Fragen beschäftigen dich?

I: Ihr habt schon eine ganze Menge an Fragen beantwortet, eure Wünsche teile ich und ich wäre froh, wenn ich sie umsetzen könnte... Es plagen mich Schmerzen im Körper und ich frage mich: heißt es mehr in die Ruhe gehen oder mehr in die Bewegung? Geht es darum Ärzte aufzusuchen oder auf die Heilung vertrauen, die ich immer kriege von euch oder auch von Dritten?

Die professionelle Unterstützung ist nie verkehrt, denn es gibt dir eine Klarheit, es gibt dir eine Sicherheit. Wenn Amateure an dir „herum doktoren", dann machen sie dies und sie tun es ohne Grenzen. Sie tun es in ihrem eigenen Verständnis und tatsächlich geschieht auch etwas in diesen Momenten. Doch es wird nicht gesteuert, es wird nicht kanalisiert und oft ist ein Willen dahinter und dieser Wille hat mehr mit der Person selbst zu tun die da handelt, als mit dem, was bei dir ankommt. Heilung geschieht immer fort und Heilung geschieht jederzeit. Und allein die Intention deines Nächsten, deines Liebsten und jener Menschen, die etwas Gutes für dich wollen lassen Heilung entstehen. Weil Heilung sowieso geschieht im Körper allein dadurch, dass du bist. Den Abgleich jedoch über einen professionellen Arzt ist nie verkehrt, ist angeraten, um für dich Sicherheit zu haben. Und auch hier gilt es dich in die richtigen Hände zu begeben, deiner Intuition zu folgen und dort dann auch darauf zu vertrauen, dass das, was als Information zu dir kommt, eine Information ist, die dir weiterhilft.

Die Vorstellung, sich nicht mehr zu bewegen, ist eine Vorstellung, die nicht in dein Weltbild hineinpasst. Es ist genau das Gegenteil: Mehr Bewegung, ein paar Übungen, das ist das, was dich unterstützt, was deinem Körper die Möglichkeit gibt, sich leichter und schneller und selbst zu regulieren. Aber auch hier ist es angeraten nichts zu übertreiben, sondern in einem ruhigen Fluss zu sein.

Dennoch ist es wichtig auch die Ruhe zuzulassen, denn dein Umfeld ist ausgesprochen angespannt. Und dieses angespannte Umfeld fließt natürlich auch ein in deinen Körper und verändert dich und deine Wahrnehmung vom Selbst. So ist denn wichtig, dass du mehr und mehr deine Eigenliebe praktizierst, dass du auch wenn du dich in den Spiegel schaust, dich erkennst und anerkennst, als das, was du bist: eine wunderschöne junge Frau, die im Leben steht, die so viel schon erreicht hat, die sie selbst ist. Und du bist nicht das „Abbild von" und du bist nicht das „Zielbild für", sondern du bist du selbst und das ist das Allerwichtigste. Dafür darfst du dich auch selbst lieben und so wirst du auch geliebt von denen, die dich umgeben: Die einen, die es dir mehr zeigen, die anderen, die es dir weniger zeigen können, weil sie es einfach unzufrieden sich selbst sind und der ganzen Situation um sie herum.

Gibt es noch eine Frage?

I: Gibt es noch etwas, was ihr mir und gegebenenfalls uns, Martin und mir mitgeben wollt?

Anzuerkennen, dass die Menschen, die mit dir in Berührung kommen und die mit dir in Kontakt sind und jene Menschen, die noch auf dich zukommen werden, anzuerkennen, dass sie etwas bei dir und in deinem Leben und im Kontakt mit dir finden, was für sie hilfreich ist, darum geht es in den nächsten Wochen und in den nächsten Monaten. Es ist nicht das Zelebrieren, es ist nicht das Ritualisieren, es ist nicht von einem Lehrbuch aus Dozieren, sondern es geht darum, den Menschen die Möglichkeit zu geben sich selber zu finden. Selbst-Stärke in sich aufzubauen, die vorhanden ist, aber die einfach verdeckt ist unter einem Deckel. Und diesen Deckel gilt es zu lüpfen und hineinzuschauen und zu erkennen, was da alles vorhanden ist. Und das Ganze darf geschehen ohne Anspannung, es darf geschehen in einer freien und einfachen Art. Und darum bitten wir dich das anzuerkennen und anzunehmen, dass hier nicht viel getan werden muss. Die Präsenz reicht aus und über die Anbindung die immer bei dir vorhanden ist, wird es auch entsprechend geschehen.

Und genau das Gleiche auch nutze für dich selbst und für dein gesamtes Leben das noch vor dir steht und das jetzt im Moment gelebt wird. Es ist die Leichtigkeit. Es ist nicht dieses „ich packe dieses und jenes noch in meinen Rucksack und nehme das noch dazu und eine zweite und auch dritte Tasche auch, um ja alles mit mir herumschleppen zu können". Nein, darum geht es nicht.

Erkenne die Freude im Alltag. Erkenne die Freude im Sein. Freue dich an der Sonne, an den Tieren, an der Natur.

Die Schmerzen machen dir nur bewusst, dass du ein physischer Körper bist. Sie werden wieder vergehen und du wirst wieder laufen, schreiten, springen, hüpfen können. Das kommt, gib dir Zeit. Geduld ist ein wichtiger Faktor in diesem Zusammenhang, das Achten auf dich selbst. Immer dann, wenn du spürst, dass Anspannung und Anstrengung, dass Stress dich gerade wieder einmal in eine Situation bringt, die du scheinbar nicht lösen kannst, schau´ zurück: wann hast du die letzte Situation für dich gelöst, die noch wenige Tage zuvor als Brocken in deinem Lebensweg lag? Und dann bist du hingegangen und hast etwas getan, hast eine Entscheidung getroffen und schon war mehr Leichtigkeit da. Weil du die Entscheidung getroffen hast, weil du dich selber ins Zentrum deines Tuns gestellt hast.

Drum bleibe wie du bist, aber lass´ die Taschen stehen. Du bist kein Maulesel, der hier etwas zu tragen hat. Du bist ein Mensch. Du bist du selbst und deshalb lieben wir dich.

Und damit verlassen wir dich für heute.

I: Danke

So gerne.

Die erste Eingebung

Wäre es nicht schön, wenn wir einfach auf unsere erste Eingebung vertrauen könnten, nein, einfach darauf vertrauen würden, dass das, was in uns entsteht, das, was wir als Allererstes wahrnehmen, nachdem wir eine Intention gesetzt haben, nachdem wir eine Frage gestellt haben, dass wir einfach darauf uns verlassen und dass wir es auch annehmen als das, was es ist: nämlich die erste Eingabe direkt nach der Anfrage, die wir abgesendet haben. Dass wir nicht mit unserem Verstand, mit unserem Bewusstsein immer wieder dazwischenfunken und verändern wollen und hinterfragen und glauben, dass das, was wir gerade an- und wahrgenommen haben, doch nicht das richtige ist, gar nicht sein kann. Denn wir müssten doch (so haben wir es doch gelernt), noch mal, noch einmal hinterfragen und die Situation noch einmal anschauen und dann ist dieser erste Impuls, (ist das, was der ursprüngliche, durchgegebene Gedanke ist), dann ist dieser hinweg und er ist verdeckt. Wir kommen nicht mehr an ihn heran. Wir wissen nicht mehr wie die ursprüngliche Antwort lautete. Denn all' die anderen Gedanken sind dazwischengeschaltet und wir können uns nicht mehr auf das verlassen, was sich da gebildet hat, in unserem Kopf. und zwar wirklich in unserem Kopf und nicht in unserem Herzen.

Wie aber ist es möglich, dass wir genau zu diesem einen Punkt wieder zurückkommen? Dass wir es zulassen, dass die Antwort, die in unserem Herzen liegt, (die bereit liegt, die vorhanden ist just in dem Moment, in dem wir die Frage stellen, in dem die Intention gesetzt ist), dass wir annehmen das, was in unserem Herzen liegt? Und nicht erst den Umweg über unseren Verstand gehen, über all' diese Gehirnwindungen und die Synapsen, die 'mal funktionieren und 'mal nicht.

Das Vertrauen auf unser Herz, das Vertrauen in die Mitte unseres Körpers zu lenken, hineinzuspüren und nicht den Kopf als das Zentrum all dessen anzusehen und anzunehmen, was unser Sein ausmacht. Sondern uns aus unserem Herzen führen zu lassen, (ich will nicht sagen von unserem Bauch), nein, von unserem Herzen führen zu lassen dorthin, wo wir uns wirklich wohlfühlen.

Wie ist es möglich, wie schaffen wir es von dem Kopf wegzukommen und hinzugehen zum Herzen und zu erkennen, dass nicht die Gedanken und nicht das Bewusstsein das ist, was uns führen sollte, was uns dorthin führt wohin wir gehen dürfen? Sondern, dass wir diesen vermeintlichen Umweg machen weg vom Kopf und hin zum Herzen? Ist es nicht jener Moment, in dem wir einfach einmal eine andere Perspektive einnehmen? Nicht die, die wir gelernt haben (über Jahre und Jahrzehnte gar), dass der Kopf uns leitet, dass der Kopf uns führt. Sondern, dass wir das Bewusstsein hineinlegen dürfen in ein völlig anderes Organ, in unsere Mitte und darauf vertrauen. Und nicht nur darauf vertrauen, sondern im Vertrauen das umsetzen, was uns dort bereitgelegt wird, gegeben wird mit beiden Händen.

Dass wir alte Muster neu definieren; dass wir alte Muster zur Seite legen und noch stärker dahinter schauen, dass wir in die Ur-Muster kommen und in die Ur-Ur-Muster. Denn nur so ist es uns möglich, dass das Neue, dass das Uralte ist zu integrieren in unser Leben, dass wir das, was wir erleben nicht mit jenen Rastern wahrnehmen, mit jenen Rastern „belabeln" und sagen: „Das ist dies und jenes ist das! Weil es immer schon so war." Sondern, dass wir offen sind für Veränderungen, diese Veränderungen zulassen. Weil wir in Verbindung sind mit der Ur-Quelle und nicht dem, was unser Kopf dazwischenschaltet.

Immer wieder nach anderen Möglichkeiten zu suchen mit einem offenen Blick und einem ganz weiten Gefühl. Und je weiter wir in diesem Gefühl sind, je weiter du es zulässt, zu fühlen statt zu denken, zu fühlen statt zu tun, desto näher kommst du an jene Situation heran, die uns alle verbindet und schon immer verbunden hat und auch weiterhin verbinden wird. Und dann wirst du auch feststellen, dass es gar keinen Unterschied gibt zwischen dem Vergangenem, dem Gegenwärtigen und dem, was als Zukunft kommt. Dann lässt du zu, dass dein Herz schon immer verbunden ist mit Allem und Jedem. Und es keinen Unterschied gibt zwischen Gestern und Heute und Jetzt und Morgen. Es ist nur noch dieser Fluss, nur noch dieses Gemeinsame, nur noch dieses Eine. Da gibt es keine Trauer, da gibt es keinen Schmerz, da gibt es keine Sorge und keine Angst. Dann ist es Liebe, Liebe pur. Und nur Eines: das All-Eine, die Verbindung.

Wenn ich wieder einmal saß in meiner Werkstatt und ich ganz klar und ganz deutlich, ganz bewusst auch, überzeugt war von meinem Lösungsweg, den ich brauchte um ein technisches Problem zu lösen. Dann, dann fieberte ich innerlich und ich war begeistert. Der Körper tat mir weh, der Kopf brummte, die Augen brannten und ich wusste: „Das ist die Lösung!" „Das ist die Lösung!"

Doch oftmals war ich dann tatsächlich im Fieberwahn und konnte nicht formulieren, konnte nicht erklären, konnte nicht aufschreiben oder zeichnen wie denn die Lösung wirklich aussah. Denn es war ein innerlicher Wahn, der mich hier in diesem Moment bewegte.

Dann musste ich innehalten. Dann musste ich einen Schritt zur Seite gehen. Ich musste aus der Werkstatt austreten, tief durchatmen, mich wieder neu finden, um aus diesem Fieberwahn herauszukommen. Und mit diesem Schritt zur Seite, aber dem Wissen, um das ich zuvor noch dachte, wieder erneut hineinzugehen nicht nur in die Situation, sondern auch in den Lösungsweg, um zu erkennen: Eine Zäsur ist wichtig auf dem Weg zur Lösung jedwedes Problems. Es ist nicht die Begeisterung, es ist nicht die Euphorie, es ist nicht der Sprung. Sondern, es ist erst einmal der Schritt zur Seite, um aus einer anderen Perspektive noch einmal zu betrachten das, was gerade geschehen ist und geschehen darf. Und mit diesem Wechsel des Fokus die Lösung zuzulassen, die eben nicht dort zu finden ist, wo ich sie gedanklich verankerte, sondern wo sie wirklich lag.

Und wie oft geschah es dann, dass ein Kollege, ein Mitarbeiter vorbeikam und in einem belanglosen Gespräch mit mir über Gott und die Welt (etwas was mich nun wirklich überhaupt nicht interessierte in diesem Moment), dass diese Entspannung die ich erlebte in einem Gespräch (mit einem Thema das nun gar nicht passte zu meiner Begeisterung, zu meinem inneren Brennen), dass ich durch diese Ablenkung hingelenkt wurde auf die tatsächliche Lösung des Problems. Und dann wurde mir klar, dass ein Festhalten, ein Drängen, ein unbedingt Wollen mich nicht weiter bringt auf meinem Lebensweg, in meiner Lebensgestaltung. Sondern, dass eine Zäsur, eine Veränderung, ein Schritt zur Seite, die Ablenkung durch Dritte mir die Freiheit gibt die ich brauche, um Lösungen zu finden für Fragen, die wie Steine auf meinem Weg lagen.

Natürlich habe ich immer wieder festgestellt, dass Menschen mit denen ich zusammenkam mich nicht so wahrgenommen haben, wie ich wirklich erscheinen wollte oder sein wollte. Ich hoffte man nimmt mich wahr, so wie ich bin. Musste aber dann auch wieder feststellen, in der stillen Kammer zuhause, allein oder beim Spaziergang oder sitzend im Garten: „Will ich denn wirklich so wahrgenommen werden wie ich bin? Ist es nicht förderlicher, dass Menschen mich so wahrnehmen, wie es der Situation angemessen ist?" So wie ich Kleidung trage, die der Situation angemessen ist? Sei es in der Kirche, sei es bei einem Vortrag oder auch sitzend in der Werkstatt; unterschiedliche Kleidung zu unterschiedlichen Anlässen, die mich repräsentieren in unterschiedlichen Situationen, für unterschiedliche Begegnungen.

Dabei wurde mir klar, dass ich vielfältig bin, "vielgesichtig" und dass ich mich nicht reduzieren lasse (und auch gar nicht will) auf eine, einzelne – nennen wir es Figur. Und dass dies alles Facetten meines Lebens sind, die ich nutzen kann, die ich spiele und die ich bin.
Und auch hier erkannte ich, dass immer dann, wenn jemand wieder einmal ein Label, einen Marker auf mich klebte, mir vermeintlich an den Kopf werfen wollte oder auch tatsächlich warf „Was für ein Mensch ich denn sei?"

Dass, wenn ich dies annahm, dass ich hier an dieser Stelle nicht erkannte, dass der, der gerade mit dem Label in meine Richtung warf, dass er am Ende seiner eigenen Kräfte war, dass er sich verteidigte und es gar nicht um mich ging. Dass ich erkennen konnte: Auch hier ein Schritt zur Seite gibt mir die Möglichkeit zu schauen hinter die Fassade, hinter die Maske dessen, der mich gerade angreift. Und der nur deshalb angreift, weil er keine anderen Argumente mehr hat, die rational passen zu der aktuellen Situation. Und ich ihn laufen lassen kann hinein in die Neutralität. Denn es hat nichts mit mir zu tun, was der andere gerade gegen mich vorbringt. Das half die Situation entspannt wahrzunehmen, neutral zu schauen. Und die Angst, die Sorge und die Furcht dort liegen zu lassen, wo sie war: nämlich bei meinem Gegenüber, nicht bei mir.

So ist es denn wichtig hier im Jetzt zu leben, jetzt hier im Moment, das Leben zu gestalten, anzuerkennen, dass es nur das Jetzt gibt und das mit Freude und einem Lachen anzunehmen. Denn nur dann, wenn ich Freude spüre, wenn ich übe die Freude mich und meinen Körper spüre, wahrnehme dass ich Ich bin im Hier und Jetzt, erreiche ich andere. Bin nicht eingeschlossen, bin nicht verkettet, bin nicht eingesperrt oder eingeschlossen in diesen negativen Gefühlen. Sondern wie eine Seerose, leuchte ich hinaus in die Welt und erreiche die Menschen. Ich bin nicht eingesperrt unter der Wasseroberfläche. Sondern ich bin da, ich zeige mich und damit erreiche ich all´jene, die mich jetzt sehen, die mich wahrnehmen, aber auch all´jene mit denen ich verbunden bin.

Mit den Worten des Dankes, dass ihr immer wieder den Kontakt zu euch selbst sucht und findet und über den Kontakt mit dir selbst, den Kontakt zu uns und allen anderen immer wieder aufbaut, mit tiefem Dank verabschiede ich mich von euch. Bis zum nächsten Mal.

Wir haben immer eine Wahl

Wir dürfen uns bewusst machen, dass wir immer eine Wahl haben, dass wir ständig dabei sind uns zu entscheiden, entweder in die eine oder die andere Richtung zu gehen, das Eine oder das Andere zu tun. Wir sind niemals wahllos und wir sind niemals ohne die Möglichkeit hier auf dieser Erde, ohne wirklich eine Wahl treffen zu dürfen, zu können und in der Regel auch treffen zu müssen. Wir können uns entscheiden, dieses oder jenes zu tun und dieses oder jenes zu unterlassen, und so können wir unseren Alltag gestalten. Auf viele Faktoren haben wir keinen Einfluss. So vieles geschieht automatisch ohne unsere Tätigkeit. Und wenn du dich genau betrachtest...

- *dich selbst hier sitzend in dieser Welt, auf dem Stuhl, an dem Platz, an dem du jetzt gerade bist,*
- *verglichen mit der gesamten Welt, der Erde, die dich trägt, aus der du hervorgegangen bist und in die du wieder hineingehen wirst,*

...dann wirst du erkennen, dass du nichts anderes als ein Sandkorn bist und eingebettet in das komplette Universum dessen, was hier auf der Erde existiert. Und doch bist du, du selbst. Und du selbst bist an der Stelle, an der du dich hast platzieren lassen, dich selbst platziert hast und lebst dein Leben genauso, wie es von dir gelebt wird. Und dafür (jetzt schon zu Beginn) danken wir dir, dass du so vieles hineingebracht hast in dieses All-Eine, in das unsere All-Eine, mit all jenen Erfahrungen, die nur du selbst machen konntest. Niemand anderes hätte all Jenes erfahren können auf deine Art und Weise, mit deiner Sichtweise erfahren können, wie du es gemacht hast. So sind denn auch die Menschen mit denen du zusammen triffst, mit denen du dich austauschst, mit denen du sprichst, sie sind interessiert daran. Und sie waren schon immer interessiert daran, die Art und Weise, wie du dein Leben gelebt hast. Deshalb lass sie weiterhin auch teilhaben an dem und wie du es für dich hier auf dieser Welt gestaltet hast dein Leben, wie du dich zu dieser einen speziellen Person hast machen lassen, die du selbst bist.

Andere können nur gewinnen, indem sie dir zuhören, mit dir verbunden sind, indem sie mitbekommen, dass sie auch dir etwas erzählen dürfen und in diesem Kontakt und in diesem Austausch ist es dann möglich, etwas Neues entstehen zu lassen. Deshalb sei nicht enttäuscht, wenn andere Menschen nicht auf dich zukommen und jene eben nicht zuhören, dir nicht lauschen deinen wunderbaren und so wichtigen Erkenntnissen, die du hinein gebracht hast in die Welt durch dein Sein. Sondern sie selbst von ihrer eigenen Perspektive immer wieder mehr und mehr erzählen, mehr als es notwendig ist (so wie du es wahrnimmst) mit Worten, die du nicht verstehen kannst, weil sie nicht in deinem Leben existieren, mit Forderungen und auch mit Hinweisen, die nichts mit deiner Welt und deiner Weltsicht zu tun haben. Lass sie dort stehen, wo sie sind.

Es gilt nicht darum, eine Brücke zu zerbrechen, einen Kontakt aufzulösen, jemanden nicht mehr im eigenen Umfeld liegen zu lassen oder jemanden tatsächlich als Feind zu bezeichnen, den man dann irgendwann einmal lieben sollte. In dem Moment, in dem ich einen Menschen bereits als Feind definiere, ist es mit der Liebe nicht mehr weit her. Menschen sind Menschen, nichts anderes. Es gibt nicht den Feind, es gibt nicht den Freund. Es sind Menschen, so wie sie sind. Wir gehören alle zusammen und letztendlich sind wir alle eins.

- o *Zu erkennen, dass die Reaktionen des anderen oder das, was ich wahrnehme in der Reaktion des anderen...,*
- o *zu erkennen und dankbar zu sein dafür, dass ich nicht so sein muss, wie derjenige, der mir gerade gegenübersitzt und der mir etwas erzählt in einer Sprache oder in einer Form, die ich nicht und niemals verwenden würde...*
- o *zu erkennen, dass der gegenüber mir Sitzende jenes tut, was ich niemals tun würde und niemals tun wollte, dass er es für mich auslebt, ausagiert...*

... und ich daneben sitze und mir sagen kann: „wie schön, so bin ich nicht. Ich bin, wie ich bin und ich lasse ihn oder sie so sein, wie sie ist. Es tangiert mich nicht. Ich bin mir der Situation bewusst, in der ich jetzt gerade lebe, in der ich jetzt gerade bin. Aber ich muss nichts tun".

Wie oft saß ich in meiner Werkstatt und war am Arbeiten. Und dann kam einer jener Mitarbeiter auf mich zu und erzählte mir etwas in einer Art und Weise, die mich komplett aus meinen Gedanken und aus meiner Arbeit herausriss. Oftmals wollte ich harsch reagieren, wollte zurückweisen, wollte mich abgrenzen und wollte jenen Mitarbeiter darum bitten, mein Pult, meine Aura, mein Feld zu verlassen.

Doch oftmals wurde mir dann auch bewusst, dass hier eine Zäsur gesetzt wurde. Eine Zäsur, die mir half, wieder neu über etwas nachzudenken in dessen Gedankenfluss ich gerade war, von den Gedanken, von denen ich glaubte, dass sie richtig seien. Vollständig richtig, denn ich war ja im Fluss, wurde aber unterbrochen durch jenen Mitarbeiter und dadurch gab es für mich die Möglichkeit, die Situation neu zu betrachten. Und wenn er dann weg war, der Ärger verrauchte, er löste sich auf, weil ich erkannte: hier wurde mir etwas gezeigt und hier wurde etwas tatsächlich schauspielerisch umgesetzt in einer Form, die ich niemals wählen würde für mich als Reaktion, dann zurückblickend auf das, was ich gerade tat. Und oftmals musste ich erkennen, dass der Fluss, den ich als Fluss wahrgenommen hatte (an Gedanken, an Ideen), gar kein Fluss war. Sondern es war ein Sog. Durch Unterbrechung war es mir möglich neu zu sortieren das, was zuvor von mir erdacht wurde und so hatte ich die Möglichkeit zu korrigieren das, was zuvor so stimmig war. Auch hier die Erkenntnis für mich, dass niemals das, was gerade von mir im Fließen wahrgenommen wird, auch fließend ist. Und dass ich jederzeit, immer wieder, jedwede Unterbrechung nutzen und immer wieder mich entscheiden darf nach links, nach rechts, nach vorne, nach hinten zu gehen, neu zu überdenken das, was gerade geschieht. Und oftmals ist dieses Überdenken das, was mir weiterhilft.

Ob das schon weiterhilft?

Gast: Ich finde es sehr spannend, wie du das gerade dargestellt hast, dass sozusagen das zu erleben, als etwas ganz anders, wie ich es nie machen würde, aber es nicht zu bewerten. Mein Problem mit diesen Sachen ist, dass ich mich oft abgewertet und beleidigt fühle...

Niemand kann dich bewerten, niemand kann dir das Gefühl geben, dass du nicht das bist und nicht das wert bist, was du bist. Das geschieht tatsächlich nur in dir selbst. Nimm dich selbst so wahr, wie du bist, in deiner Stärke, in deinem Licht, in deiner Kraft. Du wirst erkennen, dass jedwedes Intervenieren von außen auf dich gerichtet, immer von außen kommt und niemals etwas zu tun hat mit dir. Verstehe auch, dass die vielen Menschen, die dich tagtäglich sehen, mit denen du konfrontiert bist, dich mit ihren Augen so anschauen, wertend, vielleicht auch abwertend, vielleicht auch bewertend unterwegs sind, ohne dass du irgendetwas damit zu tun hast. Und sie werden niemals dein Wesen erkennen, deinen Charakter, dein Sein, weil sie mit sich selbst beschäftigt sind. So sind denn alle Reaktionen, die kommen auf dich zu von außen, Reaktionen von außen, sie haben nichts mit dir selbst zu tun. Der junge Mann, der in deine Richtung ruft, die alte Frau/die junge Frau, die dich sieht und sich erinnert fühlt an ihre Mutter: Du weißt nicht, was geschieht in den Köpfen und in den Gedanken der Menschen. Die irgendwie und auf irgendeine Art und Weise reagieren auf dich, selbst dann, wenn sie dir nahestehen. Wichtig auch hier: stell niemals dein Licht unter den Scheffel, stelle es immer auf den Scheffel.

Nur du kannst dich selbst abwerten und niemals solltest du dich selbst abwerten. Gib dir immer den größten Respekt, den du dir geben kannst und stehe zu dir und schau zurück auf all die Erfolge, die du eingesammelt hast im Laufe der Jahrzehnte hier auf der Erde. Einen Satz, der immer wieder wiederholt wird von mir: Stehe zu dem, was du getan hast, zu dir und niemals werte dich selbst ab. Es gibt keinen Grund dafür. Du bist die besondere Person, die ganz besondere Person, die du bist: Einzigartig, unverwechselbar. Die Einzige, die es gibt in diesen Milliarden von Menschen, die auf dieser Erde leben. Du bist du selbst und deshalb sei du selbst. Die Worte des anderen können dich nur verletzten, wenn du die Verletzung zulässt. Das lässt du aber in Zukunft nicht mehr zu. Und was hindert dich daran, auch ein „Stopp!" zu sagen?

Doch wäge ab: was ist hilfreich für dich? Wie weit magst du gehen? Und wo sind die Grenzen?

Und damit verlasse ich dich für heute.

Gast: Ich danke dir sehr, das ist sehr hilfreich, was du gesagt hast. Danke.

Sehr gerne.

Bedeutsam sein zu wollen

Vergleiche dich nicht mit jenen, die mit großem Aufwand der Weltpresse dort stehen, wo sie stehen und die mit vieler Unterstützung von unterschiedlichsten Seiten, mit unglaublichen Massen an Geld und an Aufwand in eine Position hineingedrängt wurden, die, unterstützt durch die Medien, sie dorthin gebracht haben, wo sie sind. Gewiss sie haben ihr Talent. Sie haben das, was sie tun, nicht nur trainiert, sondern sie sind wirklich eine jener Personen, die so in der Öffentlichkeit stehen, dass man das Gefühl hat, es gibt nur diese oder jene Person. Schau genau hin und du wirst erkennen, dass eine bestimmte Anzahl von Menschen immer und immer wieder auftauchen dort, wo die anderen Menschen hinschauen: in die Zeitungen. Und dann rechne einmal hoch wie viele Menschen es sind, die dort immer wieder auftauchen und vergleiche es mit der Menge an Menschen, die wirklich real existieren hier in dieser Welt. Das heißt, vergleiche dich nicht. Nicht wichtig ist es, hinein zu verfallen und zu schauen, was andere Menschen aufbauen, in welcher Form sie sich präsentieren, mit welchen Häusern sie sich schmücken und welche Menschen sie anziehen. Sondern es geht darum, einfach selbst so zu sein, wie du bist. Darum geht es.

Am Ende deines Lebens hier auf dieser Erde wird niemand fragen, was alles du erreicht hast. Es geht darum, dass du jetzt im Moment erkennst, welche Qualitäten du hast. Und diese Qualitäten gilt es auszudrücken, einen Ausdruck zu geben, sie zu leben, so dass du mit einem Lächeln im Gesicht immer wieder in den Spiegel schauen kannst, um dich dort selbst wahrzunehmen. Und nicht darauf wartest, dass ein anderer auf irgendetwas reagiert, was du sagst, was du tust, was du denkst. Du selbst bist das Wichtigste hier auf dieser Erde. Um es genau zu formulieren: das Allerwichtigste. Denn ohne dich würde es nichts geben, würde nichts existieren, würde nichts wahrgenommen werden. Verstehe deshalb bitte, wie wichtig du selbst bist. Stelle dir eine Welt vor, in der du nicht existierst... Diese Welt gibt es nicht. Nur dadurch, dass du existierst, existiert diese Welt.

Du bist der Dreh- und Angelpunkt all dessen, was hier auf dieser Erde geschieht. Und ohne dich ist nichts vorhanden. Erkenne diese unglaubliche Qualität, diese unglaubliche Macht. Und schöpfe daraus das, was für dich wichtig ist. Und erkenne deinen großen Anteil an all diesem. Erkenne aber auch deine Verantwortung, die darin liegt: auf den einen Teil oder auf den anderen Teil das Gewicht zu legen. Ob es dir wichtig ist, in Freude und Dankbarkeit die Schönheit dieser Welt wahrzunehmen oder den Druck und den Ärgernis dieser Welt stärker zu bewerten. Beides ist notwendig um zu verstehen, was diese Welt bewegt. Und dennoch ist es möglich sich zu entscheiden für das eine oder das andere.

Doch du hast sicher eine Frage?

I: Erst einmal danke für eure weisen Worte. Wie kommt es, dass Menschen danach streben, bedeutsam sein zu wollen? Und das, was du am Anfang formuliert hast, das Hier und Jetzt und unsere Erfahrungen und Sichtweisen als bedeutsam zu erleben, ignorieren oder sogar negieren? Es fällt mir sogar schwer, diese Worte für mich anzunehmen. Woher kommt es, dass wir auf eine andere Weise bedeutsam sein wollen?

Zu erkennen, dass andere Menschen bereits auf dieser Erde gelebt haben ist etwas, was wir in der Schule lernen. Wir bekommen mit, wir erfahren aus den Büchern, aus den Mündern der Lehrer, dass andere Menschen Großartiges bereits geleistet haben und dass wir nicht anderes sind, als kleine Schüler, die in der Schulbank sitzen und den Worten lauschen, derer, die da vorne mit dem Zeigestock in der Hand auf die Tafel deuten. Wir erfahren sehr früh, dass andere vieles tun. Und wir erfahren sehr früh, dass wir nichts tun im Vergleich mit dem, was schon bereits geschehen ist auf dieser Welt. Und diese Diskrepanz, die uns niemals genommen wird, weder im Unterricht, in der Familie, auch nicht im Austausch mit anderen, diese Diskrepanz macht es uns schwierig, uns selbst als das anzuerkennen, was wir sind. In der Kirche, in der Religion wird uns gelehrt, dass es etwas gibt, das weit größer ist, als wir selbst und dass es darum geht zu streben nach etwas, was wir nicht erreichen können auf dieser Erde. Das ist das, was uns gesagt wird.

Stattdessen, wenn uns endlich einmal gesagt werden würde, ...

- o *dass wir das Größte sind auf dieser Erde,*
- o *dass wir selbst selbstbestimmt sind,*
- o *dass es nur uns gibt und ohne uns nichts anderes gibt,*

... wenn das jemals irgendjemand sagen würde, dass dies die Wahrheit ist, dann würde der Blick auf die Welt ein anderer sein. Wir würden erkennen, dass die Menschen um uns herum notwendig sind für das, was gerade geschieht, für das, was geschehen ist und das, was geschehen wird. Wir wären in einer Dankbarkeit denen gegenüber, die das tun, was sie tun und vor allen Dingen in einer Dankbarkeit uns gegenüber, die wir dann das tun, was wir tun. Und damit einfach nur sind. Es würde Ruhe und Verständnis und Klarheit in diese Welt hineinkommen.

Und dennoch, wenn du hinausschaust in die Welt, wenn du dir anschaust, was dort alles geschieht: Wie viele wunderschöne Momente, wunder-, wunderschöne Momente entstehen in dieser Welt, die vorhanden sind. Und dann gibt es eben den Gegenpol dazu: das, was nicht so schön ist. Und doch gehört beides zusammen und wird dann wieder als Einheit gesehen, zu einer in sich geschlossenen, sehr schönen Geschichte.

Ob das schon mit deiner Frage korrespondiert?

I: Von den Worten hallt es nach. Von dem was es bedeutet, verhallt es in mir. Ich kann das nicht halten, dass du sagst: Wir haben so viel – wie sagst du – Macht, Kraft? Das passt nicht zu meiner bisherigen Erfahrung.

Wie soll eine Urerkenntnis mit dem übereinstimmen, was du als Mensch jetzt im Moment fühlst und denkst? Wenn du dich nicht öffnest für das, was die wirkliche Wahrheit ist und das, was dich als Person persönlich auszeichnet? Wie sollte etwas, was du seit mehreren Jahrzehnten eingebläut bekommen hast plötzlich einer Erkenntnis weichen, die wesentlich älter ist als du selbst, weil sie die Grunderkenntnis des Lebens ist? Wie solltest du es wahrnehmen, wenn du aufgrund deiner Erziehung immer wieder in eine andere Richtung getrieben wurdest, gestellt wurdest, gesetzt wurdest? Im Prinzip ist es ein Einmaliges „Ja, so ist es!" Doch unser Kopf, unser Bewusstsein lässt es nicht zu, dass diese wunderbare Erkenntnis (die als solche schlicht und ergreifend existiert) wahrgenommen wird. Wir wehren uns dagegen, weil wir durch unsere Erziehung, weil wir durch unsere vermeintliche Erfahrung etwas wahrgenommen haben, was anders ist. Und nun, da wir vor der Wahrheit stehen, müssen wir erkennen, dass wir uns immer wieder dagegen wehren.

Das ist auch nicht verkehrt, auch diese Lernaufgabe gilt es hier auf dieser Erde wahrzunehmen. Und das Schöne ist, im Moment des Übergangs wirst du erkennen, dass du all das, was du wahrgenommen hast, tatsächlich wichtig war in jeder Form, in jeder Nuance, in jedem Schmerz und in jeder Freude. Alles, alles war wichtig. Das hinübergegeben wurde in das All-Eine als etwas, was niemals durch einen anderen Menschen hätte hinübergebracht werden können. Alles ist richtig. Im letzten Moment deiner Existenz auf dieser Erde wirst du es wahrnehmen. Mit einem breiten Lächeln wirst du dann hinübergehen.

Und das wissend wäre es schön, wenn du es einsetzen könntest hier in deinem Leben, im Jetzt. Um ein wenig zu steuern das, was du wahrnehmen möchtest und das, was du weitergeben möchtest. Letztendlich ist es egal, ist es völlig gleichgültig, was alles du erlebst auf dieser Erde. Dennoch kannst du dir das Leben selbst auf dieser Erde ein wenig gestalten, indem du mehr und mehr das tust, was deinem eigenen Wesen, deinem eigenen Charakter, dir selbst also mehr und mehr entspricht. Und dann darfst du wählen zwischen dem, was du tatsächlich erleben möchtest und in diese Welt auch hineinbringen willst. Du darfst entscheiden, ob das Glas matt ist oder ob es durchlässig ist. Du darfst entscheiden, ob der Apfel wohl schmeckt oder ob er nicht wohl schmeckt. Du darfst entscheiden, ob die Situation für dich stimmig ist oder nicht und wenn sie nicht stimmig ist, dann hast du die Möglichkeit, sie zu ändern. Wenn sie stimmig ist, hast du auch die Möglichkeit sie zu ändern. Sei es, dass du dich entfernst oder dass du tiefer hineingehst. Immer hast du eine Wahl und du bestimmst. Du kannst den Ort verlassen, an dem du bist. Du kannst aber auch an dem Ort bleiben, an dem du bist. Die Welt ist groß. Nein, die Welt ist riesig. Und du bist an nichts gebunden. Du bist mit dir verbunden und mit uns. Ansonsten hast du die freie Wahl. Das erschreckt auf der einen Seite und das gibt Freiheit auf der anderen Seite.

Nimm dir die Zeit und beobachte einmal einen Gegenstand, egal welchen, über einen längeren Zeitraum. Und beobachte dabei die Gedanken, die entstehen in deinem Kopf, in welche unterschiedlichsten Richtungen sie gehen. Und du wirst feststellen, der Gedanke ändert sich, die Gedanken ändern sich, deine Wahrnehmung wird permanent wechseln. Der Gegenstand selbst aber bleibt der Gegenstand. Und dann erkenne, welche Macht du selbst besitzt und dass alles was du tust, Veränderung ist. Das, was du betrachtest dagegen, bleibt so wie es ist.

Mit diesem Worten verlassen wir dich für heute.

I: Wir danken euch.

So gerne.

(Ein paar Sekunden später)

Lege ab den Widerstand, der immer wieder in dir aufkommt. Lege das ab, was dich hindert daran, das Leben so wahrzunehmen, wie das Leben wirklich ist. Der Kampf ist etwas, das zwar in dir steckt, aber nichts, was dich wirklich Schritt für Schritt weiter nach vorne bringt. Du bist ein liebenswerter Mensch. Du bist die Liebe selbst, wenn du es zulässt. Deshalb gehe mehr und mehr in dieses Gefühl, das „Ich-liebe-mich-selbst" hinein. Statt „Ich-muss-kämpfen-um-irgendetwas-was-ich-noch-nicht-erhalten-habe".
Und vermeide es, dich selbst in Vergleichen mit anderen zu sehen, das andere etwas mehr hätten als du. Wenn du genau hinschaust, (und darum bitten wir dich genau hinzuschauen) dann wirst du erkennen, dass 99 % der Menschheit es wesentlich schlechter haben als du selbst. Dass du (im wahrsten Sinne des Wortes) privilegiert bist und greife genau nach diesem Bewusstsein, dass es dir gut geht. Lass es dir gut gehen, damit auch anderen, die in deiner Umgebung sind, es besser geht. Nur so ist es möglich ein sinnvolles Leben hier auf dieser Erde zu leben und nicht den anderen zu zeigen, dass sie die Schlechten sind und nur du verstehst, worum es geht. Denn bei genauerer Betrachtung wirst auch du erkennen, dass viele Expertisen, die du glaubst zu haben, nicht vorhanden sind. Und dennoch hast du so vieles zu geben, so vieles Unterschiedliches, was andere Menschen an dir nicht nur schätzen, sondern lieben, was sie von dir erhalten möchten. Gib genau das, was du geben kannst und nimm dich als diesen wunderbaren Menschen wahr, der du bist. Bring´ genau das hinaus in die Welt.

Die Verbindung halten

Ja, es bedarf einer Disziplin, um das zu tun, was ihr tut und das auszuführen, was ihr tut. Denn es geschieht nichts, ohne dass wir zumindest eine Intention setzen. Es bedarf einer Disziplin dranzubleiben, zu wollen, tatsächlich zu wollen, den Kontakt herzustellen, zu halten und in Verbindung zu bleiben mit uns. Nur dürfen wir nicht an dieser Stelle verwechseln, dass das Wollen im Irdischen äquivalent ist zu dem Wollen in Bezug auf das All-Eine. Es geht hierbei schlicht und ergreifend das Wollen zu transformieren in das Sein und über das Sein, die Verbindung zu uns so zu halten, dass wir hier auf der Erde spüren, unseren Körper, unser Wohlbefinden und somit die Verbindung zu dem All-Einen. Und umgedreht, dass das All-Eine in Verbindung bleibt mit uns. Und dazu bedarf es einer gewissen Disziplin, einem Dranbleiben, einem „neugierig-sein-bleiben", auch einer Freude und die Freude wahrzunehmen und das spüren zu wollen. Und dann auch zu spüren und offen zu sein für das, was da geschieht, wenngleich es sich nicht so anfühlt, wie wir es zuvor glaubten, dass es sich anfühlen würde. Und dennoch, wenn wir dann mitten im Prozess sind, mitten im Sein sind, dann erkennen (wir), wie schön, wie tief, wie unendlich sich genau dieser Moment und dieses Gefühl anfühlt. Denn genauso ist dieser Moment: er ist tief, er ist unendlich und er ist so vielfältig, wie wir es nicht gewohnt sind in unserem Alltag es zu erleben.

Wenn ich in meiner Werkstatt saß und zuvor meine Frau mir einen Auftrag gegeben hatte, tatsächlich einen Auftrag im Sinne von: „Wenn du dann zurückkommst aus deiner Werkstatt, dann geh´ vorbei bei diesem und jenem Krämerladen und bringe mit dieses und jenes, aber bitte nicht das und das, sondern jenes und von dieser speziellen Bäuerin". Ich hörte diesen Auftrag am Morgen zwischen sieben und acht Uhr, ging mit diesem Auftrag im Gedächtnis, im Kopf, im Gehirn in meine Werkstatt und rief mir den Auftrag auch immer wieder ins Bewusstsein: Ich soll dieses und jenes, von jenem ja, von jenem nicht und dieses schon gar nicht und das ja. Und so ging es den ganzen Tag und ich hüpfte in meinen Gedanken hin und her. Dann schließlich war Feierabend (ich arbeitete natürlich etwas länger als üblich), ging ich hinaus, ging zu dem besagten Laden und stand davor und wusste nur noch „Nicht!". Ich sollte nicht. Aber ich sollte doch etwas? Das Einzige, was in meinem Kopf blieb war das Wort: „Nicht!". Dann stand ich vor den Waren, die dort auslagen und ich folgte meiner Intuition, indem ich zugriff auf das, was ich glaubte, was wir brauchten, vielleicht, unbedingt, notwendig, nicht ganz. Der Korb war voll, er war übervoll, ich kam zurück. Und zu meiner großen Freude, ich hatte tatsächlich das gekauft (neben vielen anderen Sachen, die unnötig waren, aber das gekauft), was auch gefragt wurde.

Im Rückblick wurde mir dann aber bewusst, dass ich das einzige Wort gespeichert hatte, das sich durch die ganze Situation zog, es war das Wort, die Negation, es war das „nicht". Darauf ließ ich weitere Übungen folgen, tatsächliche Übungen, die ich mir ausdachte. Ich versuchte an einem Tag nicht an einen Elefanten zu denken. Ich nahm nur dieses Beispiel mit in den Tag, in meine Werkstatt und überall stand er herum: groß, klein, dick, fett. Überall war der Elefant. Ich konnte mich nicht freimachen vom „nicht-daran-denken" an diesen Elefanten. Er war allgegenwärtig und so musste ich meine Lehren daraus ziehen.

Das Erste was ich tat, war am nächsten Morgen wieder sitzend in meiner Werkstatt: ich legte ab meine Brille, die ich in jenem Lebensalter tragen musste, um das, was in meiner näheren Umgebung lag lesen zu können. Mit der abgelegten Brille war es mir tatsächlich nur schwerlich möglich überhaupt irgendetwas in seinen physischen Grenzen erkennen zu können, was da lag auf meinem Katheter um mich herum in einer Umgebung von zwei, drei (ich muss realistisch sein), fünf Metern. Doch diese Übung half mir das Wesen und die Essenz all jener Dinge zu erkennen, die um mich herum lagen, die meinen Alltag bestimmten. Der Stift war der Stift, das Papier das Papier, das Löschpapier das Löschpapier, die Tinte die Tinte. Ich wusste, wo was lag, der Bleistift, der Spitzer, das Messer. Und plötzlich war es mir möglich auf einer ganz anderen Dimension zu erkennen, meinen Alltag, all das, was mich umgab. Weil ich mich nicht mehr darauf verließ auf das, was ich über meine Augen gespiegelt bekam, was umgedreht wurde und was dann auf der Rückseite meines Glaskörpers zu meinem Gehirn geleitet wurde. Plötzlich war ich in Verbindung mit dem Stift, dem Papier, der Schrift und ich nahm Anderes - nein, ich nahm dasselbe anders wahr, aber tiefer und stärker. Und auch hier wurde deutlich: ja, es ist der bewusste Schritt zur Seite, ja, es ist die Disziplin, etwas bewusst und klar zu tun und nicht einfach hinzuhuschen. Sondern die Entscheidung zu treffen: ich tue dies, ich tue jenes oder ich unterlasse das oder ich unterlasse jenes.

So wurde mir dann auch klar, dass ich, wenn ich etwas nicht wollte oder umgedreht, etwas unbedingt wollte, ich mir selbst im Wege stand. Weil ich bereits zuvor Erlebtes hineinprojizierte in das, was plötzlich nicht mehr so funktionierte wie zuvor. Statt mich einzulassen auf diesen neuen Zustand, der mir gegeben wurde, auch durch eine bewusste Veränderung. Und plötzlich war da kein „Nicht-mehr" in meinem Leben, kein Elefant, der mich blockierte, und keine Brille, die ich trug auf meinem Nasenrücken. Denn ich hatte mich frei gemacht von jenen Hilfsmitteln. Frei gemacht auch in der Annahme von Aufträgen, indem ich hinterfragte: „Was aber möchtest du von mir?" Und dann auch abblockte das „Nicht-hier" und das „Nicht-dort", sondern das „Ich-möchte-dies" und „Ich-möchte-das". Womit ich mich befreit sah und entspannt in den Tag gehen konnte, mich nicht mehr ablenkte durch Gedanken, die in eine falsche Richtung zogen und offen war für Neues, was jetzt entstand auf der Basis des Alten, aber nicht mehr das widerspiegelte, nicht mehr das wiederholte von dem, was tags zuvor und in der Zeit zuvor galt. Sondern ich anerkannte den Wandel der Zeit, der durch meine eigene Existenz hier auf dieser Erde voranschritt. Ich also nicht festhielt an dem Alten und versuchte das zu wiederholen, was zuvor schon funktionierte. Sondern offen war für das, was jetzt zeitaktuell für mich das Richtige war.

Mit diesen, hoffentlich entspannenden Worten verlasse ich euch für heute.

Der Punkt des Änderns

Immer dann, wenn ich morgens durch die kleine Gemeinde, durch die kleine Stadt lief und mich dann aufregte oder aufregen ließ von den anderen Menschen, von jenen, die da Lärm machten, die sich anders verhielten, als ich es erwartete, die einen ganz eigenen Weg gingen, die mich manchmal anrempelten, die un-umsichtig herum in dieser Welt liefen. Immer dann, wenn ich mich antriggern ließ von deren Aktion, dann war ich unglücklich und musste versuchen, mich ganz aktiv abzulenken und zu neutralisieren das, was ich sah. Ich musste immer tiefer und tiefer in mich hineingehen. Auch jene Gedanken wegschieben, die nach Reklamation drangen, die mich darauf hinführten, dass ich jetzt hier jemanden anrufen müsste, damit eben dieses und jenes nicht mehr geschehe.

Doch wenn ich dann wieder die Kraft und die Ruhe und die innere Stabilität in mir fand, wenn ich für mich sorgte, wenn ich den inneren Raum wieder von mir erkannte, dann war klar, dass ich die Situation meistern konnte, ohne dass das, was gerade wieder einmal im außen geschah, mich in irgendeiner Weise tangierte, tangieren musste. Denn das waren ja sie, es waren ja die anderen, die ich wahrnehmen konnte, das war ja nicht ich. Entsprechend bin ich dann wieder gestärkt in die Situation hineingekommen.

Jedes Mal aber irritierte es mich, dass es dauerte, dass es nicht sofort funktionierte. Ich konnte nicht aufstehen, ich konnte nicht hinausgehen in die Welt, in die Gemeinde, in die Stadt, und bereits gefestigt durch diese Stadt hindurchgehen. Sondern ich musste immer wieder Momente wahrnehmen in denen ich erkannte, dass gerade jetzt wieder ein Ungleichgewicht in mir vorhanden war. Und es dauerte immer wieder eine gewisse Zeit, in der ich (völlig entnervt von der Umwelt, die mich umgab) mich selbst nicht spürte, bis ich dann zu dem Punkt des Änderns kam und ich mich selbst wieder wahrnahm als das, was ich bin: Ein göttliches Wesen. Genauso wie die anderen auch: jeder für sich das tuend und auslebend - auch das, was ich nicht ausleben wollte. Ich wollte nicht unbedacht und ohne klares Ziel hindurch stolpern durch diese Welt. Doch jener tat es für mich. Und ich erkannte mich in ihm wieder, jedoch von außen und weit weg von mir, so dass er das erfüllte, was nicht für mich bestimmt war, was ich nicht wollte. Und ich aber zurückgeworfen war auf mich, um zu erkennen, wer ich wirklich bin. Und dann war ich wieder in meiner Mitte, war wieder gestärkt und konnte das Spiel draußen als das ansehen, was es war, was es ist: Das Schauspiel. Und konnte wieder meinen eigenen Weg gehen.

So nutze denn diese wunderbare Situation und geh´ hinaus als ein Beispiel, als eine Übung: geh´ durch die Stadt und erkenne dich im Tun der anderen wieder. Gehe eine halbe Stunde lang durch deine Gemeinde, deinen Ort, deine Stadt und erkenne dein eigenes Tun, das du nicht ausführen möchtest, im Tun der anderen. Erkenne den Rebell, erkenne den Zurückgezogenen, erkenne den „Der-du-niemals-sein-möchtest" und doch scheint er in deinem Blickfeld. Nimm all das wahr, was du nicht lebst im außen: Personen, die dir begegnen und erkenne, dass es Teile von dir sind. Und dann lasse sie liegen, dort wo sie sind, weil sie werden ausgelebt von den anderen. Und schau´ was es mit dir innerlich macht.

Gibt es eine Frage im Raum?

I: Erst einmal danke für deine Worte. Du sprachst bei einem der letzten Male vom Urgedanken, von diesem Urvertrauen, könntest du hierzu noch etwas für uns mitgeben?

So, wie ich es gerade ausgeführt habe: Erkennend, dass die Welt und wir alle gemeinsam Eines sind, dass das All-Eine jetzt schon existiert. Es geht nicht darum darauf zu warten, dass wir die Welt wieder verlassen. Sondern es geht darum zu erkennen, dass wir im Jetzt, hier alles haben, was wir brauchen, was wir sind, es ist alles vorhanden. Manches ist in uns inkorporiert, manches ist in uns vorhanden. Unsere Anteile sind es, die wir leben in diesem Leben. Andere Anteile sind außerhalb von uns. Sie sind von uns manchmal erreichbar, manchmal sehbar, manchmal greifbar und manche eben weit, weit entfernt. Doch sie sind alle vorhanden. Wichtig ist dabei die Neugierde, nicht nur wahrzunehmen, sondern auch auszuleben, die Neugierde fließen zu lassen. Sich selbst einzugestehen, dass es viel mehr gibt als das, was wir uns vorstellen können und wünschen können. Dass es weit draußen, viel, viel mehr gibt, sowohl im positiven als auch im vermeintlich negativen.

Wohlwissend, dass alles bereits vorhanden ist, wir Teil des Ganzen sind, sollte ausreichen uns aufrecht gehen zu lassen hier in dieser Welt und all das wahrzunehmen, was um uns herum ist: Sei es die Luft, sei es die Sonne, sei es der Regen, selbst der Boden unter unseren Füßen, gelegentlich die Begegnung mit anderen Menschen. Zu wissen, dass alles da ist und zu erkennen, dass alles so ist, wie es ist, wenn wir es leben dürfen, sollte genügend Stabilität in unser Leben bringen und dieses Urvertrauen auch zu leben.

Wir können nichts ändern, was wir nicht ändern wollen. Und wir können nicht nach etwas streben, was wir nicht erreichen können. Normalerweise tun wir nur das, was gerade in unserem Umfeld möglich ist und wir beschränken uns und unser Umfeld auf das, was gerade für uns erreichbar ist. Die großen Sprünge, das hatten wir (wenn überhaupt) in unserer Jugend in einer Zeit, da Saft und Kraft in uns spross und wir glaubten, die Welt erobern zu können. Das hat sich dann irgendwann verändert.

Aber jetzt zu erkennen, dass genau das, was um uns herum geschieht, genau die Faktoren sind, die wir hineinbringen durch unser Erleben in das All-Eine zurück, das sollte uns Kraft geben für den Alltag, das sollte uns Kraft geben für all jenes, was wir erleben. Wenn wir dann doch wieder einmal mit Widerständen blockiert werden (weil wir es als Widerstand wahrnehmen, nicht als Wachstum, nicht als ganz normale Situation im Leben, sondern hadern darüber, dass andere scheinbar uns nicht so wahrnehmen, uns nicht so befördern, wie wir es wollen, wenn sie das tun, was sie tun, was aufgrund ihrer Tätigkeit jetzt aktuell wichtig (scheinbar) ist, wir jedoch als

Widerstand, ja gar als Angriff, als Nicht-Wertschätzung unserer eigenen Person wahrnehmen), wenn das wieder einmal geschieht, dann gilt es in die Selbstliebe zu kommen und zu erkennen: Für jedes Problem gibt es eine Lösung, rückblickend wissen wir, dass wir jedes Problem gelöst hatten. Nicht in Aktionismus, nicht mit großem Geschrei. Wir haben die Lösung gefunden: Manchmal löste sich das Problem vollständig auf ohne unser Tun, manchmal wurde etwas gefordert und manchmal war es schlicht und ergreifend der Faktor Zeit, der dann das auflöste, was für uns im Moment gerade noch als großes, großes Problem, als Anfeindung im Raum stand.

Wenn die Welt so wäre, wie wir sie uns vorstellen würden (wenn tatsächlich all das so geschehen würde, wie es mit unserem Bewusstsein, in unseren Gedanken geschieht), ...

- *dann würde das Flugzeug abstürzen, weil ich glaube, es würde abstürzen, weil ich die Sorge hätte, es könnte jetzt abstürzen,*
- *dann wären die Menschen tot in diesem Flugzeug, nur weil mein Gedanke mich gerade dort hinlenkte, weil ich eins und eins zusammenzählte aus der Vergangenheit und nicht loslassen konnte,*
- *dann würde ich nicht über die Straße gehen ohne in großer Sorge und Furcht zu sein,*
- *ich würde nicht einmal den Tag beginnen wollen,*
- *ich würde eine Stadt so planen, wie ich sie mir vorstelle und wäre dann überrascht, wie langweilig und einseitig und unmöglich tatsächlich diese Stadt ist, da ich keine Expertise und kein Wissen habe was mit Stadtbau und Planung zusammenhängt.*

Wenn ich glauben würde nur das, was ich glaube, würde ich zurückgewandt sein und würde in der Vergangenheit leben, nicht in der Gegenwart und schon gar nicht für die Zukunft. So vieles würde geschehen nach meiner Vorstellung und es wäre ein einziges Chaos - wenn ich genau hinschaute. Nicht, dass die Welt von mir nicht als Chaos oder im Chaos lebend wahrgenommen wird, aber es ist ein anderes Chaos.

Und dann gibt es diese wunderschönen Momente der Ruhe. Und wenn ich diese lebe, wenn ich dann spüre, dass ich in dieser Kraft bin, dann kann ich wieder hinausgehen und es weitergeben, genau das, was in mir vorhanden ist. In der Wahrnehmung der Schönheit im Außen erhalte ich Zugang zu meiner inneren Ruhe, zu meinem inneren Frieden, zu meiner inneren Kraft. Und wenn ich dann diesen Zugang gefunden habe, kann ich diesen nach außen bringen, dann wird vieles im außen leichter nicht nur für mich selbst, sondern auch für all die anderen, denen ich begegne.

Und damit verlasse ich dich für heute.

Die Einheit

Es gab in meiner Zeit als Angestellter in der Firma immer wieder Momente in denen Menschen auf mich zu kamen und mir davon berichteten, dass sie Vertrauen in ihre eigene Idee, Vertrauen in das, was sie für sich entdeckt haben, hatten und mit diesem Vertrauen auch hinaus in die Welt gegangen sind. Oftmals fiel ein solcher Satz wie „Ich vertraue auf mich" und „Ich bin derjenige, der diese Idee umsetzen kann". Manchmal sogar ging es in diese Richtung: „Es geht um mich und ich vertraue mir!"

Anfangs war ich überzeugt von solchen Sätzen, ich war unterstützend dabei und hatte mir niemals Gedanken gemacht, dass ein Satz wie: „Ich vertraue mir", der, wenn er weitergeführt wird, tatsächlich in die Richtung gehen kann: „Ich liebe mich" und „Ich vergebe mir!" Dass dieser Satz eine Spaltung hervorruft im Bewusstsein eines jeden einzelnen Menschen mit sich selbst. Der einfache Satz „Ich vertraue mir", „Ich respektiere mich", „Ich verstehe mich", bedeutet doch nichts anderes, als ...

- o *dass ich von mir gespalten bin,*
- o *dass ich über mich spreche als zwei Personen,*
- o *dass ich mir Respekt zolle und zwar ich mir selbst, also ein „Außen-mir" dem Innen und ein „Innen-mir" dem Außen.*

Das verwirrte mich. Oftmals stand ich dann vor diesen Personen, die da gerade von sich in der vermeintlich dritten Person gesprochen hatten und über sich und mir Vertrauen weitergeben wollten, in dem sie sagten, dass sie sich selbst vertrauen, ihrer Idee den Respekt zollen, den diese Idee braucht und ich war irritiert und schaute in diese, vermeintlich leeren Gesichter. Wenn ich dann wieder zurück war (vielleicht allein in der Werkstatt oder auch dann in meinem Garten oder im Haus mit meiner Frau) und darüber nachdachte, was da gerade geschehen war: Ein Mensch sagte einen Satz „Ich vertraue mir", „Ich respektiere mich", „Ich bin bei mir!", dann spürte ich einen innerlichen Schmerz und ich erkannte, dass ich nicht zwei

Personen sein möchte. Sondern dass ich mich selbst anders sehen möchte als Einheit und nicht gespalten. Also nicht „Ich vertraue mir" und „Ich respektiere mich", sondern:

> *„Ich vertraue",*
> *„Ich bin"* und
> *„Ich lebe!"*

Ich möchte keine Unterscheidung, ich möchte keine Spaltung in mir spüren. Die Einheit gilt es zu leben. Die Einheit einfach zu sein. Und nicht Worte zu finden, die mich aus dieser Einheit herausreißen. Wenn ich sage „dass ich mich respektiere, wenn ich mich liebe", dann fehlt das Gegenüber. Und warum sollte ich von mir in einer zweiten Form sprechen, die jenseits von mir ist. Und dann ging ich über zu dem Satz: „Ich bin", „Ich lebe!" - und es reichte. Es reichte völlig aus, weil ich spürte, dass das Sein und das Leben, dass die Verbindung in dem Moment geschaffen war und ich keinerlei Worte brauchte, um noch irgendetwas zu beschreiben.

Wenn dann wieder einer jener Menschen auf mich zukam und von dem Vertrauen in sich selbst und sein Produkt sprach, dann konnte ich ihn anlächeln, konnte freundlich sein und konnte abstrahieren von dem, was er gerade versuchte mir zu erzählen und war nicht mehr irritiert. Weil ich ja selbst wusste, wo ich war, nämlich in mir, ohne Spaltung, einfach gefestigt im Sein und im Leben.

Und immer dann, wenn ich meiner Frau gegenüber sagte „Ich liebe dich", „Ich respektiere dich", „Ich bin für dich da!", dann war mir klar, hier ist die richtige Formulierung gewählt: eine Person, ein Mensch spricht mit einem anderen Menschen. Und ich brauchte nicht mehr jene Trennung in mir spüren, die ich tatsächlich Jahrzehnte in mir spürte.

Und so war es ähnlich mit jenen Situationen, in denen ich Ärger spürte in mir, indem etwas, was geschah im außen, das nichts für mich gerade im Moment Förderliches in sich trug: eine Fliege, die in meiner Werkstatt herum ihre Kreise zog; ein Laster, ein Konvoi von Lastern, (so hatte ich es wahrgenommen: LKW´s die auf der Straße fuhren hin und her und her und hin), die mich störten in meiner Arbeit; vielleicht sogar ein Flugzeug und dann noch jener Mitarbeiter, der mit der Motorsäge und dem Bohrer Lärm verursachte, obwohl er eine Tätigkeit ausführte, die gerade notwendig war (was ich auch nachvollziehen konnte), aber was mich gerade störte und alles zusammen brach akustisch, wie ein Final, auf mich ein. Und als ich mir dann im Moment der höchsten Kakophonie[1] klarmachte, ...

- o *dass hier etwas geschieht, was nichts mit mir und schon gar nichts gegen mich zu tun hatte,*
- o *dass die Geräusche des Außen, die Geräusche des Außen sind und sie nicht gegen mich gerichtet sind, sondern gerade im Moment geschehen, so wie das Leben permanent geschieht*

... und dann plötzlich konnte ich jenen berühmten Schalter umlegen und plötzlich war das, was gerade eben noch von mir wahrgenommen wurde als etwas, was gegen mich akustisch eingesetzt wurde plötzlich an Zielgerichtetheit gegen mich verlor, es löste sich auf. Es war das, was es war: Der Bohrer war der Bohrer, die Säge, die Säge, der LKW der LKW. Und ich wusste, das geht vorbei. Ich wurde neutral. Ich wurde durchlässig. Alles vibrierte durch mich durch, ohne irgendeinen Halt in mir zu finden. Und ich erlebte eine neue Freiheit, eine neue Ordnung, die mir es möglich machte mit einem breiten Lächeln durch die Situation hindurchzugehen. Ich war entkoppelt von den Schwingungen, die mich anfangs noch blockierten, nun aber war ich frei davon.

---

[1] = Missklang

Natürlich kostete es mich eine gewisse Zeit, um dieses Entkoppeln und diese Neutral-Sein für mich mehr und mehr zu integrieren. Aber es war immer leichter, diesen Schalter zu finden: zu sitzen in dem Autobus das Gerede der Menschen auszuschalten, indem ich den Schalter umlegte, mich nicht darauf einließ. Sie betrachtete, wie in einem Theaterstück und innerlich auch mich erfreute, dass so viel Unterschiedliches hier auf dieser Welt existierte, was ich mir selbst niemals ausmalen konnte und es jetzt aber erleben durfte. Und glücklicherweise nichts mit mir zu tun hatte. Dieser Schalter wurde mir wichtiger und wichtiger im Leben.

Und so konnte ich denn auch im Zusammensein mit meinen Partnern immer wieder meine eigene Stärke finden, indem ich mir bewusster und bewusster wurde, wo ich gerade war, was ich gerade tat. Für mich wurde klar, nur die unbewusste Tat ist die Tat, die mir persönlich Schaden zufügen könnte. Also wandelte ich all mein Tun um in die Richtung, dass das, was ich tat, bewusst geschah. Ich griff nicht unbewusst nach der Schere, um irgendeinen Schnitt in einem Material auszuführen, um eventuell sogar mich selbst zu verletzen. Sondern, im richtigen Moment konzentrierte ich mich darauf vollständig und bewusst dort zu sein, wo gerade mein Bewusstsein gefordert war und ich setzte die Schere so an, dass der Schnitt passte. Und schon ging es weiter: der nächste Schritt war einen Stift zu nehmen, eine Linie zu ziehen von A nach B im Bewusstsein, dass dies gerade notwendig war. Und daraus erkannte ich, dass nur dann, wenn ich unbewusst etwas tat, etwas geschah in meinem Leben, was nichts mit mir zu tun hatte, was mich tatsächlich schwächte. All das, was ich unbewusst tat, schwächte mich. Und all jenes, was ich bewusst umsetzte, all jenes, bei dem ich bewusst und aktiv dabei war, stärkte.

Deshalb meine Bitte an dich, meine Bitte an euch: Bringt Bewusstsein in jede Tat, die ihr tut, in jedes Tun, in euer Sein. Füllt jedes Tun eures Seins „bewusst-sein".

Mit diesem Wunsch verlasse ich euch heute.

Die Welt auf meinen Schultern

Es kam so oft vor, dass ich glaubte, ...

- *dass die gesamte Welt (all das, was da draußen geschieht) auf meinen Schultern lastet und*
- *dass ich der Einzige bin, die einzige Person, weil ich ja nur mit mir selbst in Kontakt war und mit niemandem anderen (wirklich 24 Stunden und das verteilt über 7 Tage die Woche),*
- *dass nur ich all das tragen musste, was da draußen in der Welt geschieht.*

Und dann stellte ich mir vor, dass ich tatsächlich diese Welt auf meinen Schultern trug und da die Vorstellung allein nicht ausreichte, begann ich damit einen Handstand zu üben. Und ich habe tatsächlich mich dann in diesen Handstand hineinbegeben und den Kopf hatte ich auf der Erde, die Hände auf der Erde, die Füße waren oben im (ich nenne es mal (lacht)) im Firmament. Naja, es waren 2 Meter über der Erde. Und dann stand ich da, mit dem Kopf nach unten und hatte das Gefühl, dass ich die Erde tragen würde und musste erkennen, dass es natürlich ein Trugbild war. Wer war ich denn schon auf dieser Erde, ich dieser kleine Punkt? Verglichen mit all denen, die hier auf dieser Erde leben? Milliarden von Menschen um mich herum. Und ich glaubte (ironischer Ton), dass ich das Zentrum der Welt sei, dass ich das tragen das könnte, das, was ich Erde nenne, das, was die Welt ausmacht.

Ich bin dann wieder zurück in meine normale Haltung und stand dann wieder auf der Erde und in dem Moment erkannte ich mit einer großen Demut und mit Reue auch, dass ich nur ich bin. Dass ich nichts anderes bin als das, was ich bin. Und trotzdem, dass ich das bin, was ich bin und dass ich hineinbringe in dieses Leben all jene Sichtweisen, die von mir gebracht werden, hinein in die Welt und dass das ohne mich in dieser Welt gar nicht geschehen würde. Und dann schaute ich mir an das stark verstrickte

Netzwerk von Personen, mit denen ich im Laufe meines Lebens in Kontakt war, verteilt über den gesamten Erdball mit Menschen, mit denen ich in Kontakt war, mit denen ich gesprochen hatte, die ich auf einer emotionalen Art und Weise in welcher Richtung auch immer berührt hatte. Und dann wurde mir meine eigene, ja, Bedeutung bewusst, wurde mir klar, was ich bereits in diese Welt hineingebracht hatte und dass es nicht darum ging, diese Welt zu tragen, diese Welt zu stützen. Sondern schlicht und ergreifend einfach Teil dieser Welt zu sein. Und dann wich plötzlich diese Reue und diese Demut und es kam eine innere Stärke auf, die ich zuvor nicht gespürt hatte.

Und dann gab es wieder jene Momente, in denen ich vor einem Objekt stand. Dieses Objekt in Händen hielt und einfach nicht wusste, was ich mit diesem Gegenstand jetzt nun anfangen sollte. Sollte ich es wegwerfen? Sollte ich es behalten? Sollte ich es weitergeben? Ich stand davor, hielt dieses Objekt, diesen Gegenstand in Händen und konnte mich nicht entscheiden. Ich versuchte rückblickend mir ähnliche Situationen aus dem Bewusstsein aufzurufen und einfach zu erkennen, was hatte ich zuvor gemacht? Was hatte ich in den Jahren und Jahrzehnten zuvor mit solchen Gegenständen in jenen Momenten gemacht, in denen ich mich nicht entscheiden konnte? Wie damit umgehen?

Da mir nichts Besseres einfiel, legte ich diesen Gegenstand zur Seite. Ich ließ ihn ruhen. Und die Entscheidung war im Moment nicht zu fällen. Es ging nicht darum, etwas jetzt über das Knie zu brechen, sondern einfach sein zu lassen, dort liegen zu lassen, wo ich diesen Gegenstand gerade abgelegt hatte.

Mit diesem Wissen ging ich dann auch durch, durch die Bekanntschaften und Freundschaften und all jene Menschen, mit denen ich in meinem Leben in Verbindung war. Ich stellte mir immer wieder die Frage: Ist es wichtig, diesen oder jenen Kontakt aufrecht zu erhalten? Oder ist es nicht wichtig, erst einmal mich selbst zu finden und bei mir zu bleiben und Stärke dadurch zu gewinnen, dass ich mich selbst besser und besser kennenlerne, meine eigene Position in diesem Leben erkenne? Statt anderem oder mit anderen in Konfrontation zu gehen, ihnen meine Lebensweise aufzudrücken, ihnen zu erklären, worum es geht in diesem Leben. Andere zurechtzustutzen für das Verhalten, das sie an den Tag legten. Weil sie zu laut, weil sie zu leise, weil sie links gingen statt rechts, weil sie jenes machten, was sie machten. Aus meiner Sicht war es natürlich nicht richtig. Aber, ich musste für mich entscheiden, was ist denn nun richtig? Meine Sichtweise, mein Umgang mit den Dingen? Oder der generelle Umgang mit Dingen schlechthin? Und dann kam ich wieder auf den Umgang mit der Natur. Was macht die Natur? Sie macht das, was sie tut, schlicht und ergreifend.

Das Insekt, das nach Blut sucht, findet einen Wirt, egal ob es ein Igel ist oder ein Hausschwein oder ein Huhn oder ein Mensch. Es ist ein Körper, Blut fließt, Kontakt wird hergestellt, es wird gesaugt und fertig. Es ist egal, wer der Wirt ist. Hauptsache das wird befriedigt, was im Raum steht und das, was im Raum steht ist: Ich habe Hunger. Ist der Hunger befriedigt, dann ist es in Ordnung. Ich wache auf, der Magen ist voll, das Leben ist gut.

Doch das hat nichts mit mir als Person, als Persönlichkeit zu tun: Ich wache auf, ich erkenne wieder wo ich bin, denn gerade eben war ich noch in der Traumwelt, jetzt bin ich hier in meinem Bett oder in dem Bett, indem ich gerade geschlafen habe. Ich komme zurück in den Alltag, ich erkenne, wo ich bin. Ich nehme mich wahr, ich nehme meine Umgebung wahr und gehe mit den besten Vorsätzen hinaus in diese Welt, um den Tag so zu gestalten, wie es möglich ist. Und zwar in einem positiven Sinne. Ich verkrieche mich nicht in einer Höhle. Ich nehme nicht das nächste Loch, in das ich mich hineinsetze. Sondern ich gehe hinaus in diese Welt und schaue, was ich tun kann, für mich und für die, die mich umgeben: für die Pflanzen, die Tiere, die Natur, die Menschen. Ich bringe mich ein, denn ich bin hier auf dieser Welt. Mir wurde etwas geschenkt, was das Größte ist, was es überhaupt gibt: Mir wurde Leben geschenkt und ich wurde gesetzt auf jene Scholle.

Dieses Geschenk zurückzuweisen mit Angst, mit Sorge, mit Furcht, mit Trauer: Was sollte das? Es anzunehmen und sich zu erfreuen an dem, was da ist, darum geht es.

Steht eine Frage im Raum?

I: Ich hatte gestern die Situation, dass ich innerlich eine ganze Reihe von Themen anschaute, die ein Gefühl des Unrechts oder Unfriedens in mir hervorriefen. Dann habe ich mich mit euch verbunden. Es tauchte Frieden auf, auch als Gefühl. Dann bin ich aufgestanden und war komplett (so wie ich mich verhalten habe) im Unfrieden und kam aus diesem Zustand irgendwie auch nicht 'raus...

Hast du uns zugehört?

I: Anscheinend nicht.

Das Leben hier auf der Welt ist ein Geschenk für dich. Du bist hinein geboren in eine Welt, die so ist, wie die Welt nun einmal ist. Es gibt nichts, was aus deinem Kopf heraus als Geburt diese Welt so verändert, wie du sie haben möchtest, weil das sind Gedanken. Es ist nichts anderes als ein Konstrukt, das du hineinbringst in diese Welt. Deshalb gehe entspannt mit dem um, was dich umgibt. Schau´ hinaus in diese Welt und erkenne, dass hier ein Fluss vorhanden ist. Es geht nicht darum, das nachvollziehen und das zu wiederholen was Milliarden von Menschen getan haben. Es geht darum, dich selbst hier in dieser Welt so auch mit Leben zu erfüllen, mit Freude zu erfüllen, mit einer ganz eigenen Lebensart zu erfüllen, wie nur du diese Welt bereichern kannst. Erkenne, dass du mit deiner ganz eigenen, ganz persönlichen und ganz speziellen und individuellen Art dieses Leben wahrnimmst. Niemand kann das wahrnehmen, was du wahrnimmst. Niemand kann die Gefühle so leben, so erleben, wie du die Gefühle erlebst, wenn du zum Beispiel einen Käfer siehst oder einen Vogel oder dich verbindest mit jenen Menschen, die in deiner Umgebung sind.

Doch achte dabei auf das, was in deinem Kopf geschieht. Es geht nicht darum, mit Angst, mit Sorge, mit Furcht (und hier wiederholen wir uns zum tausensten Mal) hineinzugehen in diese Welt, sich auszumalen: das Flugzeug, das gerade eben oben über mir fliegt wird jeden Moment abstürzen, das Auto neben mir fährt gleich in das andere Auto hinein und das Kind wird stürzen und jener wird sterben und das passiert ständig.

Erkenne, dass permanent in dieser Welt geboren wird und gestorben wird. Das gehört dazu. Und wenn es in deinem Umfeld geschieht, dann geschieht es halt in deinem Umfeld. Und wenn etwas sich in dieser Welt verändert und es nichts zu tun hat mit deinen Vorstellungen, dann erkenne bitte, dass deine Vorstellungen schlicht und ergreifend deine Vorstellungen sind und deine Ideen, und dass du gerade dabei bist etwas aufzubauen, was mit deiner Welt zu tun hat. Aber dann erkenne auch, dass du alleine bist, verglichen mit all den Milliarden Menschen und Individuen.

Natürlich kannst du dir ausmalen, dass alles so furchtbar geschieht, wie du es dir in deinen eigenen Horror-Szenarien vorstellst. Dann drehe doch diesen Film, drehe diesen Horror-Film und was hast du davon? Wäre es nicht schöner einen Film zu drehen, der mit einem Happy End endet? Wäre es nicht schöner einen Film zu drehen, der eine philosophische Wahrheit weitergibt und diese Wahrheit gibst du den anderen weiter? Stell dir vor, du hättest Kinder und du würdest ihnen von deinen Horrorszenarien erzählen? Was würde mit jenen Kindern geschehen? Würden sie wachsen? Würden sie gedeihen?

Erzähle deinen Blumen von deinen Vorstellungen und achte darauf, wie deine Blumen und deine Pflanzen damit umgehen. Und dann mache das Experiment und erzähle anderen Blumen davon, wie schön es ist, überhaupt leben zu dürfen, überhaupt da zu sein, überhaupt etwas in diese Welt hineinbringen zu dürfen. Und dann vergleiche im Laufe der Jahre, was mit den einen Blumen passiert und was mit den anderen Blumen passiert.

Du hast eine solche Kraft, du hast eine solche Ausstrahlung. Du bist ein solches wunderbares Menschenkind hier auf dieser Erde. Du hast ein Geschenk erhalten und halte dieses Geschenk so in Händen und wertschätze dich selbst.

Du bist ein Juwel. Ein Juwel, das lebt in dieser Welt, das leben darf, jetzt in dieser Welt, das seine eigene Realität erschafft, indem es die Gedanken kontrolliert. Es geht darum, die Gedanken zu kontrollieren, es geht darum, Glück zu erstreben.

Damit verlassen wir dich für heute.

Das perfekte Universum

Über viele Monate haben wir gelernt, dass es immer wieder Phasen gibt, in denen wir intensiv gemeinsam wirklich zusammenarbeiten, in denen wir uns austauschen, in denen wir erkennen und uns erkennen dürfen im Zusammensein, in denen wir Erfahrung sammeln dürfen, in denen wir selbst Erfahrungen erleben dürfen, in denen wir Erkenntnisse präsentiert bekommen, von denen wir bisher noch nichts erahnt hatten. Dass wir also eine Vielzahl von Informationen bekamen, geballt, gebündelt und auch in einer großen, großen Anzahl. Und dann haben wir auch wieder festgestellt, dass es wichtig ist, in eine Ruhephase zu kommen und verdauen zu können, verdauen zu dürfen, was da gerade so intensiv auf uns hineingeprasselt ist. Und genau an diesem Punkt sind wir auch jetzt wieder und wir sind in Verbindung mit jenem Wandel in der Welt, der gerade geschieht.

Deshalb ist es wichtig auch hier eine Zäsur zu setzen und klar für uns zu definieren, wir dürfen zurückschauen, wir dürfen überschauen das, was wir in den letzten Wochen, Monaten und tatsächlich auch Jahren angesammelt haben. Damit nicht weitere Erkenntnisse und weitere Erfahrungen uns überlagern und wir mehr und mehr ansammeln, sondern einfach einmal in die Ruhe hineinkommen und dafür nutzen wir jene Zäsur, die gerade heute im Raum steht. So wird es denn sein, dass wir eine abschließende Zusammenkunft in den nächsten Tagen noch einmal haben werden, aber danach gibt es eine Phase der Ruhe, der Kontemplation, des Zusammenfassens und des gemeinsamen Überlegens: „Was ist geschehen? Was habe ich erlebt? Worum geht es?" Dann wieder steigen wir ein und werden mit neuer Kraft und neuer Energie und neuen Ideen dem Alten wieder lauschen. Weil das, was gesprochen wird, ist nicht das Neue, das auf uns zukommt, sondern ist das, was bereits tradiert ist seit vielen Generationen und Generationen. Worauf aber niemand wirklich achtete, nur wenige, die es weitergegeben haben.

Die Wahrheit bleibt, unabhängig von politischen und gesellschaftlichen Entwicklungen, von Nachbarschaftsstreit und von Ärger zwischen Mann und Frau. Das, was uns alle verbindet, ist das, was existiert zwischen uns, was uns die Möglichkeit gibt, das in die Welt hineinzubringen, was uns verbindet: Liebe, die Suche nach Klarheit und Wahrheit, das Wissen, dass wir nicht allein sind.

Und deshalb auch noch hier, werde ich eine Übung geben, damit wir üben können, die Verbindung zwischen uns stärker, intensiver leben zu können. Und doch ist es mir wichtig, noch einmal auszudrücken, wie das Leben bereichert werden kann, indem wir die Verbindung immer wieder aufrechterhalten und uns als Mensch verbinden mit dem, was da existiert sowohl um uns herum, als auch hochverbunden mit dem All-Einen.

Wenn[2] *ich in meiner Werkstatt saß und wir entwickelten tatsächlich eine „unterschiedlichste" Art von Linsen für nicht nur die Mikroskopie, sondern auch für die Photographie, aber auch für die Ferngläser, die Maskoskopie, (dann hatten wir immer wieder ... und das war für mich wirklich absolut faszinierend), denn wenn ein neues Fernglas in unserer Werkstatt entstand, war ich einer jener ersten, die unbedingt jenes Glas ausprobieren wollten; ich wollte hinausschauen in diese Fernen, in diese Tiefen des Universums, wollte erkennen, was denn da noch existiert. Und wenn ich dann die Möglichkeit hatte hinauszuschauen in... ah, ich war einfach fasziniert von dem, was da draußen geschah. Mein Weltbild hatte sich gewandelt just an jenem Tag, als ich das allererste Mal mit einem Fernglas hinausschaute in das Universum. Als mir der Blick gewährt wurde hinaus und ich erkennen durfte, dass der (ich nenne es mal) Makrokosmos in einer perfekten Harmonie in sich geschlossen funktioniert! Die Erde eingebunden mit dem Mond, der Sonne, den sieben Planeten. Eingebunden wiederum in der Vielzahl der anderen Planeten. Als ich merkte, dass, wenn ich hinausschaue in*

---

[2] Hinweis für den Leser: „Rudolph" spricht hier mit großer Begeisterung und unterschlägt einzelne Wörter und Satzteile

das, was dort geschieht im Universum stimmig, passend ist, dass dort alles funktioniert, dass die Welt, die ich dort sehe, eingebunden ist in ein (ich muss es tatsächlich sagen) perfektes Universum.

(Er lacht) Und nur wir, die wir hier auf der Erde sind (wenn ich den Fokus wieder zurücknehme auf das, was mich bewegt), nur wir, nur wir streiten uns, töten uns gegenseitig. Und jetzt kommt noch der Witz dieser gesamten Situation: das Universum selbst kümmert sich nicht, in keinster Weise (er lacht) um das, was hier geschieht. Es ist unser eigenes Tun. Wir sind verantwortlich für das, was gerade hier auf dieser Welt, in unserem Umfeld ... was wir tun. Blick hinaus über diesen wunderschönen, blauen Planeten. Erkenne, dass der Kosmos in sich funktioniert, weil er so ist, wie er ist. Und erkenne dann auch wieder, dass es geschehen könnte auf der Erde, dass wir doch miteinander leben könnten. Erkenne deine eigene Verantwortung hier auf dem Planten, deine eigene Verantwortung dir selbst gegenüber und denen, mit denen du tagtäglich in Kontakt kommst: den Nachbarn, jenen Menschen, die dir in der Gaststätte und im Geschäft, an der Tankstelle, auf dem Fußweg, auf dem Gehweg begegnen mit einem Lächeln.

Und dann (und dies ist eine Übung, die ich dir jetzt einfach mitgeben möchte) erkenne, dass du dein physischer Körper bist, ja, dass dein physischer Körper aber aus etwas besteht, was mehr ist als das, was du wahrnimmst und erkenne, dass dein Körper ergänzt wird durch deinen emotionalen Körper. Den spürst du noch. Du hast die Sensibilität den emotionalen Körper zu spüren. Du bist noch in diesem Körper vorhanden. Darüber hinaus gibt es den rationalen Körper, die Gedanken, die auch vorhanden sind. Spüre auch diesen wunderbaren Körper. Geh´ nun weiter in den Energiekörper, den du schon so oft wahrgenommen hast und angefüllt hast mit den unterschiedlichsten Qualitäten aus den unterschiedlichsten Quellen. Auch hier hast du eine Vorstellung davon und dass es eben diesen energetischen Körper gibt.

Und dann bewege dich noch einen Schritt weiter. Benenne es den ätherischen Körper oder den göttlichen Körper. Es ist wieder ein Schritt weiter. Und dann erkenne, wie weit du dich entfernt hast von deinem physischen Körper und wie nah du jetzt bist all jenen anderen ätherischen Körpern, die dich umgeben: die der Pflanzen, die der Erde, die der Tiere, die der Menschen. Und dann erkenne, dass hier in diesem Zwischenbereich es keine Trennung mehr gibt. Sondern dass du verbunden bist mit allem mit Jedem/mit Jeder. Und dass du diese Verbindung spüren kannst. Und schon weißt du, dass du nicht bist allein in dieser Welt, sondern verbunden bist mit Allem und Jedem.

Deshalb meine Bitte, unsere Bitte, wenn wir jetzt in den nächsten Wochen nicht mehr zusammen sind, dann bitte nimm dich in diesen verschiedenen Stadien immer wieder wahr und erkenne, dass du verbunden bist mit Allem, Jedem, Jeder, immer. Und das darf dir Stärke geben für deine Tätigkeit im Alltag, für dein „So-Sein" im Moment und für den Ausdruck deiner Persönlichkeit in jedem Moment, in dem du mit anderen Menschen in Kontakt kommst.

Mit diesen Worten verlassen wir dich für heute.

Unsere Vorstellung

Betrachten wir es doch einmal ganz genau. Es ist immer anders, als wir es uns vorstellen. Und wenn es so wäre, wie wir uns direkt vorstellen, dann wäre das, was hier auf dieser Welt geschieht, vermutlich viel (jetzt hätte ich fast gesagt) schlimmer als das, was hier auf dieser Welt wirklich geschieht. Lasst uns doch einfach erkennen, ...

- *dass wir hier das sind, was wir gerade wirklich sind,*
- *dass wir unser Leben leben im Rahmen dessen, was für uns möglich ist und*
- *dass, was um uns herum geschieht, das ist, was gerade geschieht.*

Und wenn wir weiterhin darüber nachdenken, was geschehen könnte und uns vorstellen würden, was noch geschehen würde, um uns herum, dann sind dies nicht die positiven und unterstützenden Gedanken, die dann in unserem Kopf hineinschießen würden, sondern wir haben wieder einmal das alte Thema von der Angst, der Furcht, der Sorge präsent. Es wäre nicht das, was uns aufbauen könnte. Weil wir einfach in der Sorge leben, dass hier etwas geschehen könnte das mit uns etwas Negatives vorhat. Eine Kraft, die von außen kommt, die uns verändert, die uns zerstört. Wir leben in dieser Furcht, dass etwas im Außen existiert, was uns selbst, was unsere Existenz bedroht. Statt das in die Welt zu bringen, was wirklich in uns lebt, was wir sind. Was wir alle sind.

Und so ist es denn vorprogrammiert das, dass wir nicht in Freude diesen Tag verbringen können, der uns geschenkt ist. Sondern dass Gedanken in unseren Kopf schießen, die uns hin und her werfen und die uns Informationen geben über mögliche Szenarien, dass dies nicht klappt, dass jenes nicht funktioniert und schon gar nicht mit diesem Menschen an unserer Seite. Dass wir uns wieder sehnen danach alleine in dieser Welt zu leben und unser Leben alleine zu gestalten, weil alleine wir wissen doch, worum es geht in dieser Welt. Wir sind es, die verstehen, dass „Eins und Eins gleich Zwei" ist und aufgrund dieser großartigen Erkenntnis gehen wir weiter. Wir wissen, dass dieses und jenes zusammengehört und dass dorthin und jener dies falsch macht, der andere das auch, alle anderen sind sowieso jenseits der Erkenntnis, mit der wir durch das Leben gehen. Stattdessen zu erkennen, zu erleben und wirklich einfach zu leben das, was gerade im Moment wichtig ist: Diesen einen Moment des Zusammenseins mit jenen Menschen, die uns umgeben. Einfach hineinzuspüren, hineinzufühlen und dort zu sein, worum es geht.

Immer wieder komme ich auf diesen einen einzelnen Moment, dass ich sage: Nimm das Werkzeug, das du in deiner Hand hast genau zu diesem Zweck, für das es auch geschaffen wurde. Drücke nicht den Deckel auf irgendeinen Korpus und schweife ab mit den Gedanken irgendwohin, sondern bleibe dort, worum es geht. Spüre das, was du dir gerade in den Mund schiebst, als das, was es ist und schmecke das vollständig. Schlucke es nicht einfach herunter ohne irgendeinen Bezug. Sondern stehe im Bezug zu dem, was gerade ist.

Gibt es einen Grund auf dieser Erde mehrfach zu existieren? Gibt es einen Grund hier auf dieser Erde wieder und wieder zu re-inkarnieren und Neues, Altes, Neues zu erleben und Altes wieder zu erleben? Altes wie ein Sauerteig durchleben zu wollen und vermeintlich Neues, neue Erkenntnisse gewinnen zu können. Gibt es einen Grund dafür, dass wir das, was wir hier auf dieser Erde erleben dürfen, mehrfach erleben müssen? Und dann stellt sich auch die Frage: welcher Teil von uns, welcher Teil unseres Selbst diese Reise begeht oder bestreitet? Ist es der physische Körper? Die Antwort ist schnell gegeben: Der physische Körper ist es nicht, er kommt aus der Erde, er geht in die Erde, er zerfällt und der physische Körper ist damit nicht existent. Sind es die Gedanken? Sind es die Emotionen? Ist es der ätherische Teil? Ist es der göttliche Teil? Und dann gehe noch einen Schritt weiter und du bist bei dem, was wir dir immer wieder schon mitgeteilt haben: dass es das All-Eine ist. Und das All-Eine existiert vollständig, ohne Begrenzungen und ohne Bedingungen und genau das ist es, worum es geht.

Die Vorstellung, dass du jemals hier auf dieser Erde gelebt hast, ist eine Vorstellung, ist eine Idee. Ist etwas, was in deinem Kopf reift, weil du den Wunsch hast, angebunden zu sein an etwas, was bereits existierte. Dass du die Möglichkeit hattest dich zu verbinden, mit jenem oder jener, die damals vor hunderten, vor tausenden von Jahren gelebt hat. Es sind Gedanken, es sind Ideen, es sind Vorstellungen. Und trotzdem ja: du warst verbunden, du warst jene Person, du warst und du bist mit ihr verbunden, weil du mit ihr verbunden bist über das All-Eine. All das, was in dieser Welt geschieht, geschieht in einer Form, dass du es wahrnehmen darfst. Du brauchst dich nur hineinzuversetzen, hineinzuspüren, hineinzugehen. Und ja, alles was hier geschieht auf dieser Erde, ist Teil von dir und du bist Teil des Ganzen.

Aber es gibt keinen Grund, wieder und wieder auf diese Erde geboren zu werden. Welchen Sinn, welche Wahrhaftigkeit sollte denn hierin stecken? Es lenkt dich ab von dem, was gerade existiert, genauso wie es in vielen Religionen den Wunsch gibt, nach dem Mühsal dieses Lebens wird das Paradies für dich... so ein Blödsinn! All das, was dich ablenkt im Hier- und -Jetzt zu sein, all' das, was dich ablenkt, ein Leben hier auf dieser Erde zu genießen, sind zerstörerische Gedanken, die dich wegdriften lassen von dem, was wirklich wichtig ist.

Trotzdem und noch mal: du kannst nicht die Welt retten. Die Welt ist nicht hier, um gerettet zu werden. Sondern du bist auf dieser Welt das wahrzunehmen, was hier wahrzunehmen ist. Du hast dir diese Form von Inkarnation ausgewählt, um hier auf dieser Erde, an diesem Platz, an dieser Stelle zu sein, dort wo du bist. Wenn du daran zweifelst, wenn du daran mäkelst, wenn du aber meckerst, dass das, was dir gegeben müsstest, nicht das richtige ist, was du erhalten hast, dann bitte (er lacht) denke doch einmal darüber nach, was hier gerade geschieht: Bist du ein Waisenkind auf irgendeiner Müllhalde, das im Müll gräbt, um irgendetwas zu finden, dass es ihm oder ihr möglich macht, den Tag zu überleben? Wo bist du? Was machst du? Was siehst du tagtäglich? Was nimmst du wahr? Was nimmst du mit?

Worüber denkst du nach? Und dann schau´ bitte hinaus in die Welt und erkenne, in welchen wunderbaren Zustand du dich hast gebären lassen. Zeige ein wenig Dankbarkeit für das, was um dich herum existiert. Freue dich an dem, was vorhanden ist. Und gib weiter, was vorhanden ist, was du hier in diese Welt hineinbringst. Statt mit trüben Gedanken hinauszugehen in diese wunderschöne Natur und mit diesen wunderbaren Menschen, die dich umgeben.

Doch genug getadelt. Wir wissen, dass wir auf dich vertrauen können, weil du auf uns vertraust, weil du immer wieder den Kontakt suchst, wahrnimmst, lebst, mehr als andere. Das ist unsere große Freude, dass es dich gibt, hier in dieser Welt. Ohne dich (das bitte nimm mit auf deinen wunderbaren Weg hier), ohne dich und deine Erfahrung würde vieles verloren sein. Du bringst es hinein in diese Welt. Genug der Worte von unserer Seite. Gibt es denn Fragen mit denen du... ?

I: Erst von Herzen Dank für die Worte. Ja, es könnte eine Frage von mir geben: Ja, ich glaube, einfach mal klären, wenn wir gemeinsam ein Seminar beim Frankfurter Ring machen, ob es in Ordnung ist, dass wir dich einladen. Und ob du nicht nur durch mich und Martin in bewusster Form, sondern auch mit der Form, wie du jetzt mit uns sprichst, auch mit anderen sprechen möchtest?

Wann immer du mit uns in Verbindung gehst, wann immer du bereit bist, dich zu öffnen und den Kontakt aufzubauen, wann immer es für dich wichtig ist, jenes Band, das ohne Grenzen bedingungslos existiert, zu nutzen, wann immer du bereit bist, zu fragen und Antworten anzunehmen und Antworten anzunehmen, die du hörst, sind wir da.

Damit verlassen wir dich für heute.

Ferien

Wie strahlten meine Kinder immer, wenn sie von der Schule zurückkamen mit ihren Zeugnissen in der Hand wedelten, und sie sprangen richtig, sie sprangen regelrecht auf dem Weg zu uns nach Hause. Sie freuten sich unbändig, denn endlich war das abgefallen von ihnen, was sie über Wochen, ja gar über Monate immer wieder gegängelt hatte, zumindest in ihren Augen, in ihrem Verständnis. Plötzlich waren Ferien angesagt. Es war die Zeit ohne diese Schule, es war das „Ohne-Lernen-Sein". Es war einfach nur „wir dürfen tun und machen, was wir wollen" - was unter uns Eltern gesprochen, natürlich nicht stimmte.

Und genau darum geht es, es geht nicht darum, einer Person etwas zu verweigern. Es geht darum, einfach eine Zäsur zu setzen, so wie auch die Natur immer wieder Zäsuren setzt: mal hier, mal dort. Auf dass man reflektieren kann, zurückschauend auf das, was sich verändert hat, nicht mehr im Fluss, wie auf der Autobahn hinreisend, hin rasend von A nach B ohne Pause, ohne Stopp, ohne einmal zurückschauen. Sondern mit einer ganz klaren Zäsur zu sagen „Gut, bis hierhin bin ich gekommen", rückblickend: „Was ist geschehen?" und vielleicht auch nach vorne blickend, um zu schauen „Was kann geschehen? Wohin möchte ich? Und vor allen Dingen, wo bin ich gerade jetzt?"

So ist es denn eine Chance, die besteht, um die eigene Position besser und besser wahrzunehmen, zu erkennen, worum es geht, mehr im Vertrauen zu sein und auch neue Fragen vielleicht zu generieren, die dann irgendwann eine Antwort finden. Und dann wieder neu zu starten. Wieder neu in Kontakt zu gehen mit Jenen und jenen Menschen, die sich bereitstellen, um Landkarten des eigenen Lebens nicht zu interpretieren, sondern aufzuzeigen und den Weg vielleicht anzudeuten. Nicht, dass diese oder jene die Türen öffnen könnten, die notwendig sind, die jetzt geöffnet werden sollten. Nicht das andere diese Tätigkeit tun. Sondern sie helfen, und dass ich mir helfen lasse beim Öffnen einer Tür, beim Durchschreiten einer Schwelle, beim Entlanggehen eines Weges. Dass ich mir nehme diese Assistenz, die mir im Moment eine Unterstützung ist, aber nur im Moment. Denn ich selbst bin immer Derjenige, bin immer Diejenige, die den eigenen Fuß vor den nächsten setzt. Und doch ist es hilfreich sich auszutauschen mit anderen Menschen und mit speziellen Menschen auch, die mir Möglichkeit geben, mir neue Ideen, neue Vorstellungen (die alt sind, die altbekannt sind, aber für mich im Moment neu erscheinen), die mir die Möglichkeit geben, hier anzudocken an etwas, was zuvor nicht ganz so konkret in meiner Welt existierte.

Wenn ich es beschreiben möchte mit einem ganz aktuellen System, dann würde ich es einen Navigator nennen, der mir die Möglichkeit gibt, nach rechts, nach links, nach geradeaus zu fahren. Der mein Ziel kennt, so wie ich es kenne, weil ich habe es eingegeben. Und dennoch entscheide ich selbst sitzend im Auto oder auf dem Fahrrad oder wandernd auf dem Weg, ob ich gehe nach links, nach rechts wie vorgegeben oder schlicht und ergreifend meinen eigenen Weg gehe.

Und dann muss ich natürlich jene Momente hören und immer wieder auch damit umgehen, wenn dann dieses Navigationssystem mir sagt: „Bitte wenden. Bitte drehen, das ist die falsche Richtung. Bitte zurück bis zur nächsten Kreuzung!" Das muss ich mir anhören, das muss ich ertragen. Gleichzeitig aber weiß ich, dass ich meinen eigenen Weg gehe und dass dies mein Weg ist und ich das Ziel kenne und ankommen werde und mich nicht beirren lasse.

Wenn mir dann jemand erzählt, dass es so etwas gibt wie die Hölle nach dem Leben oder den Himmel nach dem Leben oder dass das was vor dem Leben bedeutsamer war, als das, was ich jetzt gerade hier auf dieser Erde erlebe, dann kann ich nur einen tiefen Atemzug nehmen und mich auf das besinnen, was wirklich wichtig ist: nämlich die Gegenwart und das, was ich jetzt im Moment gerade wahrnehme. Ich persönlich lasse mich nicht vertrösten auf das, was da noch kommen mag, oder mich damit aufheitern, *dass etwas schon Mal geschehen war mit mir, bevor ich hier auf diese Erde kam. Ich bin jetzt hier. Ich nehme das wahr, was ich wahrnehme. Das ist mein Leben. Niemand kann diese Position einnehmen, die ich einnehme: meine eigene. Ich gestalte mein eigenes Leben hier auf dieser Erde. Ich bin der König meines eigenen Tuns.*

Gleichzeitig bin ich verantwortlich für das, was ich tue und übernehme auch die Verantwortung, auch dafür, dass ich etwas nicht tue. Ich übernehme die Verantwortung für meine Emotionen, ich übernehme die Verantwortung für meine Ängste, für meine Sorgen, für meine Freude, für meine Ekstase, für meine Liebe, die ich mir selbst schenke und die ich weitergebe. Ich bin selbstbestimmt in dieser Welt im Rahmen dessen, was möglich ist und erweitere meinen Rahmen mehr und mehr, indem ich anderen, mit anderen in Kontakt trete und denen gebe, was möglich ist und von ihnen erhalte und annehme, was wiederum möglich ist.

Heute zu jammern auf einem Niveau, das ja sehr hoch ist, mag für den Moment stimmig erscheinen. Doch es geht immer darum, zu vergleichen mit dem, was gerade noch geschieht auf dieser Welt mit anderen Menschen, für andere Menschen, gegen andere Menschen. Und es ist immer wichtig, sich selbst in seiner eigenen Position zu finden. Und aus der eigenen Position heraus zu agieren.

Deshalb vertraue darauf, dass du das Richtige tust, um die Zukunft zu planen, so wie du sie planen möchtest. Aber darüber haben wir schon so oft gesprochen. Lass mich heute schließen mit dem Satz, dass wir uns in wenigen Wochen wieder sprechen werden, direkt, unmittelbar, mit Worten, hörend. Und die Zwischenzeit nutze bitte so, dass du immer und öfter und noch öfter den Kontakt mit uns so aufbaust, dass du wahrlich hörst, was wir dir sagen, wenn du die Fragen stellst, wenn du die Intuition nutzt, um mit uns in Kontakt zu sein. Denn darum geht es: nicht um das gesprochene Wort zu hören, nicht um von draußen, von einem anderen etwas akustisch wahrzunehmen, sondern selbst zu leben und in dir selbst zu spüren die

Antwort auf all die Fragen, die du stellst. Und dann sind wir noch enger verbunden, als wir es jetzt schon sind.

Mit den Worten verlassen wir dich für heute und werden uns wieder melden in ein paar, tatsächlich Wochen.

Genießt die Ferien.

Und damit verlassen wir euch für heute.

Zur Beachtung

Dieses Buch soll und kann keine Therapie und keine ärztliche Diagnose ersetzen. Die Verfasser geben weder direkt noch indirekt medizinische Ratschläge, noch verordnen sie die Anwendung als Behandlungsform für Krankheiten ohne medizinische Beratung. Ihnen als Lesern werden Mittel aufgezeigt, um die eigene Medialität zu erkunden und zu entwickeln.

Natürlich steht Ihnen das Recht zu, die vorliegenden Informationen im Sinne einer Selbstbehandlung anzuwenden, doch sollten Sie beim Auftreten von Krankheitssymptomen unbedingt einen Arzt oder Heilpraktiker konsultieren. Die Ratschläge in diesem Buch sind von den Verfassern sorgfältig zusammengetragen und geprüft worden; eine Garantie kann jedoch nicht übernommen werden. Eine Haftung für irgendwelche Schäden ist ausgeschlossen. Weder die Autoren noch der Verlag können für die Folgen, die aus der praktischen Anwendung oder dem Missbrauch der in diesem Buch enthaltenen Informationen entstehen könnten, verantwortlich gemacht werden. Wer für sich selbst die Techniken der im Buch vorgestellten Techniken ausführt, ohne sich genau an die Anweisungen, Erläuterungen und Warnungen der Autoren zu halten, tut dies ausschließlich in eigener Verantwortung.

Danksagung

Unser tiefster Dank gehört der Seins-Kraft, die uns in Verbindung mit dem All-Einen und allem was mit uns existiert, in jedem Moment stärkt. Wir sind zutiefst dankbar, dass wir „da-sein" dürfen und die gesammelten „Rudolph" Momente auch mit Euch als Leserin und Leser teilen dürfen.

Viele der vorliegenden Texte und Übungen stammen aus unserer wöchentlich stattfindenden medialen Übungsgruppe. Besonders Ihr, Inge, Rolf und Manfred wart mit viel Experimentierfreude dabei und Euer persönlicher Alltag und Eure Fragen prägten auf wundersame Weise die Inhalte der Botschaften von „Rudolph".

Inge, du hast wieder mitgeholfen eine Vielzahl der vorliegenden Audios in Texte umzuwandeln. Und du liebe Renate, versuchtest auch diesmal mit detektivischem Sinn viele Rechtschreibe-, Grammatik- und Formatierungs-Unstimmigkeiten in eine bessere Form zu bringen.

Euch allen gilt unser innigster Dank.

Eure Iris & Martin
www.magin-impuls.de